T0274395

El accidente

Seix Barral Biblioteca Breve

Santiago Roncagliolo
El accidente

El accidente por Santiago Roncagliolo, © 2019
Originalmente concebida/publicada como Storytel Original Series

Diseño de portada: Planeta Arte & Diseño / Raymundo Ríos Vázquez
Fotoarte realizado a partir de imágenes de: © iStock
Fotografía del autor: © Richard Hirano

Primera edición impresa en México: septiembre de 2024
Primera reimpresión en México: noviembre de 2024
ISBN: 978-607-39-1527-4

Impreso en los talleres de Operadora Quitresa, S.A. de C.V.
Calle Goma No. 167, Colonia Granjas México, C.P. 08400, Iztacalco, Ciudad
de México.
Impreso y hecho en México – *Printed and made in Mexico*

EL ACCIDENTE

Claro que me conoces. Has escuchado hablar de mí. Quizá no recuerdes mi nombre, Maritza Fontana, pero nunca olvidarás los titulares en la prensa. Los comentarios en la televisión. Los apodos que me ponían en las redes sociales, donde todo el mundo puede opinar de las cosas aunque no sepa nada de ellas.

Soy la mujer salvaje. ¿Te dice algo eso? Soy la psicópata. La mafiosa. La madre que metió a sus hijas en una espiral de violencia y horror. La que dejó todo por el atractivo del riesgo. La puta, claro, aunque esa palabra se la cuelgan a cualquiera que desee ser diferente. A las que no se conforman. Porque esas mujeres, precisamente esas, les dan miedo a los demás.

Es curioso que no exista una palabra equivalente para los hombres. ¿Nunca lo has pensado? «Puta» lo engloba todo: mala, traidora, estúpida. Y, sin embargo, es una palabra tan breve. Y tan concreta. En esencia, simplemente quiere decir: «mujer que tiene sexo por dinero». Justo lo que yo no hice. Justo lo que casi ningún hombre puede hacer.

Pero me estoy adelantando.

En realidad, aunque me conozcas, a estas alturas debes haber olvidado los detalles de mi historia. Quizá ni siquiera estés pensando en mi caso. Esa es otra cosa que suele pasar. Después de un tiempo, la gente confunde los titulares de cada historia con los de las demás: les parece que soy la estrella de la música folclórica que mató a su amante en un ataque de celos. La primera dama que pagó sus compras con la tarjeta de crédito de su amigo corrupto. La chica que mató a su madre y luego montó una fiesta en su casa. En el universo de la prensa amarilla, todas nos volvemos del mismo color. Solo somos un capítulo más de la misma telenovela, una nueva entrega de los escándalos intercambiables de la mañana.

Debo admitir que mi caso tuvo un añadido muy mediático: fue un escándalo de «gente bien». Apellidos importantes fueron sonando junto al mío con cada nueva revelación, cada especulación y cada rumor. Al público le gusta mucho eso. Las personas piensan que los que «triunfan en la vida» no tienen problemas. Te ven con un vestido de marca, con unos aretes Cartier, y asumen que solo te mueves entre gente bonita y buena. Para el público, el dinero atrae la bondad. Quienes lo tienen, se rodean de personas que no mienten, ni asustan, ni inquietan. Porque esas son cosas de pobres, ¿verdad? Seguro que tú también lo piensas.

Pues es mentira. Una mentira tan grande como una catedral.

De hecho, si hay que poner un comienzo a mi historia, supongo que fue bastante glamuroso. Lo que fuera que ocurrió esa noche, tuvo lugar durante mi mejor momento, la cúspide de mi carrera, la celebración de un momento único. Supongo que a la vida le gusta hacernos eso. Espera a que nos descuidemos, que nos relajemos, que nos olvidemos de su acecho. Y en ese preciso instante…

A veces, cierro los ojos y me imagino que he vuelto ahí: cinco minutos antes de la noticia. Cuando aún podía mantener la vista en el horizonte y el rumbo de mi futuro fijo hacia delante.

Cuando pienso en ese momento, vienen a mi memoria los olores: Eau Sauvage, de Dior, Romance, de Ralph Lauren, Acqua di Gio. Los efluvios del éxito. Donde estoy ahora, solo huele a sudor, tristeza, y en el mejor de los casos, a desinfectante de letrinas. ¡Cómo echo de menos todos esos otros aromas!

También recuerdo los sonidos: copas chocando, risas, manos estrechándose. La música de la vida social. Tan diferente a los sonidos de aquí, ¿verdad? Aquí, lo menos deprimente que suena es el maldito reguetón. Y suena todo el maldito día.

Se inauguraba mi primer negocio propio: El Remanso, un nuevo hotel *boutique* en pleno Bosque del Olivar, de San Isidro. El lugar perfecto para celebridades que buscan lujo discreto en el corazón comercial de la ciudad.

El Remanso representaba un hito en mi vida. Yo llevaba veinte años trabajando en el mejor bufete de abogados de Lima, hasta llegar a socia principal. Ya conocía a todos los líderes del sector empresarial limeño. Sentía que había llegado mi hora de formar parte de ellos... y ahí los tenía, dándome la bienvenida a su mundo.

—¡Carlos! ¡Bienvenido!

—Maritza, este lugar es perfecto.

—No, y espera que te quedes a dormir... ¡Hola, Marité!

—Maritza, ¿de dónde has sacado esas alfombras?

—Es un secretito. Si te portas bien, te lo contaré.

—¿Has visto a Lourdes? Ha venido sola.

—No me extraña. No creo que su marido la aguante.

Tener dinero, en un país como el mío, es más exclusivo que en cualquiera otra parte. El círculo es muy pequeño: se reduce a un par de urbanizaciones, una avenida de tiendas, tres clubes, o más bien, tres locales del mismo club. Prácticamente, todos somos primos. Mi marido Rodolfo solía bromear diciendo que en Lima toda infidelidad corre el riesgo de ser un incesto. Su chiste me dejó de hacer gracia hace ya un tiempo. Pero ya te contaré de eso. Total, aquí no corre prisa.

Esa noche, en mi pequeño paraíso de los fotógrafos de página social, estaba todo el mundo: los Miró Quesada, los Aliaga, los Aramburú... Maripili Kirschhausen, Sofía Rivasplata, Aurelio Quintero-Grosmann. Todos... menos una. La única que no podía faltar: mi hija.

—¿Dónde se ha metido Patricia? —le pregunté a mi esposo.

—No ha llegado. Ya sabes cómo es. No tardará.

A él no le parecía demasiado importante. A él nada le parecía suficientemente importante. Sobre todo, con una copa en la mano.

—¿Qué estás bebiendo? ¿Más champán? Rodolfo, no te estarás pasando con las copas, ¿no?

—Maritza, soy un adulto. Deja de decirme qué hacer.

—Esta noche es muy importante. No quiero espectáculos, ¿ok?

—Entonces, no des uno.

—Rodolfo, no creas que me voy a quedar aquí tan tranquila mientras tú... ¡Hola, Chiqui! ¡Qué bueno que hayas podido venir! Pasa, sírvete un trago.

El problema de vivir en un mundo muy pequeño es que todos sus habitantes se están mirando unos a otros todo el tiempo. Los detalles más mínimos cobran una importancia desmesurada. Las arrugas de la falda, las medias corridas, las manchas de labial en los dientes... y, por supuesto, las peleas conyugales. Mi familia vivía bajo un microscopio, expuesta a las miradas indiscretas de

13

todos los demás microorganismos de nuestro eco-sistema.

Aunque bueno, en eso, mi vida no ha cambiado mucho. Salvo porque aquí la calidad de las telas es mucho más corriente.

Volviendo a la noche fatídica, quienes creen que las fiestas son para relajarse no han organizado una. La inauguración de El Remanso fue una de las ocasiones más estresantes de mi vida. Me pasé meses organizando una velada perfecta. Y al final, todo lo que pudo salir mal, salió pésimo. Incluyendo lo de los platos.

—¡Liliana! Pero ¿qué está pasando aquí? ¡Esta vajilla era de porcelana!

—Mamá, me aburro.

Esa es Liliana. Seis años. Ya a esa edad, yo le había comprado una bebé *reborn*, una casa de muñecas de dos metros de altura, una moto infantil eléctrica, un PlayStation y una infinidad de pasajes y estadías en Disney. Mi hija poseía más patrimonio que la provincia de Moquegua. ¿Y cuál era la frase que repetía más veces al día?: «Me aburro».

—¿Dónde está tu nana?

—Me he escapado de ella.

—Querida, tengo que atender a mucha gente. Por favor, compórtate. ¡Pascuala, controla a la niña, por Dios! ¿Es que tengo que ocuparme yo de todo?

—Ay, perdón, señora. Es que esta niña es como una bala.

Nanas. Les confías a tus hijos, que son lo más importante que tienes. Les ofreces acceso a una sociedad que nunca podrían haber ni soñado. Les compras un uniforme blanco precioso, con sus medias de borlas. Y cuando más las necesitas, se han largado a la esquina a besuquearse con su novio el bodeguero. Seguro.

—Por cierto, ¿has visto a Patricia?

—No, señora.

Otra cosa de las nanas: nunca saben. No tienen la respuesta a ninguna pregunta.

—Pero ¿dónde se puede haber metido? ¿Me lo estará haciendo a propósito?

Aquí metió su nariz Rodolfo, siempre tan oportuno:

—Si no le hubieras comprado un Alfa Romeo a los dieciocho años, a lo mejor no se habría movido de aquí.

—Es verdad —le contesté—, debería habértelo comprado a ti.

Precisamente entonces, apareció la arpía de Mari Gabi del Río. Pude sentir el ojo en el microscopio, como un gigantesco sol sobre mi cabeza.

—¿Y Patricia? ¿No ha venido?

Tuve que colocarme con calzador mi mejor sonrisa, apretarla contra los extremos de mis labios y atornillarla ahí, tratando de que no se me descascarasen las paredes de la cara.

—Está a punto de llegar, querida. Ya sabes cómo son las adolescentes. Se les pasea el alma.

—¡Qué pena! —dijo la mala pécora esa, feliz de encender su taladro para perforarme el ánimo—. Justo en tu noche más importante. Espero que no se la pierda.

«Y yo espero que te claves uno de tus tacones en la yugular», pensé.

Pero eso no se lo dije.

¿Dónde carajo estaba Patricia?

Sin duda, en ese planeta a millones de años luz de mí que era su propia existencia.

Esa tarde, mi hija y yo habíamos tenido una pelea terrible sobre el futuro, sobre *su* futuro. Yo le recriminé que andaba muy dispersa, y que debía estudiar y trabajar muy duro para llegar a ser alguien. Ella respondió:

—Yo ya soy alguien. Tú lo que quieres es que sea tú. Y ese plan me da asco.

Dijo «asco». Ya sé que son cosas que los chicos dicen sin pensar. La adolescencia es una edad de rebeldía y todo eso. Pero me afectó de todos modos. Discutimos, más bien gritamos, hasta que ella salió de la casa dando un portazo. Y ahí seguía, en algún lugar del mundo exterior, deliberadamente ausente mientras se acercaba la hora de mi discurso, es decir, el preciso lapso en que los microscopios afinaban sus lentes para captar cualquier imperfección de mi parte, el más pequeño desliz.

¿Por qué iba Patricia a asistir a la inauguración del hotel de su madre? ¿Solo porque era la ocasión más importante de mi vida? ¿Porque yo necesitaba sentirme arropada por toda mi familia en este momento especial? ¿Porque quería compartirlo con mis seres queridos? ¿Y a quién le importa todo eso? A los dieciocho años, una persona no es una persona: es un monstruo de egoísmo. Todo su mundo, sus horizontes, sus proyectos, sus deseos y sus miedos empiezan y terminan en su propio ombligo.

Si tienes hijos, ya sabrás cómo funciona esto. Pero en ese momento, yo aún no lo sabía. Ahora entiendo que no sabía nada de las cosas importantes. Y no tenía previsto aprenderlas esa misma noche. Tenía otras urgencias.

—Rodolfo, por favor, localiza a Patricia.

—Ella ya sabe que estamos aquí.

—Quizá lo ha olvidado, Rodolfo. Esa chica vive distraída.

—No contesta al teléfono.

—¿Tampoco en esto vas a apoyarme, Rodolfo? ¿Ni siquiera en esto?

Fui al baño. No podía lavarme la cara porque llevaba encima todo el maquillaje, pero me refresqué con agua de colonia y me retoqué. Ya que no iba a recuperar la calma en toda la noche, necesitaba al menos recuperar el aspecto de calma. Conté hasta cincuenta. Me encerré en el baño y apliqué una técnica de respiración de yoga que había aprendido por cien dólares la hora con un supuesto gurú hindú de sospechoso acento colombiano.

A la mitad de los ejercicios, estuve a punto de echarme a llorar. Mi rostro quería explotar, pero pensé en el estropicio de los cosméticos y traté de contenerme. A pesar de mis esfuerzos, algunas lágrimas intentaron derramarse de mis ojos. Alcé la vista hacia el techo. Con la punta de la uña, recogí las gotas de la esquina de mis pestañas.

Con la precisión de un ingeniero hidráulico, logré salvar toda la pintura de ojos. Justo entonces, sonaron unos golpecitos en la puerta del baño.

—¿Maritza? ¿Estás ahí?

Inés. Su voz siempre me transmitía confianza. Era segura, firme, sólida como un balance trimestral.

Inés trabajaba para mí en el estudio desde antes de graduarse en Derecho, y en solo dos años, se había convertido en mi persona de confianza para el negocio del hotel, y de paso, en mi confidente más cercana. Me recordaba a mí misma a su edad: llena de ambición y ganas de trabajar. Por supuesto, a veces me asaltaba la idea de que yo necesitaba amigas, en el sentido de «personas con las que se puede hablar de temas personales y que no estén en la nómina de sueldos de cada fin de mes». Pero ese pensamiento nunca duraba mucho en mi mente. Al fin y al cabo, yo apenas hablaba de temas personales. La vida me parecía demasiado corta para desperdiciarla con psicoanálisis baratos, menos aún, gratuitos.

Así que no le dije a Inés que estaba a punto de

llorar. Yo no hacía esas cosas. Yo era fuerte. Yo era el tipo de persona que se tragaba las penas, se aclaraba la voz y, con el tono más frío posible, preguntaba:

—¿Todo bien ahí afuera? ¿Los invitados se divierten?

—Creo que ya están todos. Y todavía no están borrachos. Es una buena hora para tu discurso.

No quise preguntar. No debí preguntar. No, no podía preguntar. Pero pregunté:

—¿Ha llegado Patricia?

—Creo que no. ¿Quieres que mande a un chofer a buscarla en algún sitio?

—No, solo tenía curiosidad. Ya vendrá.

Un largo silencio cayó sobre nosotras, como si el techo se hundiese.

—¿Estás bien? —preguntó ella.

Por un momento, estuve a punto de decirle a Inés que no, que no estaba bien. Que me sentía resquebrajar por dentro, como si una grieta me recorriese la columna vertebral. Que todo se estaba derrumbando a mi alrededor. Que el suelo se hundía bajo mis pies, y yo caía y caía, sin llegar a tocar el fondo nunca. Que necesitaba que alguien ahí arriba me arrojase una soga, me la amarrase a la cintura y tirase de mí hacia el exterior. Pero, por supuesto, solo dije:

—Estoy perfectamente. Reúne a todos y espérenme afuera.

—Está hecho.

A partir de ese momento, las cosas ocurrieron

en cámara lenta. Arrojé al escusado el papel higiénico con el que me había sonado la nariz. Al tirar de la cadena, me quedé mirándolo naufragar poco a poco, en medio de la tormenta del sanitario. Abrí la puerta del retrete, y luego la del baño, todo muy pausadamente, como si me dirigiera a la guillotina.

Dicen que una madre percibe lo que ocurre con sus descendientes aunque no lo sepa a ciencia cierta. He leído sobre madres que han sentido un dolor en el pecho en el momento de la muerte de sus pequeños. O que han sufrido pesadillas una noche, mientras los ladrones entraban en las casas de sus hijos adultos. Puede ser una superstición, o un recuerdo sembrado después de la tragedia. O también puede ser lo que me estaba ocurriendo a mí mientras se acercaba mi momento estelar.

Inés ya había pedido la atención de los invitados y comenzaba a presentarme. Sus palabras llegaban a mis oídos como si hablase debajo del agua:

—Bienvenidos a El Remanso. Este hermoso lugar, con esta bellísima colección de pintura peruana y esta selecta carta de vinos y cocteles, es producto de un sueño. El sueño de una mujer que nunca se ha dado por vencida, sin importar lo duro que sea el reto.

Los aplausos y sonrisas formaron un túnel para dejarme pasar. En un rincón, vislumbré a la chismosa de Mari Gabi del Río. Miraba en mi dirección y se reía mientras cuchicheaba al oído de una de sus amigas. No podía estarse riendo de mi vestido, ¿verdad? Era un Carolina Herrera rojo, a juego con los rubíes de los aretes. Las pulseras y el collar estaban hechos de oro blanco, para no distraer del brillo del vestido. No. Mari Gabi no podía estar riéndose de mi apariencia. Debía estar burlándose de algo *dentro* de mí.

Inés continuaba:

—Maritza Fontana representa la mujer de hoy, que no tiene que escoger entre trabajar o formar una familia. Puede ser exitosa en todos los ámbitos de la vida que se proponga. Porque el siglo XXI es nuestro. Sobre todo, tuyo, Maritza.

Flashes de fotos. Silbidos de admiración. Y en el fondo, mi hija Liliana trepándose a una de las lámparas Biosca & Botey traídas especialmente de Barcelona. No supe si angustiarme porque la niña podía electrocutarse o por la factura de la iluminación. Por supuesto, su nana no figuraba por ninguna parte. A lo mejor andaba en la cocina, atiborrándose de canapés.

Inés continuaba:

—Para las demás mujeres, tu ejemplo es una inspiración constante. Tu éxito nos anima a ser cada día mejores empresarias, mejores profesionales, mejores mujeres.

Rodolfo no se había colocado en la primera fila, listo para animarme durante mi intervención. Mientras yo fingía una sonrisa para todos los asistentes, busqué a mi esposo entre ellos. No tardé en encontrarlo en el único lugar donde podía estar: pegado a las faldas de una de las chicas que servía las copas, bromeando con ella, con la mano en el bolsillo, el gesto irónico a media boca y el mechón rebelde sobre la frente. Como si yo no estuviese a punto de aparecer en público. Como si yo no estuviese, sin más, en ninguna parte.

—¡Y ahora, con ustedes, Maritza Fontana!

Los aplausos y las miradas de aliento me arroparon hasta el rincón. De repente, mi vida parecía ocurrir muy lejos de mí. Traté de concentrarme en lo que iba a decir. Me pareció una tarea agotadora. Pero había ensayado esas palabras durante toda la tarde. Para eso se trabaja. Para estar preparado ante cualquier situación inesperada. Dije:

—Nada de esto habría sido posible sin mi familia. Cuando concebí El Remanso, me pregunté: «Si viajase con mi esposo y mis niñas, ¿cómo sería el lugar perfecto para quedarnos? ¿Cuál es nuestro sueño?». Lo que ustedes ven a su alrededor es lo mejor que pude imaginar para la gente que amo.

Ahora, Liliana tiraba de la falda de una señora. Su nana, Pascuala, había aparecido por fin, y trataba de llevarse a la niña mientras aplacaba a su víctima. Los reclamos de la mujer llegaban hasta mis oídos. Pero nadie más en esa sala parecía oírlos. Del otro lado, mi esposo seguía coqueteando con la camarera. Ahora, parecía que un botón de su saco se había enganchado en la bandeja. O algo así.

Y los dos se reían. Cambié mi discurso para ver si al menos así me escuchaban. Dije:

—Rodolfo, tú has sido un apoyo fundamental durante todos estos años, siempre a mi lado, siempre creyendo en mí. Gracias por tu fe y tu compañía, tu amor y tu amistad.

Él se sintió descubierto. Me sonrió y alzó su copa en mi dirección. Su sonrisa brillaba mucho menos que la de unos segundos antes. Pero al menos dejó de hacer tonterías. Yo continué:

—Liliana, hijita, gracias por tu paciencia en todas mis jornadas de trabajo, que a veces se han prolongado hasta tarde. Perdóname por todas las noches en que no te he contado un cuento antes de dormir. Por no ayudarte con tus tareas. Estaba ocupada construyendo un lugar perfecto para nosotros.

Liliana ni se enteró de que yo le hablaba. Ahora mismo, peleaba con su nana. Quizá quería organizar un incendio o conducir un coche y la otra no se lo permitía. Los gestos de Pascuala le pedían a mi hija «baja la voz, por favor». Ni siquiera le exigíamos comportarse. Nos conformábamos con que se portase mal sin llamar la atención.

Comprendí que en mi discurso faltaba un nombre:

—Y Patricia...

Estuviese o no entre el público, tendría que mencionar a mi hija mayor. Todas las Mari Gabis del Río en la sala habían asistido al evento en busca de carne fresca para alimentar a sus jaurías de chismosas. Obviar a mi hija habría sido un festín para esas brujas. Pero ¿qué quería decirle a Patricia? ¿Qué debía decirle? ¿Qué podía decirle?

—Patricia, a veces te exijo demasiado, porque me lo exijo a mí misma. Quiero que des lo mejor de ti, porque sé que tienes mucho que dar. Yo no nací en cuna de oro. Tuve que trabajar muy duro para conseguir lo que tengo. Y este lugar es el símbolo de lo que podemos lograr cuando nos lo proponemos. Quiero que te propongas muchas cosas porque puedes hacerlas todas realidad. No lo olvides.

Mientras sonaban los aplausos, la noche fue cayendo sobre nosotros. Todas esas caras sonrientes, llenas de dientes blancos; todas esas joyas colgando de los cuellos y las muñecas; las alfombras rojas; los cuadros caros; las copas brillantes; los peinados esponjosos empezaron a perder color de repente.

Yo diría que el primero fue Rodolfo. Me había quedado mirándolo a él, como suplicando su ayuda. Desde los bordes de la multitud, una corriente de malestar se le fue aproximando. Alguien llegó a su costado y le dijo algo al oído. De repente, su rostro cambió de expresión. Se endureció. Palideció. Algo salió de sus labios, algo como un insulto o un grito, aunque no llegó hasta mis oídos. Solo lo vi a él, avanzando entre los cuerpos y sus perfumes, acercándose a mí. A cada paso suyo, otras personas iban transformándose, preocupándose, enfureciéndose, angustiándose. El mal humor se convirtió en una marea que amenazaba con tragarme. Aún seguía a mi lado Inés, que no había percibido el tsunami, y su voz sonó en el micrófono, desentonando por completo con la melodía que yo comenzaba a oír:

—Ahora, ¡a divertirse!

Dos movimientos se mezclaron en la sala entonces. Por un lado, los brindis y la música del *DJ*. Por otro, el pantano de dolor que me rodeaba. Dos corrientes chocando en un río revuelto, conmigo en el centro. Escuché mi nombre:

—Maritza. Para. Para todo esto.

—¿Qué pasa? ¿Por qué? Es mi noche especial…, es mi gran noche.

—Ha ocurrido algo, Maritza. Una muy mala noticia.

—¿Tiene que ser hoy? ¿Qué puede ser tan malo que no pueda esperar a mañana?

Recuerdo el resto de esa noche como una tormenta de palabras. Términos nuevos en mi vida, que de repente caían a mi alrededor como un granizo de hielos puntiagudos: «conmoción», «contusión», «hemorragia», «laceración del cerebro», «cerebelo» y «tallo encefálico», «nivel vertebral».

Según los médicos, Patricia había estado bebiendo antes de conducir. No demasiado, pero suficiente para perder el sentido del riesgo. Iba demasiado rápido. Casi a ochenta en vías residenciales. En algún punto del malecón de Barranco, tomó mal la curva y se trepó en una rampa, que la hizo saltar sobre un pequeño muro. El carro —sí, el Alfa Romeo que yo le había comprado demasiado pronto según mi marido— dio una vuelta de campana y cayó sobre su techo, aplastando a mi hija en su interior.

La ambulancia había tardado veinte minutos en llegar. Después de sacar a Patricia de la carrocería destrozada y confirmar sus signos vitales, la habían intentado reanimar en marcha, sin éxito. Ya en quirófano, les había costado dos horas detener la pérdida de sangre. Cuando yo llegué al hospital, seguían intentándolo.

Mientras me explicaban los detalles, en una sala de espera del hospital Casimiro Ulloa, yo seguía vestida de rojo Carolina Herrera y oro blanco. Era la mujer más elegante de la sala de emergencias. Y la más confusa. Hacía sumas y restas con las horas y los minutos que me decían. Y me repetía a mí misma sin cesar:

—Se estrelló en el malecón de Barranco. O sea que venía a mi fiesta. Sí que iba a venir. Quizá por eso manejaba tan rápido, porque no quería llegar tarde.

Era un pensamiento extraño. O no. No sé quién dicta lo que hay que pensar en estos casos.

El primer objetivo de la noche era sacar a Patricia viva del quirófano. Un ejército de médicos y enfermeras entraba y salía de ahí con prisas, golpeando la puerta cada vez. Cada uno de esos golpes detenía mi respiración. Si todo salía bien, el proceso de recuperación tomaría mucho tiempo y cada avance resultaría imperceptible. Simplemente, la pasarían a otra sala, donde aún seguiría en peligro mortal. En cambio, si salía mal, solo nos darían la noticia y todo habría terminado. Así que *bien* no era bien. Pero *mal* sí era mal. Era peor. Pésimo. Terrible.

Rodolfo y yo mandamos a Liliana a casa con Inés y su nana. Nos quedamos esperando noticias en una sala color verde claro, frente a un televisor eternamente puesto en los resúmenes deportivos. Juraría que Rodolfo prestó atención a las reseñas de un par de partidos de fútbol. Pero ni siquiera levanté la cabeza. No quería confirmarlo.

Mi esposo y yo nos tomamos de la mano con fuerza y nos sentamos en dos sillas duras e incómodas. A pesar de la angustia, noté que llevábamos mucho tiempo sin tomarnos de la mano. Había olvidado su textura rugosa y firme, los pelillos en el costado exterior, cerca de la muñeca, y el tacto del anillo de bodas, que esta vez me pareció hecho de un metal muy frío.

Casi eran las dos de la mañana cuando se abrió la puerta, esta vez de par en par, y salió una camilla cubierta con gasas y sábanas. La paciente llevaba máquinas y máscaras, como de oxígeno. A pesar de eso, reconocí a Patricia. La habría reconocido aun sin verla, por sexto sentido materno. Traté de hablarle, o de hablar con un doctor. Pero en cuestión de segundos, el ascensor del primer piso se había tragado la camilla. Y todo el equipo de uniformes blancos se había dispersado por los pasillos. Antes de que desapareciese, noté que uno de los uniformes iba manchado de sangre. No quise aventurar qué significaba eso.

Ya habían pasado como diez minutos, y toda una repetición de los resúmenes deportivos, cuando un médico con gorro y guantes salió a atendernos.

—¿Señores Fontana? Por aquí, por favor.

Nos hizo pasar a un consultorio lleno de cajas de medicinas y vademécums clínicos. Recién entonces percibí el olor químico a hospital. Es un perfume parecido al de la muerte.

—¿Qué va a pasar, doctor? ¿Estará bien Patricia? ¿Podrá caminar? ¿Cuándo saldrá de aquí?

Mis propias preguntas asumían escenarios optimistas. Daba por sentado que mi hija saldría de ahí. Y que lo peor que podía pasarle era quedar condenada a una silla de ruedas. Dicen que cuando recibes la noticia de la muerte de un familiar, no la entiendes. Tu mente no está equipada para procesarla. Y te quedas preguntando al médico: «Pero ¿se siente bien? ¿Cuándo podré verlo?». Nuestro cerebro esquiva las desgracias, les huye, intenta borrarlas.

El médico nos informó:

—Las piernas de Patricia no han sido afectadas. Están un poco magulladas, pero la circulación es normal.

A continuación, el doctor nos ofreció una larga lista de cosas que estaban en su sitio. Casi salto del asiento a cada nueva revelación, como si hubiese grandes razones para celebrar. «¡Yuju! ¡Sus piernas están bien! ¡El bazo no le ha reventado! ¡La hemorragia del hígado está controlada! ¡Yupi!».

Al final, comenzaron a brotar de sus labios otras palabras. Las más difíciles de decir. Y de escuchar. Las había dejado para el postre. Quizá se proponía atenuar su efecto con un montón de entremeses irrelevantes.

La peor palabra de todas era «traumatismo craneoencefálico».

No: la peor de todas era «coma». Hasta ese día, para mí, esa palabra solo había designado un signo de puntuación. Una pequeña pausa entre dos palabras. En medicina, en cambio, significaba «punto y aparte». O quizá «punto final».

Después de la charla, el médico nos acompañó a cuidados intensivos, donde Patricia pasaría los siguientes días. La encontramos en medio de una sala sin ventanas, casi un escaparate de personas enchufadas a máquinas, como electrodomésticos humanos. Llevaba la cabeza envuelta en vendas. La poca piel expuesta al aire libre tenía un tono entre morado y rojo. Por lo demás, parecía dormida. Quise pensar que a lo mejor se despertaría de repente. O despertaría yo de esa pesadilla.

Recordé nuestra pelea de esa tarde. Sobre todo, las últimas palabras que ella me había dicho:

—Yo ya soy alguien. Tú lo que quieres es que sea tú. Y ese plan me da asco.

¿Serían esas las últimas palabras que yo recordaría de ella para siempre?

Me acerqué a su cama. Toqué su mano, de la que salían cables y cinta adhesiva. Sentí un rastro del olor de su colonia: Nina Ricci. Susurré:

—Patricia…

Rodolfo me interrumpió. Al parecer, no podía evitar decir algo imbécil en cada oportunidad.

—Cariño, ella no te escucha…

Por suerte, no tuve que callarlo yo. El médico se ocupó de eso:

—No sabemos si escucha —dijo—. Puede que sí. Algunas partes de su cerebro se mantienen activas. No se pierde nada hablándole.

Al oír eso, las palabras salieron de mi boca con prisa, como animales encerrados durante años y repentinamente puestos en libertad:

—Mi amor, te prometo que, si sales de esta, no volveré a presionarte, ¿ok? Serás lo que quieras. Yo te apoyaré. Confío en ti. No quiero que vivas como yo. Solo quiero que vivas. Por favor, despierta. Por favor…

La única respuesta fueron los ruidos de las máquinas.

Sentí que alguien tiraba de mí hacia atrás. Era Rodolfo, por supuesto. Me dijo:

—Tenemos que irnos. Estamos molestando a los enfermeros.

Muy propio de él. Pensar en ese momento en las condiciones laborales del personal.

Yo no quería irme. Tenía miedo de no decirle a Patricia todo lo que llevaba dentro. Las palabras son como los vestidos: algunos, aunque sean hermosos, se quedan guardados en el armario y sus dueños se olvidan de ellos, incluso cuando los necesitan. Esa noche, que podía ser la última con mi hija, yo no quería dejarme nada en el armario. Le dije:

—¿Sabes, Patricia? Todo lo que hago, lo hago por ti. El trabajo, el hotel. Incluso las cosas que te enojan. Mis reproches, nuestras peleas. Sé que nunca lo has creído, pero es todo por ti. Para que seas feliz.

Rodolfo me apretó el hombro. Le habría dado una cachetada; sin embargo, no quería pelear enfrente de Patricia. Tenía cosas que hablar con ella:

—Cuando despiertes, hablaremos de todo eso. Hablaremos de lo que quieres ser. Y de cómo puedo ayudarte. Es lo único que me importa.

Dejé un beso en su mano. Toqué su rostro con el mío. Y entonces, lo sentí. Sus dedos.

Se estaban moviendo. ¡Me estaban acariciando!

—Me ha tocado —le dije al doctor—. Me ha hecho una caricia con los dedos.

La respuesta del cirujano me sonó más fría que los pasillos del hospital:

—En el coma, a veces se producen movimientos involuntarios: pestañeos, toses, incluso toses breves. Son reflejos del cuerpo.

Pero yo sabía muy bien lo que había sentido. Ningún doctor me iba a explicar lo que yo tenía claro:

—No fue su cuerpo. Fue ella. Me escucha. Quiere que me quede a su lado.

Rodolfo dio una nueva muestra de su profunda sensibilidad:

—Maritza, por favor. Ya no podemos hacer nada más aquí.

Nada más. Eso dijo. Porque a él no se le ocurría nada. Yo sí tenía algo más que hacer. Explotar. Soltar ahí mismo, entre los muertos vivientes de la sala de cuidados intensivos, toda la rabia que atascaba mis sentidos:

—¿Has tocado a tu hija? —le dije—. ¿Le has hablado? Ni siquiera la has visto. Te parece una cosa que no se mueve, que no te importa. ¡Porque ninguna de nosotras te ha importado nunca! ¿Harás lo mismo cuando yo esté en un hospital? ¿Te irás rápido y sin mirar para no «molestar a los enfermeros»? ¿Es que no eres capaz de sentir nada? ¿No tienes sangre en el cuerpo, carajo?

Seguro que sabes cómo me sentía. Seguro que también has vivido con un imbécil, porque a menos que seas lesbiana, no queda más opción. Seguro que a veces te has quedado mirando a tu pareja. Y le has preguntado «¿en qué piensas?».

Y él te ha respondido «en nada». Y tú has creído que te oculta lo que hay en su cabeza porque piensa en otra mujer, o en algo inconfesable. Pero al final has comprendido que, efectivamente, aunque parezca mentira, no piensa en nada.

Los hombres que conozco pueden vaciar su cabeza y su corazón. Necesitan hacerlo, porque tienen terror de sus propios sentimientos. Por eso, los abandonan. Los esconden. Los estrangulan.

¿Es diferente en tu mundo? No lo creo. Es naturaleza humana. Funciona igual en todas las clases sociales.

Pero, en fin, ya te imaginarás la escena: Rodolfo me acusaba de injusta y juraba que él solo vivía para nosotras. Yo, fuera de mí, le recordaba a la camarera de la fiesta del hotel: «¿Y para ella vives también? Porque la escuchabas más que a mí esta noche». Un par de pacientes, como zombis saliendo de sus tumbas, volvían la cabeza hacia nosotros, jalando de sus cables y sus vendas, mientras el médico intentaba hacernos bajar la voz.

Decidí pasar la noche en el hospital. No me sentía con fuerzas para dormir junto a Rodolfo, ni para regresar a vivir al agujero negro que dejaba Patricia. Mientras permaneciese entre las paredes sin color y el olor químico del hospital, podía postergar mi regreso a la realidad, viviendo en una especie de útero protector. O algo así me imaginé.

—¿Tienen un cuarto? —pregunté, como si eso

fuese un hotel. Yo sabía más de hoteles que de hospitales.

El doctor trató de disuadirme. Creo que estaba desbordado por la situación. Supongo que nunca había tenido que resolver crisis conyugales en cuidados intensivos. Dijo:

—No se encontrará bien aquí. No puede dormir en esta sala. Y si su paciente no se encuentra en una habitación, no podemos ofrecerle una cama.

—Dormiré en la sala de espera —contesté, muy segura yo.

Todavía tuve que aguantar quince minutos de protestas de Rodolfo, con sonsonete de niño al que le han quitado la golosina: «Maritza, no te pongas así». «Maritza, esto no es necesario». «Maritza, ¿podemos hablarlo en casa?». Ni siquiera le respondí. Eso lo sacaba de quicio, por lo general: que yo no le concediese la dignidad de una discusión, el refugio de una discrepancia. Funcionaba como una pequeña venganza. Solo le dije, al final de todo:

—Ella me ha acariciado. Y tú ni siquiera le has hablado.

Pero fue una mala idea. Porque él respondió. Y su respuesta se sintió como una cuchillada en mi garganta:

—Yo hablaba con ella cuando estaba despierta. En cambio, tú te sientes culpable porque ella te odia.

Cuando mi esposo se marchó por fin, sin dejar de renegar en voz baja, el doctor me «instaló» en una sala vacía y tétrica. Quizá la escogió porque estaba vacía. Era lo más cercano a la intimidad que podía hallar. O quizá pretendía hacer que me arrepintiese y me largase a casa. Si fue ese el caso, espero que no se haya hecho demasiadas ilusiones.

A las tres de la mañana de ese día agotador y extremo, mientras me acomodaba en una butaca insoportablemente incómoda, caí en la cuenta de que no llevaba nada conmigo: ni pijama, ni una muda de ropa interior. Todavía sentía el alcohol en el aliento, y ni siquiera tenía un chicle de menta. En mi pequeño bolso Gucci apenas cabía una tarjeta de crédito y un labial. Dos cosas bastante inútiles en mis circunstancias.

Traté de acomodarme medio recostada en la butaca. La luz de los fluorescentes se desparramaba desde el techo como un barro viscoso. Algo parecido a un refrigerador muy viejo sonaba de fondo.

A pesar del ambiente hostil y el duro asiento, debo haber dormido algo, porque cada cierto tiempo, imágenes horribles se amontonaban en mi mente: el vehículo de Patricia dando una vuelta sobre sí mismo, el crujido del metal sobre su cuerpo, las palabras de Rodolfo y las de la propia Patricia. «Asco». «Odio». Solo pueden haber sido pesadillas.

Pero no fueron los malos sueños los que al final me levantaron de la silla. Fue simplemente el hambre. El rugido amargado de mi estómago. Esa necesidad básica, casi primitiva.

Ese recuerdo de que yo, a pesar de todo, seguía viva.

Como no había ventanas, la luz se mantenía igual a medianoche que a mediodía. Mi reloj marcaba las siete de la tarde. Por el final de la sala, enfermeras y médicos se dirigían con prisa al inicio de sus guardias.

Junto a la puerta del baño, divisé una máquina expendedora. No sé por qué, por costumbre, o por una absurda pretensión de dignidad, me retoqué y me puse los zapatos de tacón para acercarme a ella. En el pasillo vacío, mis pasos sonaron como el tic-tac de una bomba.

En el fondo de mi bolso, aún quedaban unas monedas, que metí en la máquina para pedirle una barra energética con chocolate. Parecía la alternativa menos grasienta.

Pero la barra no salió. Volví a marcar el código. Volví a apretar el botón. La ranura de la máquina pareció reírse de mí.

—Dame mi barrita —la amenacé.

No hace falta decir que no me respondió. Y yo no tenía más monedas.

—¡Dame mi barrita! —grité, ahora golpeando a ese maldito aparato ladrón—. ¡Máquina de mierda! ¡País de mierda!

Le pegué a esa máquina como si fuese Rodolfo, y la nana de mi hija, y el maldito muro que volcó a Patricia, y la chismosa de Mari Gabi del Río, y todo, absolutamente todo lo que estaba mal en este mundo. Le pegué como si quisiera agotarme y fallecer ahí mismo. Como a la desgracia misma.

Pero por supuesto, perdí. Acabé yo misma sentada en el suelo, de espaldas a esa máquina, con la cabeza a la altura de las frituras, incapaz ni de procurarme el alimento. Nueve horas antes, yo había sido una mujer «exitosa en todos los ámbitos de la vida», «una inspiración constante», un ejemplo para el siglo XXI. ¿Cómo es que todo eso había desaparecido?

Y entonces, escuché esa voz. Llegó desde algún lugar más alto que yo, pero eso no tenía mérito. Yo me encontraba aplastada contra el fondo del universo. Y la voz sonaba segura, masculina, orgullosa, cargada de aplomo:

—Debe ser usted la mujer más elegante en todo este lugar.

Abrí los ojos. El dueño de la voz no iba muy bien vestido. Ni siquiera iba totalmente vestido: llevaba una bata de paciente que dejaba al desnudo unas pantorrillas con pelos ralos y mustios. Iba sentado en una silla de ruedas. No se había afeitado.

Y, sin embargo, tenía esa voz:

—¿Le está dando problemas la máquina? No sirve para nada.

Me levanté. Me acomodé el pelo. Otra vez en acción mi absurda pretensión de dignidad: sin importar lo que me ocurriese, nadie podía verme sufrir. No podía permitirme mostrarme llorando, despeinada, destruida. De hecho, debía aparentar calma, incluso temple para pensar en los demás. Me puse de pie, me acomodé el vestido y dije:

—Perdón, estoy muy cansada. Use la máquina si quiere. O si puede. —Él respondió:

—Puedo. Y también puedo ayudarla a usted. Si se deja.

Algo en sus palabras me descolocó. Como si él estuviese mirando más allá de mi aspecto, a algún lugar en el fondo de mí. Debo haberme ruborizado.

—¿A qué se refiere?

Él sonrió. Había un punto reconfortante en su gesto. Cuando has pasado la noche apretada en un asiento duro y frío, con tu hija en cuidados intensivos y tu familia lejos, ver una sonrisa es como ver amanecer.

No sé de dónde —porque las batas de pacientes no llevan bolsillos— se sacó un clip. Yo llevaba años sin ver uno. Mi oficina está muy informatizada. Consulto todos los documentos en digital. Es más sencillo y ecológico. Pero por lo visto, aún existen los clips.

—¿Tiene que presentar facturas? —pregunté en broma, aunque no tenía ninguna gracia.

Él no dijo nada. Con gran habilidad, y sin dejar de sonreírme, retorció el clip hasta formar una línea con varias curvas en forma de electrocardiograma. Al terminar, me lo enseñó con una mirada de complicidad. Gesticulaba teatralmente, como un mago ante un auditorio infantil. Se acercó a la máquina haciendo rechinar las ruedas de su silla. Insertó el clip retorcido en la cerradura de la máquina. Lo movió y removió lentamente. Ahora parecía un ladrón de cajas fuertes.

Y como en las películas de robos, algo hizo clic y la puerta se abrió. Él soltó una risa seca y breve pero alegre:

—¡Ja! Sírvase, señora: ¿papas fritas? ¿Coca-Cola? ¿Bebidas isotónicas? Le recomiendo el jugo con chía. Es más sano y sabe mejor.

—No podemos hacer eso —me negué como una boba. Hablé en susurros, con miedo a que nos descubriesen, como cuando fumaba en el colegio—. Es robar. Nos van a echar de aquí.

—Señora, si me echan a mí, me estarán dando de alta. Y si la echan a usted, podrá ir a su casa a cambiarse. Así que todo son ventajas. Robe lo que pueda.

—¡Es que está mal!

Y entonces, por primera vez, ese hombre me dirigió una de esas miradas que parecían venir de muy lejos, desde alguna cima muy alta que dominase miles de kilómetros a la redonda. Me dijo:

—¿No le ha robado la máquina a usted?

—Pues sí —admití.

—¿Entonces, señora? ¿No ha escuchado usted aquello de «ladrón que roba a ladrón tiene cien años de perdón»? Déjese perdonar.

Todo parecía posible frente a él. Todo era fácil. Natural.

Agarré la barrita energética y una botella de

agua. Me moría de sed. También agarré una bolsa de frituras. Ni siquiera me gustan, pero me sentía obligada moralmente a robar todo lo posible. Él tomó una Fanta de naranja y un sándwich de queso.

—Qué pena que no vendan cigarrillos. —Se rio.

Y por primera vez en veinticuatro horas, yo también me reí. La carcajada me brotó de los pulmones como una catarata. Hasta me sentí un poco culpable. Por permitirme un segundo de diversión.

Él me ofreció una mano fuerte, de piel seca.

—Soy Reinaldo Jáuregui, especialista en máquinas de caramelos. También he cumplido condena por un par de carritos de helados, pero ya pagué mi deuda con la sociedad.

Volví a reírme y estreché su mano.

—Maritza Fontana. Soy nueva en el oficio.

—Es solo cuestión de práctica —respondió con un gesto cómplice. ¿O era un guiño? ¿Me había guiñado el ojo un hombre en bata en una sala de espera mientras mi hija pasaba por un coma a cincuenta metros?

No me quedé más con Reinaldo Jáuregui ese día. Me parecía casi inadecuado. En mi situación, la tristeza era un deber.

Con la barriga ya aplacada, esperé hasta la hora de visitas y me presenté en cuidados intensivos a ver a Patricia. Pasé dos horas con ella, sentada junto a la cama, acariciando su cabeza. Esperé que volviese a reaccionar. Una caricia por su parte.

Quizá un temblor de las pestañas. Esta vez, no se movió.

Recordé años antes, cuando Patricia era una bebé y yo le daba el pecho. La pobre tenía muchos gases. Yo tenía que pasarme un buen rato paseándola y dándole palmaditas en la espalda. Su bienestar, incluso su supervivencia, dependían de un movimiento o una negligencia por mi parte. Cuánto necesitaba Patricia de mí entonces. ¡Y qué pequeña era! Yo podía colocarla en el hueco de mi cuerpo y protegerla toda. También podía ofrecerle todo lo que necesitaba: cariño, techo, alimento, palmadas. La vida era un lugar fácil, donde nada se escapaba de mis manos.

—¿Cómo estás esta mañana? —le pregunté al oído—. ¿Te sientes mejor? He pasado toda la noche aquí cerca, lista para venir a verte.

Por costumbre, estuve a punto de preguntarle: «¿Has dormido bien?». Pero era una pregunta idiota, ¿verdad?

¿Dijiste que tenías hijos? Perdona, no me acuerdo. Supongo que no soy una buena compañera. Me pongo a contar mi historia y me olvido de los demás. Te parecerá mentira, pero nunca la he contado, ¿sabes? Es la primera vez que lo hago. Y me sorprende a mí misma hacerlo. Ahora que vivo aquí, mi mundo se ha vuelto muy diferente. La persona que yo misma era hace muy poco tiempo me resulta ajena, distante. Una extraña con un vestido extraño en un lugar más extraño.

A mediodía, pasé por mi casa a buscar algo de ropa. Era sábado, así que estaba toda la familia. Bueno, casi toda.

—Mamá, ¿Patricia se va a morir?

—¡Liliana! ¿Quién te ha dicho eso?

—Lo han dicho en la tele. Que hay muchos accidentes de carros. Y se muere mucha gente.

Fue la primera vez que oí la palabra «accidente» referida a lo que había ocurrido. Y casi fue un alivio. Un accidente es involuntario, producto de la mala suerte o el error. Después de todos mis conflictos con Patricia, en algún lugar de mí habitaba el miedo a que se tratase de un suicidio. O de un intento. O que Patricia yacía en cuidados intensivos decidiendo qué iba a hacer ahora: hacernos más daño o no. Llegar a lo irreparable o pasar la página. Pero ¿cómo le explicas todo eso a una niña?

—Cariño, nadie va a morirse, ¿ok?

Abracé a Liliana. Mi pequeña. De repente, ella y toda la casa parecían muy frágiles, como objetos de un cristal muy fino, hermosos pero capaces de romperse en mil pedazos con un solo empujón. Cuando sentí que las lágrimas se me derramaban de los ojos, llamé a la nana:

—¡Pascuala! Llévate a la niña, por favor. Voy a ver a papá, cariño. Luego hablamos.

—Pero, mamá…

—¡Luego hablamos!

Seguí hasta mi cuarto sin mirar atrás. Rodolfo aún dormitaba entre las sábanas. No me acerqué a despertarlo. Entré en el baño. Me di una larga ducha caliente, sintiendo que el agua me redimía de alguna manera. Me liberaba. Después, me senté frente al espejo del baño y me maquillé. No como para una fiesta, claro. Todo lo contrario: me pinté para no parecer pintada, para verme normal. Solo quería disimular las bolsas bajo los ojos, las arrugas extra de la angustia, el desánimo de la piel. Es una de las ventajas de ser mujer: puedes colocarte frente a un tocador y convertirte con tus propias manos en una persona más alegre, más viva que la que llevas por dentro.

Volví a la habitación. Saqué de los cajones ropa cómoda y una mochila. Rodolfo ya estaba sentado en la cama con la bata puesta. Pero entre nosotros solo se extendía el silencio. Ya estaba terminando de preparar mi mochila cuando él habló:

—Siento lo que te dije ayer. Fui un estúpido.

—¿Vas a ir a visitar a tu hija? —pregunté. Ni siquiera lo miré a los ojos. No pensaba seguirle la cuerda y sentarme en sus rodillas a darle las gracias por ser tan comprensivo.

—Por supuesto —dijo él.

—Pues apúrate —respondí—. Así, yo me quedo con Liliana un rato. Luego, nos intercambiamos.

Él asintió y se marchó al baño. Yo seguí haciendo mis preparativos con la mente en blanco, como un robot. Hasta que sonó mi teléfono. Antes de contestar, vi en la pantalla el rostro de Inés. La tenía identificada en el teléfono con la misma foto del *brochure* de nuestro estudio: profesional, eficiente, segura, una máquina de facturar minutos.

—¿Cómo estás? —me preguntó—. ¿Cómo está Patricia?

—Igual. No me llames para preguntar por ella. Ya te llamaré yo cuando haya novedades.

De modo automático, mi voz se había vuelto empresarial y fría. Debía ser la costumbre de hablar con Inés. Estábamos acostumbradas a temas ejecutivos:

«¿Patricia está en coma? Presenta un informe por triplicado». «¿Temes que se haya suicidado por tu culpa? Interpón un recurso ante la sala de lo civil». Ojalá el dolor fuese un asunto de trabajo, un tema pendiente que se pudiese resolver, o por lo menos, traspapelar y desaparecer. Inés continuó:

—En realidad, no te llamo por eso…, pero no sé si es momento de decirte lo otro. Quizá prefieras hablar otro día.

—Ahora tendrás que decirlo. No te queda más remedio.

—Son malas noticias.

—¡Ja! —Me salió una carcajada sarcástica, una risa triste—. No pueden ser peores de las que ya hay.

—Quizá sí. Es sobre Rodolfo. La información que pediste.

La información. Con el desbarajuste de Patricia y el hospital, yo había olvidado ese tema. Pero un par de semanas antes, le había solicitado a

Inés un buen registro financiero de mi esposo. Había detectado algunos movimientos extraños en nuestras cuentas comunes, movimientos que él no había sido capaz de explicar satisfactoriamente (en realidad, ni siquiera había intentado explicarlos, solo había cambiado de tema cuando lo mencioné). Y antes de enfrentarlo de un modo más directo, yo había decidido reunir toda la información relevante: revisar gastos de tarjeta de crédito, echar un vistazo a sus movimientos de cuenta, pasar por su oficina a ver cómo iban las cosas, preguntar un poco aquí y allá. Era un pequeño trabajo de detective que solíamos hacer con los clientes y socios potenciales. ¿Por qué no emplear las mismas técnicas para un marido sospechoso? Así, Rodolfo y yo evitaríamos la típica discusión basada en insinuaciones y sospechas. Podríamos analizar cuidadosamente los hechos y encontrar una solución.

—¿Qué has encontrado? —Quise saber.

—¿Estás segura? Quizá deberías esperar a…

—Inés, habla.

—Ok: Rodolfo está en quiebra. Su agencia consultora lleva meses sin facturar. Ha despedido a la secretaria y no ha contratado una nueva, o sea que no puede pagar sueldos. Ha pedido un préstamo bancario de diez mil dólares para mantenerse a flote. Y paga las mensualidades con dinero de la cuenta común que tiene contigo. Pero seguramente te ha explicado esto, ¿verdad? ¿Te ha hablado de esta situación? Quizá pensaba hacerlo,

45

solo que no tuvo tiempo por lo de ayer, y aún espera el momento de…

—Gracias, Inés —la interrumpí—. Has sido de mucha ayuda. Llámame si tienes cualquier novedad.

Colgué sin esperar una despedida.

Rodolfo y yo nos habíamos conocido veinte años antes en la Facultad de Derecho. En esa época, él quería hacer política. Y yo pensaba ser abogada de familia, para ayudar a las personas. Al terminar los estudios, Rodolfo llegó a militar en un partido de izquierdas, hasta que se decepcionó y decidió abrir una consultoría en temas de desarrollo social. Yo me orienté hacia el derecho de empresa. Desde nuestro matrimonio, mi carrera había ido ascendiendo, y la suya, despeñándose. Pero yo nunca había tenido que mantenerlo. Y él nunca me había tenido que mentir respecto a su situación financiera.

Calculé llegar al hospital justo a tiempo para evitar a mi esposo. Y llegué preparada para acampar en esa sala de espera. Llevaba galletas, agua, ropa cómoda, una manta y toda una colección de artículos de aseo tomada de las bolsitas que te ofrecen en la clase ejecutiva de los aviones. Pasé la tarde entre mi «territorio» y la sala de cuidados intensivos. De vez en cuando, sonaba mi teléfono. Pero al ver la foto de Rodolfo en la pantalla, yo rechazaba la llamada.

A medianoche, cuando el hospital ya era silencioso como un cementerio, sentí rechinar las ruedas de la silla de Reinaldo Jáuregui, mi amigo de la madrugada anterior. No dejé que se me notase. Sin embargo, me alegré. Y me alegré más al oír esa voz cargada de seguridad:

—Ya no es usted la más elegante del hospital.

—Pero estoy más cómoda.

—¿Puedo invitarla a cenar? Nuestro restaurante de siempre sigue abierto.

—Hoy invito yo —le dije. Y le ofrecí mis provisiones.

Esa noche, compartiendo galletas y agua, hablamos más largamente. Casi todo el tiempo, hablé yo. Al principio, sobre puras tonterías: el servicio del hospital, las veces que habíamos estado internados en alguno, nuestras golosinas favoritas…, y también nos reímos. Ese hombre tenía sentido del humor. Ahí, con él, sentí que llevaba mucho tiempo sin hablar de verdad con nadie. Quizá Reinaldo tenía una gran capacidad de escuchar. O quizá simplemente es más fácil comunicarse con un desconocido, porque nada de lo que una diga tiene consecuencias.

Como a las dos de la mañana, Reinaldo comentó:

—Echaré de menos su conversación cuando salga de acá.

—Gracias, yo también.

—Bueno, usted tendrá a su hija de vuelta. No echará de menos nada.

—No crea. Si ella se pone bien…

—*Cuando* ella se ponga bien…

—Cuando ella se ponga bien, yo tendré que ocuparme de otros problemas.

—No serán peores que este.

Era el momento de decirlo. La única oportunidad de compartirlo con alguien.

Y no la desperdicié:

—Tengo… miedo de lo que ocurra cuando Patricia despierte. Tengo miedo de que haya tratado de matarse… y me eche la culpa. Tengo miedo de que ella tenga razón y sea culpa mía, en efecto.

Él se puso muy serio. Hasta entonces, había intentado animarme todo el tiempo. Pero esta vez, se acercó mucho a mí, me tomó del brazo, y mirándome fijamente a los ojos, me dijo, con una voz que nunca olvidaré:

—Cada persona es culpable de sus propios actos. No deje que nadie le diga lo contrario. Somos responsables de nuestras vidas. No podemos liberarnos de esa responsabilidad aunque queramos.

Entre nosotros se formó una especie de energía común. Una sintonía. Me sentía tan comprendida por ese hombre que lo habría besado y abrazado ahí mismo.

Pero ni siquiera hubo tiempo. En ese momento, una enfermera entró en la sala de espera a empellones, y al verme ahí, me dijo:

—Señora Fontana, al fin la encuentro. Es Patricia. Ha despertado.

VENGANZA

Patricia: mi bebé, mi amor, mi sol.

Cuando pienso en mi hija, pienso en sus pies cuando era bebé: dos tamalitos minúsculos que cabían juntos en un beso. Y luego, pienso en el pelo que llevaba en primaria: pegado a la cabeza como si lo llevase pintado, hasta rematar en un moño de bailarina. Finalmente, pienso en sus muñecas. En los antebrazos lastimados de su mayoría de edad. En ese momento, prefiero dejar de pensar.

Patricia tiene mucha fuerza. Y nunca se calla las cosas. Siempre disfruté de su energía, incluso de su insolencia. Ella era como yo: nunca se conformaba con seguir al rebaño. Siempre quería más de la vida. Eso era lo mejor que tenía. Y lo peor también.

Quizá fuese culpa mía. Yo la eduqué para ser la mejor. Y eso no resulta fácil en un mundo de hombres. Para sobresalir, las mujeres tenemos que esforzarnos el doble que ellos.

Durante toda su infancia, vigilé de cerca los estudios de Patricia. Le exigí un promedio de notas entre notable y excelente. Si bajaba de ahí, la castigaba encerrándola a estudiar el fin de semana entero. Siempre estuvo en los cuadros de honor de la clase. Por no mencionar que fue elegida mejor compañera tres veces. Y delegada de clase en primero y cuarto de secundaria.

Además, la inscribí en el equipo escolar de atletismo. La pobre corría como un venado perseguido. No paraba de ganar medallas y trofeos, que poníamos en la sala de la casa para que los viese todo el mundo.

Hice todo eso por ella y por su futuro. Pero a quién quiero engañar: también lo hice por mí. Desde que estoy aquí he tenido tiempo de pensar en muchas cosas. Y ahora supongo que también presionaba a mi hija por una cuestión de ego. Nuestros hijos son nuestras medallas. Creemos que, al admirarlos, la gente admirará también a sus madres y padres. Queremos que todos digan: «Esa chica debe haber recibido una educación muy buena para haber sido capaz de triunfar». O: «Ese chico debe haber desarrollado su talento desde la cuna».

Bueno, así ocurre, al menos un poco.

Los problemas comenzaron cuando Patricia entró a la universidad. A la del Pacífico, por supuesto. El mejor centro de estudios privado para estudiar Economía y Administración. Fue como subir a primera división. Acostumbrada a sus grandes notas y resultados deportivos, Patricia se encontró de repente en un entorno muy competitivo. Había muchos estudiantes tan buenos o mejores que ella. En el primer ciclo, ni siquiera sacó notas especialmente altas. Eso fue todo un *shock*.

Intenté ayudarla: para su segundo ciclo, contraté a profesores particulares de matemáticas, filosofía, historia y economía política. Patricia gozaría de todos los refuerzos que hiciesen falta para consolidar su vocación. Y los gozaría las veinticuatro horas del día, si hacía falta.

Sin embargo, sus notas en ese ciclo empeoraron. Ni siquiera consiguió aprobar matemáticas.

—Te estás abandonando —le recriminaba yo.

—¡Hago todo lo que puedo! —respondía ella.

—Tienes que hacer más —insistía yo.

Nuestras conversaciones venían cargadas de mal humor. Una circunstancia como esta escapaba a nuestros planes iniciales. No entendíamos lo que ocurría. Tanto a ella como a mí, las cosas que no entendemos siempre nos han puesto de muy mal humor.

Después del segundo ciclo, ella comenzó a hablar de un año sabático. Quería viajar por el mundo, recorrer los cinco continentes y decidir qué hacer con su vida. Pero para decidir eso, hace falta trabajar, no ir por ahí de turista. El supuesto sabático solo funcionaría como evasión: pospondría el problema de su vocación hasta que tuviese que afrontarlo de nuevo. Yo le decía:

—Estás loca si crees que te voy a pagar la vuelta al mundo. ¿Me has visto cara de lotería?

—¿Para qué tenemos dinero, entonces? ¿Para qué trabajas tanto?

—Para educarte, por ejemplo.

—Viajar educa.

—No: estudiar educa.

Rodolfo solía ponerse de parte de ella. Opinaba que debíamos dejarla en libertad. Pero claro, Rodolfo siempre había evitado los conflictos con nuestras hijas. Con gran habilidad, me había dejado a mí de policía mala y se había quedado con el papel del cómplice, el comprensivo, el amigable. Desde mi punto de vista, él solo quería ahorrarse problemas. Y por supuesto, aunque esté mal que lo diga, no era su dinero el que pagaba las facturas. Ni siquiera las de él mismo.

Total, Patricia y yo pasamos todo el verano repitiendo la misma discusión. Cada vez que nos veíamos, estallaba un nuevo combate. Supongo que, entre tanto grito, no fui capaz de detectar las señales de naufragio que emitía su barco.

Nuestra peor pelea llegó la noche anterior a su matrícula de tercer ciclo. Patricia no quería inscribirse en los cursos. Se notaba angustiada. Gritó que era demasiado tonta, que nunca conseguiría sacar unas notas decentes. Y por primera vez, habló de dejar la universidad para siempre. Dijo que se conformaría con ser dependienta en una tienda. O ama de casa.

Dios, yo ni siquiera recuerdo qué le respondí. O no quiero recordarlo.

Tras horas de discusión, le dije que yo no mantenía inútiles. Eso sí lo recuerdo. Usé la palabra «inútiles». La amenacé con echarla. Le juré que no la aceptaría viviendo en mi casa si no estudiaba. Por toda respuesta, ella corrió a encerrarse en el baño. Ese fue el fin de la batalla.

No le di especial importancia a nuestro enfrentamiento. Como siempre, yo tenía cosas que hacer. Casos que examinar. Documentos que leer. Balances financieros que aprobar. Salí de mi trance laboral casi a medianoche, cuando sonó mi teléfono. Era una amiga de Patricia, María Fernanda:

—Hola, señora Fontana. ¿Está Patricia?

—Sí, anda por ahí. ¿Por qué no la llamas al celular?

—Eso he hecho. Y también le he mandado mensajes. Pero no contesta. La llamo para que vayamos juntas a matricularnos a la universidad.

—Le diré que te llame ahora mismo.

Cualquier motivación para la universidad de Patricia me venía bien, de modo que me levanté y me fui a buscarla. No la encontré en su cuarto. Ni en la salita del televisor. Tampoco en el patio de atrás, junto a las habitaciones del servicio, donde yo sabía que se escondía para fumar de vez en cuando.

Mientras iba de un rincón a otro, abriendo puertas y llamando a mi hija, sentí por primera vez lo que volvería a sentir al año siguiente, en la inauguración de mi hotel: el vuelo de los murciélagos alrededor de mi futuro.

—¡Patricia! ¿Dónde te has metido?

Traté de recordar dónde la había visto por última vez. Vino a mi mente la puerta del baño de las niñas cerrándose de un portazo.

—¿Patricia?

La puerta estaba cerrada por dentro. Se escuchaba el agua correr. Toqué con suavidad.

—¿Estás ahí?

Debía haberse dormido en la bañera. Toqué más fuerte.

—Patricia, te ha llamado María Fernanda. Tienes que devolverle la llamada. ¿Te sientes bien?

Llamé diez veces sin recibir respuesta. Golpeé esa puerta cada vez más fuerte, hasta que se despertaron Liliana y Rodolfo. Quise pensar que Patricia seguía sin hablarme, pero que les respondería a ellos. Un zumbido poderoso se adueñó de mis oídos y se abrió paso hacia el centro de mi cabeza, como un punzón. Rodolfo pateó la puerta a la altura de la cerradura y luego se abalanzó contra ella con el hombro. Hasta que abrió.

Una nube de vapor llenaba el cuarto de baño y empañaba el espejo del lavabo. Patricia se encontraba en la bañera, inconsciente. El agua se derramaba hacia el suelo, pero no era solo agua. Estaba teñida de un color rojo espeso y oscuro. Como un crepúsculo, pero ya al final, cuando toda la luz del día está a punto de desaparecer.

Esa fue la primera vez que llevamos a Patricia a emergencias. Ahí, cosieron sus heridas y le restituyeron parte de la sangre perdida. El doctor nos dijo que Patricia se había hecho los cortes con mucha convicción, pero poca habilidad. ¿Sabías que para matarte hay que cortar a lo largo del brazo, no en perpendicular? Hacerlo al revés es el error más habitual entre aspirantes a suicidas.

Sin embargo, Patricia sí sabía que hace falta cortarse en agua caliente para no sentir dolor. Debía haberlo consultado en Internet. YouTube está plagado de tutoriales de adolescentes emo explicando con una sonrisa cómo quitarse la vida.

—¿Por qué lo hiciste, Patricia? —le pregunté, mientras se recuperaba en la clínica. Ella respondió:

—No lo sé. Solo recuerdo que tenía muchas ganas de no existir… Y era tan fácil…

Según el médico, si Patricia falló en el intento, fue solo porque no quería morir, en realidad. Lo suyo había sido un grito desesperado pidiendo atención.

Y se la dimos.

Patricia no se inscribió en la universidad ese semestre. Dedicamos todo ese tiempo a hacerla sentir mejor. La mimamos. Nos desvivimos por ella. Le compré un Alfa Romeo por su cumpleaños (algo de lo que terminaría arrepintiéndome). Hasta nos metimos los cuatro en una terapia familiar. Patricia no llegó a dar la vuelta al mundo, pero sí viajamos todos a Nueva York. Un viaje espectacular. Y uno de nuestros grandes momentos juntos. Aún llevo el recuerdo conmigo: en la foto de portada de mi teléfono, aparecemos los cuatro sonriéndole al mundo desde la azotea del Empire State.

—¡Sonrían!

—¡Ya estoy sonriendo!

—¡Pero te tapa la cara el pelo!

—¡Es culpa del viento!

Un día hermoso. Los mejores días ocurren cuando no lo estás pensando. Cuando te entregas a la felicidad como una tonta.

Pero eso no podía durar para siempre, ¿verdad? Patricia no podía mantenerse indefinidamente haciendo nada por la vida. El psicólogo me había dicho que la inactividad produce depresión. Y si había algo que no necesitábamos en ese momento eran más depresiones.

Seis meses después, cuando se acercó la fecha de la nueva matrícula, fui a la universidad personalmente a buscar los folletos de los cursos para que Patricia se reintegrase. En mi memoria, ese día figura como una bonita experiencia madre-hija. Revisamos juntas la lista de materias. Yo le hablé de los profesores que conocía, y de mi propia experiencia como abogada trabajando con empresarios, de todo lo que ellos sabían. Patricia se veía entusiasmada por volver a la universidad. Y a la vida.

Los primeros meses del ciclo, todo fue sobre ruedas. Bueno, yo notaba a Patricia un poco fría y lejana, pero el psicólogo decía que era una reacción normal, que estaba ajustándose de nuevo a la vida. Además, no todo el tiempo actuaba distante. A veces, contaba anécdotas de sus clases y formulaba preguntas interesantes sobre el mundo de los negocios. Yo tomé todo eso como una señal de interés por su carrera. Ni siquiera sus largas noches fuera de casa —«para estudiar», según ella— me hicieron sospechar que ocurriese algo raro.

Ya llevaba un mes de clases cuando me encontré con su amiga María Fernanda en un restaurante, un viernes al mediodía. Yo había asistido para almorzar con un grupo de inversionistas del hotel. María Fernanda, con sus padres. Yo no había sabido nada de esa chica desde aquella llamada telefónica, tan dramática pero tan oportuna, la noche del intento de suicidio en el baño. Imaginaba que ella sabría lo que había ocurrido. Sin duda, se lo habría contado la misma Patricia. Así que, por supuesto, me sentí obligada a acercarme:

—Qué gusto verte, María Fernanda. ¿Cómo te ha ido?

—¡Bien! —respondió ella con una sonrisa franca, limpia, que me habría gustado verle a mi propia hija alguna vez—. Ya estoy haciendo prácticas profesionales en la empresa de mi papá.

Sus padres no podían esconder el orgullo que les inspiraba esa chica estudiosa, noble y feliz. Y no sé si yo fui capaz de esconder mi envidia. María Fernanda se mostraba tal y como era a primera vista. Su transparencia daba gusto. En cambio, mi hija… Bueno, yo estaba a punto de saber que no:

—¿Cómo está Patricia? —preguntó María Fernanda.

Yo me reí. Qué pregunta tan rara:

—Lo sabrás tú mejor que yo. ¿No llevan cursos juntas?

Ella me miró con extrañeza. Miró a sus padres. Rio conmigo, dudosa, como si se tratase de una broma que no entendía, y volvió a ponerse seria. Miles de expresiones atravesaron su cara en cuestión de segundos.

—¿Cursos? —preguntó—. No entiendo.

—¡En la universidad! Supongo que no lo hacen todo juntas, claro, porque ella se retrasó. Pero al menos se verán en la cafetería o algo, ¿no?

Ahora sí, María Fernanda perdió el buen humor. Lo que pasó por sus ojos se parecía más al miedo. Y me explicó:

—Patricia no va a la universidad.

—¿Qué dices? —Se me congeló la sonrisa.

Ella tembló un poco:

—Ninguno de nuestros compañeros la ha visto este semestre. Y no contesta nuestras llamadas.

No sé bien qué hice en ese momento. Supongo que me limité a sonreír como una boba y volver a mi mesa. Aunque tampoco sé para qué. No conseguí cerrar ningún negocio. Ni siquiera abrí la boca durante todo el almuerzo.

Ya te imaginarás la pelea de vuelta en casa.

Patricia ni siquiera intentó justificarse. No dijo a dónde iba cuando todos creíamos que estaba en la universidad. Ni con quién andaba. Ni por qué. ¿Qué dijo, en cambio? Que yo la agobiaba. Me acusó de espiarla, de presionarla, de no dejarla en paz. Me llamó «dictadora». Yo enfurecí. Si una de las dos debía exigir explicaciones, esa era yo. Me sentía tan defraudada, tan traicionada, que la abofeteé.

Entonces dijo esas palabras, que aún resuenan dentro de mi cabeza:

—Yo ya soy alguien. Tú lo que quieres es que sea tú. Y ese plan me da asco.

Inyectó esas palabras en mi torrente sanguíneo, pero ni siquiera les dejó tiempo de llegar al corazón. Agarró su bolso, las llaves del maldito Alfa Romeo y se marchó, muy digna ella, dejándome en medio del salón con mis dudas y mis heridas.

Yo temblaba de rabia. Quería hablar con Rodolfo. Pero en su teléfono me saltaba el buzón. Y conforme caía el sol, me iba quedando sin tiempo para los temas familiares. Esa noche, teníamos la inauguración del hotel. Mi gran noche. La consagración de mi carrera como empresaria.

Ya te he contado lo que fue esa noche.

—Ha ocurrido algo, Maritza. Una muy mala noticia.

Y claro, justo después… ya no tenía sentido plantearle la situación a Rodolfo. Durante un largo tiempo, yo había culpado a mi esposo de los errores de Patricia. Por mimarla y ser ese papá simpático, nunca represor. Para mí, su talante amigable en realidad era una forma de ignorar a su hija, de no comprometerse con ella, de ahorrar discusiones. O de derivarme las discusiones a mí.

Pero después del accidente, me pregunté si el problema no habitaba en mí. Quizá me había equivocado en todo como madre. Quizá tendría que cargar con la muerte de mi propia hija para siempre.

Hasta que llegaron esas palabras en la sala de espera del hospital de emergencias. Las únicas que podían salvarme:

—Señora Fontana, al fin la encuentro. Es Patricia. Ha despertado.

El camino a la sala de cuidados intensivos se me hizo infinito. Se aceleraron los latidos de mi corazón. Mis poros sudaron un agua espesa. En algún momento del camino, recordé a Reinaldo Jáuregui, que se había quedado en la sala de espera con las galletas y el agua. Ni siquiera me había despedido de él. Pero no regresé a hacerlo.

Como era de noche, y no había visitas a esa hora, cuidados intensivos se encontraba un poco más oscura que de costumbre. Las máquinas y respiradores, con sus luces de colores, se veían como los árboles de navidad de la agonía. Al entrar, la enfermera me tocó un hombro. Intentaba tranquilizarme, porque yo estaba a punto de arrasar con todo a mi paso.

Logré dar pasos lentos hasta la cama de mi hija. Al pasar junto a los ancianos y malheridos de las camas adyacentes, me alegré de pensar que Patricia no fuera uno de ellos. Luego comprendí que nadie había dicho eso. Su despertar no implicaba su cambio de sala necesariamente. Ahora me sorprende notar que, aunque el camino se me hizo larguísimo, tuve tiempo de pensar en muchas cosas. Quizá el arrebatamiento de las palpitaciones había acelerado mi cerebro también.

—Patricia…

Ella tenía los ojos cerrados. Al escuchar su nombre, sus párpados se separaron. No llegaron a formar una mirada. Apenas dos ranuras a punto de desaparecer. No dijo nada. Se quedó mirándome como confusa. Temí que no fuese capaz de reconocerme. Que sufriese amnesia. O, peor aún, que se hubiese quedado ciega. Miles de terrores me asaltaron, más rápido que las palpitaciones.

Pero Patricia, simplemente, volvió a cerrar los ojos. Miré a la enfermera en busca de una explicación. Solo entonces reparé en ella: una mujer alta y delgada como un lápiz, con cara de no tener parientes. Una cantidad asombrosa de gente pasa por nuestra vida sin ser vista. Entra en nuestra órbita durante instantes cruciales y nos acompaña por fracciones de segundo, para luego caer en el abismo del olvido. Sin embargo, a esta enfermera no la he olvidado. Recuerdo cada una de sus palabras, fríamente clínicas, y aun así, cargadas de esperanza:

—Patricia va recuperando la consciencia poco

a poco. Su actividad cerebral aumenta. Pero aún no vuelve del todo.

—¿Y por qué me ha traído aquí?

—Para que la traiga usted de vuelta. Es importante que la acompañe en el camino.

Durante las siguientes horas, sostuve sus manos entre las mías. Acaricié y besé su frente. Susurré en su oído promesas de viajes, de salidas a cenar en restaurantes, de programas de televisión que veríamos juntas. Inventé una vida y se la prometí.

Hasta las seis de la mañana, nada cambió en su aspecto. Varias veces, temí que la enfermera me hubiese mentido, o se hubiese equivocado. Que la persona saliendo del coma fuese la anciana de la cama de al lado. O el accidentado de la primera. En los momentos de duda, redoblé mis caricias, mis susurros, mis promesas.

Como a las siete, comencé a perder la esperanza. Mi maratón de arrumacos no estaba llegando a ninguna parte. Trataba de mostrarme fuerte, de que Patricia, donde quiera que estuviese, me sintiese entera y confiada. Pero ya no podía más. Mis ojos se llenaron de agua. Y el agua se desbordó.

Las primeras lágrimas cayeron sobre el dorso de su mano inerte. Me las limpié con su muñeca, y volví a ver las cicatrices.

Las siguientes gotas las derramé sobre sus cachetes. Estaban calientes.

Cuando un tercer grupo mojó su regazo, o

más bien las sábanas, hundí mi cabeza con ellas. Lo daba todo por perdido. Entonces, solo entonces, como si hubiera esperado a verme derrotada, escuché su voz:

—Mamá...

—¡Mi amor!

Había vuelto de la muerte. Y yo con ella.

Recuerdo cada instante de la madrugada en que traté de reanimarla, pero las horas siguientes las tengo envueltas en una bruma. Aquí, cuando se apagan las luces para dormir, o durante el día, mientras ordeno los libros de la biblioteca, me sobra tiempo para pensar. Reconstruyo cada instante de la secuencia de hechos que me trajo aquí. Vuelvo a escuchar las acusaciones de la prensa amarilla sobre lo enferma y malvada que se supone que soy. Pero ese día, el día de la felicidad, nunca consigo rememorarlo del todo. Las desgracias se imprimen mejor en el recuerdo. Olvidamos la alegría porque, mientras la vivimos, no necesitamos nada más, ni siquiera retenerla. Solo vivimos. Supongo que la gente feliz tiene poca memoria.

Puedo decir que mi familia llegó durante la mañana. Rodolfo contó algunos chistes, que hicieron reír a Patricia, y yo fingí reír también. La enfermera incluso dejó entrar a Liliana, que casi tumba las botellas de suero de dos pacientes. Cuando logramos mantenerla quieta, Liliana le preguntó a Patricia: «¿Puedo dormir en tu cuarto mientras tú no estás en casa?». Patricia estaba muy débil, pero alcanzaba a responder con monosílabos. En lo del cuarto, emitió un firme «no».

Nunca habíamos estado tan unidos como en esa cama de hospital.

A la hora de almorzar nos hicieron salir de la sala para no agobiar a la paciente. Liliana gritó que tenía hambre hasta que la llevamos a una cafetería cercana y le pusimos delante una hamburguesa. Rodolfo pidió otra. Yo solo quería un café. Al principio, mi esposo y mi hija comieron en silencio. Yo los miraba desde mis enormes ojeras. Me alegraba que estuviesen ahí.

Durante ese almuerzo, recordé las noticias que me había dado Inés: la bancarrota de Rodolfo, sus sutiles desfalcos a nuestro patrimonio común.

—¿Te sientes bien? —preguntó Rodolfo, que llevaba horas mirándome con algo que parecía miedo en los ojos.

—Claro. Claro que sí.

—Debes estar agotada. ¿Quieres que yo me quede ahora?

—No. Quiero acompañar a Patricia…

Dudé si preguntarlo, pero tenía que hacerlo. Todas las cosas que no decía se me pudrían en el corazón, como en un refrigerador averiado.

—Rodolfo, tú nunca me engañarías, ¿verdad?

—Sí te engaña —dijo Liliana—. Me ha comprado un chocolate antes de venir y no te lo ha dicho.

—¡Pues no te compraré más, por chismosa!

—Rio él, pero la niña no rio. Estaba demasiado concentrada con su helado. Yo, tampoco.

—¿Lo harías?

Entonces, lo hizo. Me miró a los ojos profundamente. Y con voz clara y firme, me mintió.

—Ni siquiera sabría cómo. Te quiero.

Tocó mi mano con la suya. Como no encontró resistencia, cruzó sus dedos con los míos. Nuestros anillos se rozaron de nuevo, más duros y metálicos que nunca.

Liliana rompió el silencio de repente:

—¡Quiero helados!

Rodolfo y Liliana volvieron a casa al caer la noche. Se despidieron de Patricia con fuertes abrazos que ella consiguió devolver a medias, colocando su manita con suavidad en la cintura de cada uno. Cuando nos quedamos solas, le acomodé las almohadas. Eché un poco de perfume en su frente y en su cuello. Incluso traté de pintarle las uñas, hasta que una enfermera me lo prohibió. A Patricia eso le dio risa, pero la risa se convirtió en tos.

—¿Te gustó ver a papá y a tu hermana?

—Papá está más gordito.

—Solo han pasado dos días. Está igual.

Pasamos un rato en silencio, acompañándonos. Ella preguntó por su teléfono. El aparato había sobrevivido al accidente, aunque tenía la pantalla hecha trizas. Y yo llevaba mis auriculares. Patricia me dio su clave y le puse su música. Cerró los ojos. Sentí que se distendía.

Y al fin, me atreví a sacar el tema que me quemaba por dentro:

—Cariño, ¿qué pasó esa noche?

—¿De qué hablas?

—¿Fue… a propósito?

Pareció no entender bien lo que yo decía. Se acomodó en el colchón. Traté de formular la pregunta con más claridad:

—¿Fue… por mí? ¿Lo hiciste por mí?

Una lágrima se derramó por su mejilla y cayó sobre la sábana, oscureciéndola como una gota de aceite. Casi visiblemente, Patricia levantó una coraza a su alrededor:

—Voy a dormir.

—Solo contéstame, cariño. Luego, me iré.

—Estoy muy cansada.

Alcé la voz. Era la costumbre:

—¡Patricia! No te escapes del tema…

Las enfermeras de la sala me clavaron una mirada de reprobación. Patricia, no. Ella solo cerró los ojos y me dio la espalda.

Salí de la sala de cuidados intensivos y volví a mi sala de espera, que a esas alturas ya era realmente *mi* sala de espera, como quien dice mi casa, el lugar donde yo residía. Me senté en *mi* asiento y hundí la cara entre las manos. El suelo parecía ceder bajo mis pies. Las paredes se derrumbaban sobre mi espalda.

Así permanecí durante horas. Hasta que la voz de siempre vino a acompañarme.

—Pensé que la encontraría más contenta hoy.

Reinaldo Jáuregui se había afeitado, peinado y perfumado. Aunque seguía llevando la misma bata médica y la misma silla.

—Buenas noches, Reinaldo.

—¿No ha salido su hija del coma? ¿Es así como lo celebra usted?

—Estoy contenta. Solo pensaba en mis cosas.

—Qué bueno. Porque le he traído un regalo que sirve para pensar.

Del bolsillo posterior de la silla, extrajo dos copas de plástico. Y a continuación, dándole suspenso al momento, una botella de champán. Dom Pérignon Vintage. Por el negocio del hotel, yo sabía que esas botellas costaban como doscientos dólares. No eran el tipo de regalos que se dan en los hospitales, junto a las máquinas de chocolates.

—¿De dónde ha sacado eso?

—Quería dárselo para celebrar lo de Patricia. Pero por la cara que tiene usted, nos la beberemos para olvidar. Lo que sea que usted quiera olvidar. Yo la ayudo.

Bebí un largo trago de champán. Sentí que sus burbujas se me expandían por el cuerpo. Pero la pena me impedía sentir su sabor, como si llevase un preservativo en la lengua.

Con la mejor intención, Reinaldo trató de hacerme reír:

—Mejor que la Fanta de naranja, ¿verdad?

—Me he equivocado en todo, Reinaldo —le

solté a bocajarro—. Y ahora no sé cómo arreglarlo. He tomado el desvío incorrecto, me he metido en un pantano, y no encuentro una carretera que me devuelva al buen camino. Giro en cada esquina, pero solo me hundo más en la ciénaga.

Desde nuestro primer encuentro bajo la luz mortecina del hospital, Reinaldo tenía el poder de hacerme decir la verdad. De ponerme al revés, con el interior hacia fuera, sacando a flor de piel todo lo que escondía dentro de mí. Pero cuando le dije todo eso, hizo algo que yo no esperaba. Con suavidad, retiró la copa de mi mano y la puso en el suelo. Acercó su silla hasta colocarse justo frente a mí.

Y por primera vez, me contó una historia de su vida:

—Cuando yo era niño —dijo—, no entendía el trabajo de mi padre. Él pasaba mucho tiempo fuera de casa. En ocasiones, meses. Y siempre andaba metido en problemas. Deudas. Gente que le quería hacer daño. Rumores. Los vecinos del barrio no paraban de fastidiarme. Y si me quejaba, mi propio padre me pegaba nomás. Nunca fue amable o cariñoso. Según él, yo debía aceptar la vida que me había tocado sin lloriquear. Y si a alguien no le gustaba, debía defenderme a golpes.

—Es una filosofía muy dura.

Él se encogió de hombros, más resignado que comprensivo, y continuó:

—Por supuesto, odié a mi padre toda mi adolescencia. Peleamos muchas veces. Y alguna vez, en efecto, a golpes. Dejé de verlo cinco años. Solo volví cuando él ya estaba muy enfermo. Pasó dos años agonizando. Yo me quedé todo ese tiempo al pie de su cama. Y por inercia, me tocó ocuparme de la administración de sus asuntos.

—¿Era una empresa familiar? —pregunté. Mi lado financiero siempre presta atención cuando se habla de negocios.

—Algo así. Al principio, yo solo transmitía sus decisiones de trabajo. Cuando él se puso peor, comencé a tomar yo mismo las decisiones, porque nadie más podía hacerlo. Y para cuando él murió, yo ya había heredado el negocio de forma natural. Yo me había convertido en él.

—Suena terrible —comenté.

—No crea. Metido en sus zapatos, comprendí que él no era tan malo. Solo aceptaba sin complejos lo que la vida le había dado, con sus virtudes y sus defectos. Lo único que eché de menos, de verdad, fue no haberlo aprovechado más mientras vivía. De tanto discutirle y darle vueltas a las cosas, nunca intenté entenderlo yo a él, y me quedé sin hacerle miles de preguntas. Hasta hoy, no sé las respuestas.

Me pregunté por qué me contaba eso. Se lo pregunté a él:

—¿Y eso qué tiene que ver conmigo?

Él, que había posado la vista en el suelo durante su historia, ahora clavó en mí unos ojos amables, casi paternales:

—Su hija está viva, Maritza. Disfrútela. No se paralice. Usted cree ser una mujer dando vueltas en una carretera, buscando un camino. En cambio, yo la veo con el motor ahogado en medio de la pista, mientras los camiones le pasan por el costado a toda velocidad. Si no hace nada, uno de ellos terminará por estrellarse contra usted. Tiene que poner primera, dar vuelta a la llave y arrancar. Tiene que mirar por la ventanilla y disfrutar del paisaje. Incluso si el paisaje es feo, será mejor que quedarse donde está.

Sus palabras me resonaron en las entrañas. Ese hombre miraba a través de mí como si yo fuese de cristal. Solo pude responder, entre titubeos:

—Muchas gracias, Reinaldo.

Como rompiendo el hechizo, él recuperó el buen humor:

—Ahora bébase ese champán. Si se le van las burbujas, ya no vale la pena.

Obedecí. La bebida había recuperado el sabor. No hablamos más en el resto de la noche. Pero él no se fue. Aunque apenas nos conocíamos, podíamos estar juntos en silencio. Jamás me había ocurrido eso con otra persona.

Ese amanecer, cuando el sol se llevó la oscuridad del cielo, traté de que se llevase también la mía. Me dije que, en adelante, aprendería bien la única lección que debía saber: vivir junto a mi hija, no contra ella.

A media mañana, pasaron a Patricia a un cuarto privado. Fue como si amaneciese de nuevo.

—Buenos días —canturreé al llegar.

Le había llevado sus flores favoritas, orquídeas, que coloqué en un jarrón junto a su cama.

—¿Has dormido bien? —le pregunté, acariciándole el pelo.

—He tenido pesadillas. No podía moverme. Y he orinado en una especie de sartén. Pero sí, sí, creo que dormí bien. Comparado con antes.

—Estás mucho mejor aquí, ¿verdad? Tienes hasta una ventana.

—Vuelvo a la vida —respondió, aunque en su voz sonaba algo parecido al sarcasmo.

En su nuevo hábitat, Patricia tenía un baño, y en él, una ducha, que yo me apresuré a utilizar. Quise creer que el agua que caía sobre mí se llevaba todo lo malo y lo triste, y me dejaba lista para enfrentar una nueva etapa. Que todo iba a cambiar desde entonces. En esto último, lamentablemente, no me equivoqué.

Ahora que estoy aquí metida, comprendo que nuestra vida se compone de pequeñas decisiones sin importancia: una sonrisa en un bar, una llamada a una amiga, una conversación con un pariente... Quizá por eso, para castigarte, te encierran. Quiero decir, en otras épocas, te torturaban. O te mataban. Hoy, a las que nos portamos mal, nos meten en una caja, de la que no podemos salir, y nos quitan la posibilidad de tomar decisiones. Nuestra vida queda decidida por otras personas, personas a las que ni siquiera conocemos.

La mañana en que decidí obligarme a ser feliz, Rodolfo y Liliana volvieron al hospital con una caja de bombones, los preferidos de Patricia. Liliana, solo por molestar, le confesó a su hermana que ya se había pasado a su cuarto, lo cual sonó divertido, pero también tenía un punto perverso, como si Patricia estuviese muerta. O quizá era que yo no terminaba de apartar de mi mente los pensamientos sombríos.

Rodolfo, por su parte, me trató con mucho cariño. Me abrazó a cada instante. Me susurró al oído cuánto me echaba de menos en la cama. Me besó, mientras Liliana decía: «Qué asco, no se besen». Siguiendo los consejos de Reinaldo, yo traté de aceptar lo bueno que me ofrecía mi existencia y olvidar, por ejemplo, que mi esposo me robaba. No lo conseguí del todo.

Cuando mi esposo y mi hija se marcharon, no pude dejar de sentir cierto alivio. Reinaldo decía que debía aceptar la vida como venía, sin hacerle demasiadas preguntas. Pero yo necesitaba las respuestas. Debería haber aprendido a vivir sin preguntar. Ojalá hubiese sido capaz. Todo sería muy diferente ahora. Viviría en otra jaula, quizá, pero una más agradable.

A la hora del crepúsculo, Patricia y yo ya estábamos solas. Yo leía distraídamente un periódico, tratando de poner la cabeza en algo fuera de mí misma. Ella, aparentemente, dormía. Disfrutábamos de la calma que precedía a la tormenta.

Si tengo que escoger el momento en que todo dio un giro, no fue el accidente de Patricia, ni su despertar, sino la confesión que ella soltó en ese instante, sin abrir los ojos, como si viniera directamente de sus sueños:

—¿Mamá?

—¿Cariño?

—No fue culpa tuya.

Se hizo el silencio de repente. Los bocinazos de la calle, las camillas del personal médico, los cuchicheos de las visitas, el motor de los ascensores, las pisadas de las enfermeras, todo calló al mismo tiempo.

—¿Cómo dices?

—Mi… Lo que hice… Lo que pasó. No fue un intento de… No fue lo de la otra vez. Quiero decir: no fue por ti.

Fue como desatarme una roca del cuello. Como quitarme de los hombros una mochila de plomo. Fue como soltarme las amarras para dejarme navegar en mar abierto.

—¿Quieres hablar de eso?

—Vas a pensar que estaba borracha. Que soy una irresponsable.

Me levanté de mi asiento. Me acerqué a ella. Me subí a la cama y pegué mi cuerpo al suyo. Puse su frente en mi cuello.

—Cariño, ya no importa. Lo importante es que estás bien.

—Sí importa. —Ahora había abierto los ojos. Y su voz había ganado fuerza, yo casi diría que rabia—. Porque no fui una irresponsable. Solo tomé una cerveza. Quería ir a tu fiesta, mamá. Salí a la hora. Y manejaba bien. Te lo juro…

—Claro que sí. Yo te creo. Pueden ser muchas cosas. Estaba oscuro. Las calles de esta ciudad están descuidadas, llenas de baches. Alguien pudo haberse saltado un semáforo en rojo. O un peatón pudo haber cruzado sin mirar. Y tú solo…

—No fue nada de eso. Fue a propósito. Pero no fui yo.

—¿Cómo qu…? Lo siento, pero no te entiendo.

—Fue Iván.

Ok. Ahora voy a contar la historia. Todo lo que había pasado frente a mis narices mientras yo miraba a otra parte. Todo lo que me contó Patricia de repente, esa noche, después de escondérmelo por meses.

Tras su primer intento de suicidio, todos habíamos creído cuidar de mi hija, pero nadie le había dado lo que necesitaba: un oído, una compañía, un hombro donde llorar. Yo misma la había creído fuera de peligro, pero ni siquiera me había detenido a investigar qué la había puesto en peligro. La tratábamos como a una figura de porcelana que pudiese romperse en cualquier momento.

Sus amigos tampoco estuvieron a su lado. No

puedo culparlos. Eran chicos convencionales, con vidas, digamos, normales. Y Patricia se había convertido en una «suicida». Un espécimen que nuestro círculo nunca había conocido, y que despertaba temores nuevos. La muerte pone muy nerviosas a las personas. Nadie sabía siquiera cómo lidiar con lo que Patricia había hecho, ni al menos cómo tocar el tema, como si se tratase de una enfermedad venérea o un pecado vergonzoso.

Patricia comenzó a frecuentar un grupo nuevo. Ya no eran estudiantes de Economía. Ni siquiera tenían trabajos normales. Eran artistas. Bohemios. O simples vagos. Yo qué sé. Le gustaban más que sus amistades de antes. Y quizá a ellos también les gustaba Patricia más que a los de antes. A sus nuevos amigos, ella les parecía «interesante».

Entre ellos se encontraba el tal Iván: una joya, sin duda. Él llevaba a Patricia a fiestas electrónicas, a galerías de pintura, a obras de teatro de la calle… También le enseñó algunas drogas, sobre todo, pastillas.

Mi hija quedó fascinada con su mundo. Y tuvo una aventura con Iván. Lo normal. Una chica inocente, confundida sobre su propia vida y deslumbrada con la libertad y la fiesta. No soy tan mojigata como para escandalizarme al respecto. Ni siquiera duraron mucho. Según Patricia, rompieron después de tres meses, porque él se ponía a veces sórdido y agresivo.

El día de mi última pelea con Patricia, ella llevaba un tiempo sin ver a Iván. Pero después de nuestros gritos, se presentó en casa de una amiga de ese grupo, y ahí, en una pequeña fiesta que tenían organizada, estaba él. Nada más verla, comenzó a acosarla. Le pidió perdón. Le dijo que la extrañaba. Quería llevársela a su casa. Le ofreció todo tipo de polvos y píldoras. Ella se negó a todo.

A pesar de nuestra pelea, no pensaba perderse la inauguración de mi hotel. Y tampoco quería verse con él. Lo había dejado atrás.

Pero Iván no estaba dispuesto a dejarla marchar. Insistió. La regañó:

—¿De verdad irás a la fiesta de tu *mami?* Odias a tu mami. Es una vieja estirada.

Cuando ella dejó claro que se marchaba, hasta se puso un poco violento. Trató de retenerla jalándola del brazo. Solo que había demasiada gente para montar una escena, así que, al final, la dejó ir. O fingió dejarla.

Pero la siguió en su viejo Volkswagen escarabajo.

Fue una persecución, como las de las películas. Ella trató de escabullirse. Él no la dejó en paz. Ella se metió por vías secundarias. Él le cortó el paso cada vez. Se le cruzaba. La acosaba. Le ponía las luces altas en el retrovisor para cegarla. Al fin, cuando iban por las curvas del malecón, le acercó el coche por el lado del conductor, y ella perdió el control y se salió de la calzada.

—Lo siento, mamá. De verdad, yo no quería.

—Acostada entre las sábanas del hospital, mi pequeña, mi bebé, parecía más frágil que nunca.

—Cariño, no fue culpa tuya.

No había sido culpa suya. Ni mía. No teníamos nada que reprocharnos.

—Nunca creí que él llegaría tan lejos.

—Descansa, amor. Ahora solo debes pensar en recuperarte.

Ya pensaría yo en todo lo demás.

Mientras mi hija se dormía, pensé en el tal Iván. No había llamado a una ambulancia después del accidente. Ni siquiera se había presentado en el hospital para preguntar por Patricia. ¿Qué clase de monstruo podía ser?

Bueno, había una forma de averiguarlo.

Saqué el teléfono de Patricia y marqué su clave de acceso. Ni siquiera me planteé si hacía lo correcto. Una madre con una hija que ha estado a punto de morir tiene ciertos derechos, ¿no crees? Y un canalla capaz de tratar así a Patricia pierde los suyos.

En el teléfono no solo encontré el número y la dirección de ese Iván, sino varias fotos de los dos besándose, frente al mar, en un parque y en un cuarto lleno de pósters de grupos de música, que debía ser de él. En todas, los dos hacían payasadas. En la mayoría de las imágenes, él tenía las pupilas dilatadas y un cigarrillo en la mano. En las fotos del cuarto, él tenía la otra mano sobre el trasero de Patricia. Además, el WhatsApp guardaba mensajes de voz, siempre de él a ella, insistiéndole para verse.

«Estoy pensando en ti», decía uno.

Y otro:

«No me evites. Ni siquiera lo intentes».

El último de ellos había llegado el día del accidente, y solo constaba de una pregunta:

«¿De verdad crees que puedes estar lejos de mí?».

También hice un hallazgo interesante: una aplicación en la que podía rastrear el teléfono de Iván y comprobar en GPS sus movimientos por toda la ciudad. Después de todo, Patricia también había querido tenerlo controlado.

Por primera vez desde que estaba allí, no fui a la sala de espera a conversar con Reinaldo. Pasé toda la madrugada enroscada en una cama accesoria, oyendo roncar a mi hija y decidiendo mis movimientos para el día siguiente.

Los malos pensamientos son como los virus. Una vez que entran en ti, se reproducen rápidamente y se multiplican hasta apoderarse de todo tu cuerpo. Yo no podía dejar de pensar que, si ese delincuente hubiese acabado con la vida de mi hija, yo habría pasado el resto de mis días culpándome a mí misma.

Hervía de rabia, no solo por lo que le había hecho a ella, sino también por mí.

Tú sabes que la furia no es buena consejera. La mayoría de la gente se encuentra aquí por culpa de ella, por actuar bajo la guía de sus peores pasiones. En mi pabellón hay una morena muy alta que asesinó a su esposo, cansada de sus maltratos. Otra chica, de solo diecinueve años, cayó metiendo cocaína en un avión para escapar de casa de sus padres, a los que ya no soportaba. Quizá yo también estoy aquí por eso.

Di mis primeros pasos hacia la cárcel la siguiente mañana, aunque en ese momento, yo no creía encontrarme cegada por la ira. Me sentía tranquila. Más bien, fría. En ese momento, yo solo quería verle la cara a ese patán.

Iván se apellidaba Araujo. Vivía en Magdalena, en una zona de clase media baja, pero no pobre, poblada seguramente por choferes y vendedores de tienda. A las siete de la mañana, yo ya me encontraba frente a su puerta. La aplicación de Patricia delataba que Iván aún no salía. Calculé que debía vivir con sus padres, y que en ese caso, convenía esperar a que se quedase solo.

Efectivamente, a las ocho salió una mujer un poco mayor que yo y se marchó andando por la vereda, en dirección, supongo, al paradero del autobús. Parecía secretaria o profesora de colegio. Tuve el impulso de hablar con ella, pero me contuve. No quería intermediarios.

A las nueve, con el corazón en un puño, bajé del coche y llamé a esa puerta.

—¿Qué quiere?

En las fotos no me lo había parecido, pero el

chico que me abrió tenía algunos años más que mi hija. Llevaba una bata vieja y sucia. Las lagañas le invadían la cara. Detrás de él se extendía una sala llena de muebles viejos, bodegones sin valor ni originalidad y adornos huachafos de porcelana.

—Soy la madre de Patricia —le informé.

A él le cambió el rostro. Primero, se le atravesó de sorpresa, incluso de alarma. Después, recuperó el control e hizo una mueca sarcástica. Preguntó:

—¿Ella la ha mandado?

Podría haber preguntado: «¿Cómo está ella?». Podría haber mostrado un mínimo de humanidad. Quise darle una cachetada ahí mismo. Yo ni siquiera había pensado qué iba a decirle al verlo. Y en ese momento, no se me ocurrió nada mejor que preguntar a bocajarro:

—¿Trataste de matarla?

Él me miró tan fijamente que me dio miedo. Y en vez de responder, preguntó otra cosa:

—¿Eso dijo ella?

A partir de entonces, las palabras comenzaron a salir de mi boca, sin hacer caso de mi voluntad:

—Le tiraste el carro encima. La sacaste de la pista. Ni siquiera llamaste a una ambulancia. Me lo ha dicho todo. Me ha contado el monstruo que eres.

—¿Y le ha dicho lo que es ella? ¿Le ha hablado de las cosas que hemos hecho juntos?

No esperaba esa pregunta, y ni siquiera pensé mucho en ella. Solo la recordé después, cuando ya me había ido. Como una avispa, la pregunta quedaría zumbando en mi cabeza hasta encontrar una zona blanda donde clavar su aguijón.

—Te voy a denunciar, miserable —continué—. Voy a aplastarte. No sabes con quién te has metido. Tendrás tiempo de averiguarlo en la cárcel.

Iván sonó como una trituradora de basura. Tardé en comprender que se estaba riendo. Hizo más. Me agarró de la muñeca. Tenía unos brazos delgados pero fuertes como tenazas. Y me acercó la cara, que aún tenía el mal aliento de los recién levantados. Dijo:

—Abra los ojos, señora. Usted no sabe nada de lo que ocurrió esa noche. No sabe nada de mí. Ni siquiera sabe nada de su hija. Patricia no le ha dicho una sola verdad en toda su vida porque la detesta, ¿me oye?

—Delincuente de mierda…

—Esta es mi casa, señora. Lárguese de acá o llamo yo a la policía.

—No sabes con quién te has metido, mocoso. Ahora vas a averiguarlo.

Me metí en el coche y salí disparada hacia mi despacho. Entré como un huracán. Supongo que las secretarias y los becarios me saludaron, pero ni siquiera los escuché. Solo tenía una cosa en la cabeza.

Inés fue la primera persona que entró en mi campo visual:

—¡Maritza! Qué sorpresa. ¿Cómo está Patricia?

Yo no estaba de humor para cortesías sociales:

—Convoca una junta de socios. Ahora mismo.

Ella obedeció sin chistar, que es la razón por la que trabajaba conmigo. Diez minutos después, mis cuatro socios del estudio estaban en la sala de reuniones, esperándome. Volvieron a preguntar por mi hija. Volví a ignorarlos.

—Quiero que pongamos una denuncia por intento de asesinato contra Iván Araujo. Tengo todos sus datos. Ese psicópata tiene que estar en prisión preventiva esta misma tarde.

Mis socios se miraron a través de la mesa. Eran una mujer y tres calvos. Todos miraron hacia el suelo, murmuraron y carraspearon. Las joyas de ella se reflejaron en las cabezas gachas y cobardes de los demás. Finalmente, uno de los calvos tomó la palabra:

—Maritza, estás un poco alterada, ¿no? Es normal. ¿Quieres un café? Comprendemos que es un momento difícil…

Tomé consciencia de que había entrado sin maquillar, con la misma ropa deportiva con que había dormido en la cama accesoria del hospital. Debía tener los ojos hundidos por la falta de sueño y el peinado como una pelea de gatos. Ellos, en cambio, relucían. Sus zapatos y relojes brillaban. Sus corbatas y trajes de marca señalaban estatus. Aun así, yo tenía claro lo que quería:

—No es nada difícil saber que ese chico debe ir preso.

Otro de los socios, mientras jugueteaba nerviosamente con un lapicero Montblanc, suspiró:

—Ok, Maritza. Lo haremos. ¿Tenemos pruebas de eso? ¿Testigos? ¿Fotos? ¿Cicatrices?

—Tenemos el testimonio de Patricia.

Todos se miraron entre sí, como si escuchasen a una loca de la calle gritando obscenidades. Al fin, tomó la palabra la única mujer:

—Patricia... chocó, ¿verdad?

—No chocó —respondí—. Ese salvaje la sacó de la pista.

—Y nadie lo vio.

—¡Ella lo vio!

Una nube de dudas flotó sobre la sala de reuniones. Insistí, solo para estrellarme contra el muro de su incredulidad. Quizá mi vehemencia jugaba en mi contra. ¿Qué se supone que debe hacer una madre cuando alguien intenta asesinar a su hija? ¿Mantener la calma? ¿Peinarse bien antes de denunciar al psicópata? No. Todo eso daba igual. Lo que mis socios veían era a una chica, o a una suicida, esa especie alterada, tratando de vengarse de un adolescente, acaso tan inestable como ella. Mientras yo decía «crimen», «acoso» y «maltrato» ellos solo leían la palabra «escándalo», la única que un estudio como el nuestro no podía permitirse.

Al fin, el último socio, el mayor de todos, dio su veredicto:

—Maritza, sabes que solo con su testimonio…
y con los antecedentes de Patricia…

Era indignante.

—¿Qué estás diciendo? —Enfurecí—. ¿Que ha
tratado de matarse de nuevo y ahora le echa la culpa a otro? ¿Por qué haría eso?

Mi socio contestó con esa voz de psicólogo que
ponen los que no creen lo que oyen:

—Solo me preocupo por ella. Porque ella sería
la primera perjudicada de tener que pararse ante
un tribunal, recordar todo lo ocurrido y al final,
perder el juicio. Me preocupa su estabilidad…

Yo exploté:

—¡No! A ustedes no les importa nada. Y menos,
mi hija. Solo les importa no entrar en un proceso
que puedan perder. ¿Y la justicia? ¿Y salvar a la sociedad de un peligro como lo es Iván? ¿Y la repa-
ración de una víctima? Ustedes ya ni se acuerdan
de por qué se hicieron abogados. O quizá nunca lo
supieron. ¡Ratas!

Abandoné la sala de juntas seguida por Inés:

—¡Maritza, por favor, cálmate!

—¡Déjame en paz!

Salí del estudio. Me subí al coche. Pisé el acelerador como si quisiera hundirlo. Pensé en todo
el poder que había en esa sala de reuniones. Las
influencias. El dinero. El ejército de abogados,
practicantes, mensajeros y detectives que podíamos poner en marcha en cuestión de segundos
para defender a una empresa en un litigio, o a

un defraudador de impuestos, o a un político acusado de violación. Toda esa maquinaria no se activaba para protegerme a mí. Yo no era una líder, sino una simple esclava de mi mundo.

Por la noche, en el hospital, Patricia tuvo pesadillas:

—No… No… Por favor… No…

Me acosté junto a ella en la cama. La abracé. Le susurré al oído:

—Mamá está aquí, cariño. Estoy contigo.

—… Mmhhh… Ggrrrñññ… ¡Ah!

Despertó de golpe, con los ojos muy abiertos y la piel de gallina. Parecía un pez arrancado de un pantano, ahogándose en el aire libre.

—¿Estás bien? —le pregunté.

—Necesito agua.

Le llené un vaso. Le sostuve la cabeza mientras bebía. Patricia había vuelto a ser mi bebé.

—¿Sabes qué, Patricia? He estado pensando en ese chico, Iván.

—Ah…

—Tiene que pagar por lo que te ha hecho. Cuando salgas, buscaremos a las personas de esa reunión en que estuviste, ¿ok? Pediremos sus testimonios. A lo mejor, lo vieron acosarte y salir tras de ti. A lo mejor, pueden documentar una historia de acosos. Con eso, lo llevamos a un tribunal y entonces…

—No.

—¿Cómo, cariño?

—No hagas eso…, por favor…

—Pero ¿qué? No vas a dejar que se vaya a su casa después de estar a punto de… A punto de…

No quería decir la palabra. Y ella tampoco quería escucharla, porque me interrumpió:

—¡No! No hubo una reunión. Solo estuve en su casa. Nadie nos vio. Su madre trabaja todo el día…

—Seguramente hay otros amigos que pueden actuar de testigos. Cada vez hay más consciencia legal del maltrato machista. Incluso está tipificado en el código penal el feminicidio, que…

—¡Mamá, no! Por favor… —Su voz sonó tan débil como un pajarito asfixiándose, tan triste como una despedida—. No hagas nada, ¿ok? Solo quiero olvidarme de esto… Por favor…

La besé en la frente. La besé en los ojos. Le dije:

—Te quiero. Todo va a salir bien.

Pero no era verdad. Nada iba a salir bien.

En cuanto se durmió de nuevo, salí a pensar un poco. Deambulé por los pasillos del hospital. Subí y bajé escaleras. El paisaje de estos edificios no permite muchas variaciones. Se limita a una monotonía de paredes planas y colores para aplacar la ansiedad, del verde claro al blanco.

En el fondo de uno de los pasillos había un gran ventanal, desde el cual se veían las luces de la ciudad. Era lo más cercano al aire fresco que iba a conseguir. Y por lo visto, yo no era la única que lo necesitaba. Al acercarme, encontré ahí a mi amigo de la sala de espera.

—Vaya, vaya —dijo él—. La princesa de la sala de urgencias. La extrañé ayer en nuestra *suite*. Pensé que habrían dado de alta a su hija y no la volvería a ver.

—Yo… Yo…

Exploté ahí mismo. Caí sentada en el suelo, bañada en lágrimas, y le conté toda mi historia atragantándome con los mocos. Le dije hasta la dirección de Iván, y le repetí las palabras de mis socios. Necesitaba soltar toda esa carga. Y cuando no puedes hablar con nadie que conozcas, solo te quedan los desconocidos.

—Patricia se ha metido en un gran lío… No sé qué ha hecho porque no me lo quiere contar… Pero tiene que ver con ese chico, Iván, que da mucho miedo… Él la mandó al hospital… Y sé que volverá a hacerlo cuando ella salga… No puedo protegerla. ¡No sirvo ni para salvar a mi propia hija!

—Claro que sirve, Maritza. —La voz de ese hombre volvió a flotar por el aire a nuestro alrededor como un perfume denso y lujoso—. Solo necesita la ayuda correcta. Cálmese. Tengo aquí unos chocolates. Pruebe uno y relájese. Yo la ayudaré. Porque usted lo merece.

Insistió mucho en que me ayudaría. Yo pensé que se refería a escucharme. En ese momento, era esa la ayuda que yo necesitaba. Me ayudó a tranquilizarme. Cuando volví a mi cama accesoria, daban las tres de la mañana.

Desperté como a las ocho con la voz de una

conductora de noticiero. El televisor estaba clavado en la pared encima de mí, con la pantalla dando hacia la cama de Patricia. Así que ni siquiera me enteré de qué hablaban las noticias.

Lo primero que vi fue el rostro aterrado de mi hija, más pálida que de costumbre, lívida, con los ojos fijos en la televisión.

—¿Patricia? ¿Estás bien?

Me levanté y me acerqué a ella, y solo entonces fueron cobrando forma las palabras de la conductora del noticiero:

—Un terrible incendio se declaró esta madrugada en el barrio de Magdalena. Dos camiones de bomberos tuvieron que acudir al lugar de los hechos, una vivienda unifamiliar sin aparentes factores de riesgo, que contagió el fuego a las casas adyacentes. Las causas del siniestro aún son desconocidas.

Antes de voltearme hacia la pantalla, ya sabía qué casa iba a ver. La tenía fresca en la memoria, porque apenas había estado ahí veinticuatro horas antes.

Aunque al verla arder, se me hizo más pequeña de lo que la recordaba.

EL CLIENTE

El día que entré aquí, sentí que me moría.

Mi compañera de habitación era una gorda, con un diente de oro y el tatuaje de una sirena con guantes de boxeo en el cuello. Ni siquiera me saludó. Directamente, abrió mi maleta y empezó a revolverla. Separó los cosméticos y mi pijama, y me devolvió el resto sin mirarme. Ahora, me resulta increíble pensar que traje lápiz de labios y ropa de cama bonita, pero es que yo venía de otro planeta.

—Esas son mis cosas —protesté.

—Tus cosas serán mis cosas, niña fresa —respondió ella, empujándome contra la pared y apretando su antebrazo contra mi cuello—. Y pórtate bien, o tú también serás una de mis cosas.

En mi mundo anterior, yo siempre había tenido quién me protegiese. Amigos, parientes, cuentas bancarias, profesionales. Todo un entramado de personas y cosas habían formado una red de seguridad bajo mis pies que hacía imposible que me estrellase contra el suelo. Al menos así había sido hasta que empezaron a abrirse agujeros en la red.

Y yo caí por uno de ellos. Ahora comenzaba a entender lo que la red tenía debajo.

No me resistí a la sirena con guantes de boxeo. Simplemente, intenté pasar con ella el menor tiempo posible. Me empleé en la lavandería del pabellón.

Todos los días, llenaba esas enormes máquinas con sábanas y ropa llena de manchas de sudor o menstruación. Mientras trabajaba, entre los ruidosos motores y el olor a lejía, extrañaba mi hotel, con sus alfombras persas y sus sedas italianas.

Me llegaba un poco de dinero del exterior, pero mi compañera de habitación o alguna otra forajida solían robarme casi todo lo que recibía. Y nunca tenía visitas. Aún no tengo visitas, ¿te has dado cuenta? Los domingos, cuando todas se ponen sus mejores galas para recibir a sus novios, yo me quedo sola en mi habitación, leyendo o cosiendo.

Sí. Ya sé que esta no es una «habitación». Pero insisto en llamarla así. Lo he perdido todo, excepto los nombres de las cosas.

Para no ser maltratada por todas, necesitaba una pandilla que me protegiese. Al final, en todas partes, en la vida se trata de encontrar el grupo en que encajas. Quizá yo nunca había terminado de encajar en ninguno. En cierto modo, mi vida había sido un largo esfuerzo por formar parte de algo. Y ni siquiera lo había logrado con mi propia familia. Por las noches, pensaba cada segundo en mis hijas, en mi esposo, y trataba de que la gorda no me oyese llorar.

Palié mi falta de amistades integrándome en un grupo de oración. Unas diez señoras, de todas las edades, que rezábamos rosarios juntas y conversábamos sobre nuestros problemas y carencias. No se parecía a los clubes de lectura con escritores invitados de los que yo había formado parte hasta entonces. Pero dadas las circunstancias, era como la élite cultural de la cárcel. Y por muy cristianas que fuesen, había dos bastante grandes y con antecedentes por homicidio. Con su presencia física, ahuyentaron a mis acosadoras y me permitieron vivir un poco más desahogada.

Y luego llegaste tú. Para salvarme. Para darme algo de qué formar parte.

Al final, con la compañía adecuada, uno puede resistir cualquier cosa… Menos a los recuerdos. Los recuerdos te siguen a todas partes, te hostigan, te pinchan. Y los míos no me dejan en paz, ni siquiera ahora. Me atacan por las noches, al amanecer, o en los momentos de soledad. Me persiguen incluso mientras hago ejercicio o rezo.

No lo tomes a mal. Has hecho de mi vida lo mejor que podía ser.

Pero cuando me sobrevienen los recuerdos, como murciélagos o buitres, no puedo evitar preguntarme, una y otra vez: ¿cómo llegué aquí? ¿Cuándo se torció todo? ¿Cuándo se quebraron los muros de mi palacio de cristal?

Cuando pienso en el incendio, solo puedo recurrir a las imágenes del televisor.

Las paredes ennegrecidas viniéndose abajo. Los bomberos rompiendo puertas y corriendo de un lado a otro.

Eso es lo que vi en el noticiero, aquella mañana en el hospital, mientras Patricia observaba la pantalla con la boca abierta. Y, sin embargo, si me lo propongo, puedo oler el humo, ascendiendo por el cielo contaminado de la ciudad. Puedo sentir las cenizas cayendo sobre mi cabeza. Y oír los gritos de los vecinos. Alguien ha puesto en mi cabeza recuerdos imposibles, pero tan vívidos como los reales.

Y esa mañana, yo sospechaba quién era ese alguien.

Por la mañana, dieron de alta a Patricia. Tendría que andar con muletas durante unos meses. Y venir todos los días al hospital para una terapia de rehabilitación. Pero podía volver a casa. O quizá simplemente necesitaban la cama para otro paciente. El mismo médico del primer día vino a su cuarto a comunicárnoslo. Las dos nos encontrábamos tan consternadas con las noticias que ninguna respondió.

—¿Qué pasa? —dijo el doctor—. ¿No están contentas? Digan algo, al menos.

—¿Podré manejar? —preguntó Patricia. Leí en su mente que quería meterse en un carro y correr a buscar al delincuente de Iván. En el noticiero habían dicho que no se habían registrado víctimas mortales. Lo lamenté.

—¿Ya quieres manejar? —preguntó el doctor—. ¿Y no quieres correr la maratón también?

Se rio. Nadie se rio con él.

—La gente suele estar de mejor humor cuando recibe esta noticia —dijo.

Yo hice lo posible por parecer sonriente. Pero no la consideraba una buena noticia.

Esos días en el hospital habían sido los únicos que había pasado enteramente con ella en mucho tiempo, con oportunidad de conversar y... bueno, de controlar sus movimientos. Sentí que al cruzar la puerta de la calle no solo saldría del hospital. También volvería a escapar de mí.

A la salida del hospital, mientras una enfermera empujaba la silla de ruedas de Patricia, me crucé con Reinaldo Jáuregui.

—Buenos días —me cayó encima su voz, como un muro derribándose sobre mi espalda—. Porque son buenos, ¿verdad?

Volví a oír sus palabras de la noche anterior: «Yo la ayudaré. Porque usted lo merece».

Quería preguntarle si él tenía algo que ver con el incendio. Pero al verlo ahí, inmovilizado e internado en un hospital, al recordar su conversación afable, su preocupación atenta por mí, me sentí como una estúpida. ¿Cómo iba a haber sido él? Tenía que tratarse de una casualidad, ¿verdad?

¿Verdad?

—Ya nos vamos —anuncié, de manera un poco obvia.

—Si me lo permite, voy a darle mi tarjeta —me dijo con los modales de un mayordomo inglés—. Quiero que cuente conmigo ante cualquier problema, de cualquier tipo. No dude en llamar.

Me enseñó un pedazo de cartón donde solo ponía su nombre. No decía a qué se dedicaba. Ni siquiera ponía un *mail*. Él escribió su número de celular en la tarjeta con un lapicero antes de colocarla entre mis dedos.

—Gracias —murmuré—. Es usted... muy especial.

—No tanto como usted. Espero que nos volvamos a ver.

—¿Cuándo saldrá usted de aquí?

—Ya pronto —respondió sin precisar. De repente, caí en la cuenta de que no sabía nada de él. A qué se dedicaba, qué familia tenía, dónde vivía. Me pregunté de qué habíamos hablado todas esas noches.

—¿Por qué está hospitalizado? —Quise saber. Él sonrió. Se encogió de hombros.

—Digamos que fue... un accidente de trabajo.

Entonces, otra voz, una más delgada y femenina, más apremiante, me devolvió a mi vida:

—¡Mamá! ¿Nos vamos?

En la calle, Patricia me preguntó:

—¿Quién era él?

—Nadie —respondí—. No era nadie.

Hicimos el trayecto a casa en silencio. Yo quería hablar del incendio, pero no podía hacer ver que conocía la casa de Iván. Comprendí que no solo las piernas de mi hija necesitarían rehabilitación. También deberíamos recuperar la capacidad de decirnos la verdad. Habíamos salido de ese hospital cargadas de secretos y mentiras.

De regreso en casa, Liliana y Rodolfo nos recibieron con mimos y abrazos:

—¿Puedo jugar con tus muletas? —preguntó Liliana a su hermana.

—Me has hecho mucha falta —le dijo Rodolfo cariñosamente.

—¿En el hospital viste muertos? —otra vez Liliana, interrogando a Patricia.

—Al fin estamos todos. Ahora todo será diferente —declaró mi marido.

Yo quería hablar con Rodolfo de sus misteriosos gastos. Nuestra cuenta común seguía transfiriendo dinero sin explicación. Incluso más que antes. Pero Rodolfo mostraba tanto cariño por Patricia que me daba miedo romper el hechizo, abrir un nuevo frente. Hacía mis mejores esfuerzos por sonreír y mantener la calma chicha en que vivíamos.

Lo que no podía era hacer el amor con él.

Todas las noches pasaba lo mismo. Él se acercaba y yo deseaba abrirme. Pero me hallaba seca. Fría. Incapaz de corresponder.

—¿Qué te pasa?

—Lo siento.

—¿Está todo bien?

—Solo… Estoy un poco nerviosa.

—No te preocupes. Todo saldrá bien. Ahora estamos juntos.

Eso era precisamente lo que me temía.

La prioridad era recuperar una vida normal. Estabilizarme. Organizarme. Y solo conocía una manera de hacerlo: trabajando.

Me reincorporé al estudio con la dureza de una locomotora. Durante mi primera mañana, puse al día todo el trabajo atrasado, reorganicé la agenda de mi sección y asigné tres casos entre mi equipo. La adrenalina de volver a la acción disipó de mi mente todos los problemas, todas las incertidumbres. Necesitaba eso, ese espacio en el que todo me salía bien.

Después de la hora del almuerzo, Inés se apareció en mi despacho. Estaba pálida. En cambio, yo me sentía más relajada que en toda la semana anterior.

—¿Qué te pasa? —le pregunté—. Parece que has visto un fantasma.

—Tenemos que hablar.

Cerró la puerta. Incluso cerró la cortina de mi despacho. De repente, parecíamos encerradas en un cajón.

—¿Se puede saber qué tienes?

—Nos ha llegado una denuncia —dijo ella.

Yo me reí.

—Claro. Somos un estudio de abogados. Nos llegan denuncias todos los días.

—No como esta, Maritza. Esta es contra ti.

Me enseñó los documentos. Llevaban el sello y firma de un juez de la sala de lo penal. Yo no estaba acostumbrada a ver mi nombre en esos papeles. Era como si lo hubiesen puesto en el lugar equivocado.

—¿Quién me denuncia? —pregunté.

—Iván Araujo.

El nombre explotó dentro de mi cabeza: una mina antipersona de rabia y sentimientos de injusticia.

—¡¿Qué?! Pero ¿cómo se atreve? ¡Ese delincuente sinvergüenza! ¡Ese traficante de medio pelo! ¿De qué me acusa? ¿De injurias? ¿De difamación? ¿Por acusarlo de casi matar a mi hija?

—Ojalá fuera eso. Reclama daños contra la propiedad privada… e intento de asesinato.

Durante unos instantes, me quedé pasmada. Después, me eché a reír. A carcajadas:

—¡Ja, ja! ¿De verdad? ¡Ja, ja, ja! ¿Y quiere que vayamos ante un juez? ¡Ja, ja, ja, ja!

Inés me miró con preocupación, incluso con cautela, como se mira a un perro con rabia cuando no ataca. Dijo:

—Maritza, ¿ese no es el chico que querías denunciar hace unos días, cuando viniste al estudio en estado de *shock*?

—Yo no estaba en estado de *shock*.

—Querías hacerle daño a toda costa.

Me pregunté si Inés me estaba interrogando. Quizá había perdido la perspectiva. Quizá se creía la jueza, y no una empleada a la que yo podía despedir en cualquier momento. Aun así, de repente me encontré justificándome, mostrando unos remordimientos que no sentía:

—Estaba nerviosa, ¿ok? Él había querido matar a Patricia, ¿te has olvidado de eso?

—Pero no tenías pruebas —continuó ella, con cierta contención, reprimiendo sus evidentes ganas de ponerme en mi lugar, o en el que esa desubicada considerara de repente como mi lugar. Sonó como un reproche.

Estaba llegando la hora de recordarle en qué despacho estaba y quién mandaba ahí. Pero por alguna razón, no fui capaz de hacerlo. Solo seguí escuchando esa voz mientras me preguntaba, leyendo de la denuncia:

—¿Le dijiste a Iván Araujo: «No sabes con quién te has metido, mocoso. Ahora vas a averiguarlo»?

—Yo...

Quería recuperar mi fuerza. Quería tener el control, como había sido siempre. Pero la situación se me escapaba de las manos. Las palabras de Inés me ponían contra la pared, me arrinconaban. Y siguieron haciéndolo:

—¿Y... esa misma noche entraron a quemar su casa?

Ahora sí se pasaba de la raya. Hora de responderle. Me levanté de mi sitio para adquirir más presencia. Súbitamente, las dos estábamos de pie, a punto de saltar la una sobre la otra:

—¿Te escuchas cuando hablas? ¿Crees que fui con un balde de gasolina a prenderle fuego a una casa?

—No. Creo que enviaste a alguien.

—¿A «hacer el trabajo sucio»? ¿Como una mafiosa?

Inés me dirigió una mirada casi ofendida. Comprendí su sentido. Después de todo, yo solía mandar a Inés a hacer el trabajo sucio. O algo así: averiguar la situación financiera de gente que litigaba contra nuestros clientes; saber si tenían recursos y a qué los dedicaban. Alguna vez, el rastro del dinero nos había conducido a sus amantes. O a sus vicios. Y no habíamos dejado pasar la oportunidad para emplear esa información en la defensa de nuestros clientes.

Sin embargo, esas estrategias no tenían nada que ver con lo de Araujo, ¿verdad? Eso formaba parte del trabajo. Era legal. Y por supuesto, no tenía nada que ver con el vandalismo o la piromanía, ¿verdad?

Por eso aquí, en mi nuevo hogar, no hay ejecutivas. Ni socias de grupos mercantiles. No te peleas por el jabón con la consejera delegada de ninguna sociedad anónima. Ni te roba el colchón ninguna directiva financiera. Si perteneces al mundo del que provengo, tus actividades son legales por definición.

Inés cambió de actitud. Se puso más sumisa. Recuperó el talante que le correspondía. O al menos, el que podía ahorrarnos una escena:

—Solo te estoy pidiendo que me digas la verdad, Maritza. Has estado muy rara en estos días, y es lógico, porque vives una situación extrema. Pero no sabemos hasta dónde puede llegar todo esto. Los socios y yo tenemos que saber a qué atenernos.

A qué atenerse. Ellos. Sin mí. No me estaba preguntando cómo colaborar para resolver mis problemas, sino cómo evitar que le salpicasen. Ni a Inés ni a los demás. Me indigné. No levanté la voz, pero sí la hice sonar muy fría para preguntar:

—¿«Los socios y yo» has dicho? ¿Qué significa eso? ¿Ahora hablas con los demás socios a mis espaldas?

—¡Obviamente, Maritza! ¡Tenemos que sacar adelante el trabajo del despacho y tú no estás! Lo hacemos para ayudarte.

—Inés, sal de mi despacho inmediatamente.

—Maritza, por favor…

—Que salgas, he dicho.

Ella se encogió de hombros. Hizo el gesto de lavarse las manos, liberándose de la responsabilidad por lo que me ocurriese. Y se marchó.

Yo volví a sentarme en mi escritorio. De un cajón saqué una botella de *whisky* y me serví un vaso. Temblaba. No por Inés, en realidad. Ni por la denuncia. Los detalles legales ya los arreglaríamos. Lo que me angustiaba era otra cosa.

Ella me había preguntado si yo tenía algo que ver con el incendio. Y yo no estaba segura de la respuesta.

Volví a casa aturdida, con el rabo entre las piernas, como un gato que se ha perdido y ha acabado metido en una pelea de perros. Liliana salió a recibirme y se me arrojó encima. Casi me rompe la espalda:

—Mami, ¿me compras una muñeca *reborn*? ¡Cómprame! En mi cole, todas tienen una.

—¡Claro! Lo que tú quieras, mi amor.

—¡Mami, eres la mejor!

Detrás de ella, salió la nana, Pascuala, que siempre parecía a punto de sufrir un infarto. Me explicó todo lo que Liliana había hecho mal: que no había comido nada, que había robado todas las galletas de la cocina, que le había gritado enfrente de sus amigas del cole. Yo tuve que recordarle a esa mujer que ocuparse de esas cosas era su trabajo. Pero también le expliqué que no debía tomarla tan en serio:

—Es una niña —dije—. Los niños son así. No seas demasiado dura con ella.

—Pero, señora, esa chica necesita que alguien le ponga límites y…

—No me estarás diciendo cómo educar a mi hija, ¿verdad?

—No, señora.

—Qué bueno, porque ahora mismo tengo que ocuparme de Patricia.

Ahora, ya no hablaría así con nadie. La cárcel

me ha enseñado la otra cara del mundo. Al fin y al cabo, cualquiera de las mujeres que vive aquí podría haber sido Pascuala. O más bien, mis compañeras de aquí son las que se negaron a ser Pascualas y se rebelaron contra su destino. En mis primeros días aquí, antes de hacer amigas y de conocerte a ti, yo me convertí en su sirvienta, cuando no en su esclava. Con ellas, aprendí que, al final, todas podemos terminar en el mismo lado de la balanza.

Pero en fin, por entonces aún no pensaba así. Y ese día en particular, no pensaba. Solo quería saber cómo iba Patricia. La fisioterapeuta que yo había contratado ya estaba trabajando con ella. Y yo alcancé a ver el final de su sesión.

Habíamos montado en el sótano un pequeño gimnasio para su terapia. Al menos en la primera etapa de su recuperación, queríamos que Patricia pudiese acceder a las máquinas a cada momento que lo desease, y pudiese hacerlo en un lugar seguro como nuestro hogar. Ahí estaba, tratando de caminar agarrada con las manos a unas barras paralelas. Empujando unos pesos con las piernas. Y fracasando en cada intento, cayéndose o frustrándose en cada esfuerzo.

—Para ser el primer día, no ha estado mal —me dijo la fisioterapeuta antes de marcharse—. Pero Patricia tiene poca fe en sí misma. Para que pueda mover sus músculos, primero es necesario que venza sus temores.

La acompañé hasta la puerta y volví al gimnasio. Encontré a Patricia intentando levantarse. Colgada de una barra, tiraba con los brazos de todo su cuerpo, como si fuera un peso muerto. Logró arrodillarse. Pero al intentar ponerse en pie, una de sus piernas cedió y acabó derrumbándose como un costal de plomo.

—¡Patricia! ¿Estás bien?

—¡No! ¡Claro que no estoy bien! ¿Y tú estás ciega?

—Déjame ayudarte. —Me acerqué a ella. Solo quería acercarle las muletas y echarle una mano. Pero ella se puso como una fiera.

—¡No me toques! —gritó—. Tú ya has hecho bastante.

—Patricia… ¿Qué te pasa?

—Nada que tú puedas arreglar. Mejor no intentes arreglar nada más, ¿ok?

Logró apoyarse en las muletas por sus propios medios. Y se marchó con un taconeo metálico. Me habría gustado saber a qué se refería con esas extrañas palabras. ¿Qué había hecho yo ahora? ¿Cuándo podría tener una mejor relación con mi hija? ¿Qué debía hacer para lograrlo?

Por la noche, mientras nos preparábamos para dormir, le conté a Rodolfo que Patricia volvía a estar enfadada conmigo sin razón.

—Es normal —dijo—. La relación de una adolescente con su madre es conflictiva. Y ella está pasándolo mal. No le des demasiada importancia.

Nos metimos en la cama. Él deslizó su mano entre mis muslos. Las sentí como un reptil, frío y viscoso, correteando por mi entrepierna.

—Te extrañé mientras estabas en el hospital —dijo.

—Yo también habría preferido estar en casa —respondí—. He dejado cosas pendientes acá. A Liliana, por ejemplo. Y más cosas.

—Hoy podríamos despachar alguno de tus pendientes —sonrió él. Me acarició, me besó y me lamió.

Pero yo ni siquiera respondí, esta vez. Tan solo le di la espalda. Y repetí la vieja fórmula:

—Esta noche no, cariño. Tengo dolor de cabeza.

Cerré los ojos. Lo escuché levantar la manta, abandonar la cama y marcharse al baño. Pasó diez minutos ahí, en silencio. Era demasiado tiempo incluso para usar el escusado, pero no levantó la tapa ni jaló de la cadena. Solo al final, abrió el grifo del agua y se lavó, supongo, las manos. Finalmente, regresó conmigo a la cama y se acostó, su espalda contra la mía. Ya estaba relajado, y no tardó ni tres minutos en dormirse.

A la mañana siguiente, había un hombre extraño en el estudio. No parecía amenazante o antipático. Sencillamente, se veía ajeno. Por lo general, nuestros clientes llevan la identificación en la ropa. Los que vienen por temas mercantiles lucen trajes perfectamente cortados y zapatos brillantes. Los que asoman por temas más personales —como un divorcio o un hijo borracho que ha atropellado a alguien— visten informales, pero de Hugo Boss.

Este hombre, en cambio, parecía desfasado. No era por falta de dinero. Al contrario. Llevaba un reloj caro, solo que quizá demasiado caro. Y demasiado grande. El estilo de su traje y de su peinado no correspondían a la gente que solíamos atender. Demasiados botones abiertos en la camisa dejaban ver una cadena con demasiado oro. Y en vez de un portafolios o un maletín de cuero, llevaba en la mano el típico sobre de documentos judiciales, arrugado como si lo hubiese mordido un perro. Hasta su actitud personal, alerta pero cortés, denotaba que se encontraba fuera de su elemento, como un pez de mar en una bañera.

Inés asomó a mi puerta:

—Maritza, ¿tienes una cita con un tal Percy Cuadrado?

El tono de Inés esa mañana era frío y seco. Nuestra relación se estaba convirtiendo en un hielo, de esos que usan para conservar el pescado en los frigoríficos. Respondí:

—Ni siquiera sé quién es.

—Está afuera. Me ha pasado una tarjeta para darte. Pero no lleva su nombre. No lo entiendo.

Acepté la tarjeta que me ofrecía. La reconocí antes de leer propiamente lo que ponía, porque yo tenía una igual. Sin cargo, dirección ni teléfono.

Tan solo dos palabras reinando en su centro: «Reinaldo Jáuregui».

—Que pase —ordené.

Inés cumplió la orden con una mirada nueva en los ojos, una que yo nunca había detectado antes.

Percy Cuadrado entró en mi despacho mirando a todas partes con una mezcla de curiosidad y desconfianza. Traía el sobre con él, una nube pestilente de olor a colonia y el brillo cegador de la gomina, que componía un aparatoso rizo en su peinado. Cuando lo invité a sentarse, pasó un rato decidiendo dónde hacerlo y titubeó antes de darme la mano. Tuve la impresión de que nunca había saludado así a ninguna mujer.

—Reinaldo me ha hablado muy bien de usted —afirmó.

Me reí:

—No como abogada, supongo. Él no me conoce profesionalmente.

Mi visitante pareció desconcertado. Se abrazó a su sobre como a un oso de peluche. El sentido del humor no era lo suyo. En vez de relajarse, intentó explicarse:

—Él... dice que usted es valiente. Que no le tiemblan las manos para defender lo que es justo.

Ahora fui yo la desconcertada. ¿Qué quería decir eso exactamente? ¿Le habría dicho Jáuregui algo sobre el incendio de la casa de Iván? ¿Y había algo que decir al respecto? «No», me dije mentalmente. No hay nada que decir sobre mí y ese incendio. Pero me lo repetí tantas veces que acabé por dudarlo.

Por uno de esos reflejos que da la experiencia, comprendí que necesitaba testigos de esa reunión. Levanté el teléfono para llamar a Inés. En los ojos de Percy Cuadrado asomó un destello de alarma:

—¿Qué hace? ¿A quién llama?

—A mi asistente. Siempre me ayuda a considerar los potenciales clientes de…

—A solas, por favor —me cortó él.

—Pero es que…

—A solas, por favor.

No era fácil deducir si su gesto, su mandíbula firme, su ceño fruncido reflejaban una temerosa preocupación… o una orden.

Comencé a preguntar:

—¿En qué puedo ayudarle exactamente?

Al hablar de sí mismo, Percy Cuadrado pareció relajarse. Se cohibía ante los códigos sociales del estudio. Pero en la exposición de su caso, comenzó a gesticular con indignación:

—Tengo una empresa de importaciones y exportaciones. Traigo café, sobre todo. Pero la policía me ha retenido dos contenedores en el puerto del Callao. Dice que hay drogas en las bolsas. Que las han detectado con sus perros.

Percy chasqueó los labios. Por un momento, temí que escupiría en la alfombra. Pero luego continuó, aún más enfadado que antes:

—¿Qué droga va a haber? Yo soy un comerciante honrado. Trabajo para mantener a mi familia. Pero cuando la policía ve a un empresario hecho a sí mismo, se pone a sospechar. No creen que alguien que nació en Villa María del Triunfo, como yo, pueda gestionar una empresa internacional. En esa sociedad vivimos, señora. Un hombre honesto tiene que mostrar que es inocente, no que es culpable. Ahora me han citado a declarar en comisaría, pero me da miedo. Seguro que esos cabrones, perdón por la palabra, me guardan alguna sorpresa de las feas. Ya me lo han hecho antes. Me hacen ir y luego no me dejan salir.

Tomé notas, más por cortesía que por otra cosa. Porque desde que oí la palabra «droga» supe que ese caso no era para mí. Esperé a que se desahogase, porque era lo que él más necesitaba, y le expuse la situación:

—Entiendo, Percy. Y me parece muy interesante. Pero yo llevo temas comerciales y de empresa. Este es un proceso penal. ¿Qué le hace pensar que puedo ayudarle con su problema?

Percy Cuadrado se pasó la mano por el cuello. Llevaba un anillo enorme con una piedra negra, quizá un zafiro, incrustado. Respondió:

—Usted se ve decente.

Me reí. Mi carcajada le hizo cohibirse de nuevo. Lo devolvió a un orden en que la gente como él no se sentaba ante gente como yo. Yo misma me arrepentí de ello. Recuperé la seriedad y le expliqué:

—El aspecto no tiene mayor utilidad frente a

un tribunal, señor Cuadrado. Más útil es conocer el tema del juicio. Y como le digo, yo de derecho penal no…

—¡Yo sé que usted puede! —Saltó ahora con una energía que yo no esperaba. Sus ojos, en un rápido giro, se volvieron saltones, y yo comprendí de repente que ese hombre, en circunstancias diferentes a las que nos reunían, podía llegar a dar miedo. Tomando eso en cuenta, intenté bajar un poco el tono de la conversación:

—¿Qué le hace pensar eso? —pregunté con la dulce voz de una azafata ejecutiva.

Él miró a todas partes, como si fuese a venderme un revólver ahí mismo, y se acercó un poco a mi escritorio. Por reflejo, yo miré también al exterior. Sorprendí a un par de secretarias espiándonos, pero ellas desviaron la vista al sentirse descubiertas. En cambio, Percy Cuadrado fijó en mí esos ojos negros como dos cuchillos de pedernal, antes de decir en voz muy baja:

—Reinaldo. Él me ha dicho que usted no se negará. Que es un intercambio de favores.

Favores.

La palabra quedó flotando en medio del despacho, con todas sus implicaciones volando a su alrededor. Traté de moverme entre ellas sin pisar ninguna:

—¿El señor Jáuregui quiere que le pague un favor?

—¡No, claro que no, señora! —El otro pareció

indignarse ante mi insinuación—. Por supuesto, le pagaremos. Puedo pagarle ahora mismo, por adelantado.

Metió la mano en el bolsillo interior de su chaqueta. Temí por un segundo que le diese por sacar un arma o algo así. Pero lo que salió del bolsillo fue otro sobre de papel manila, más pequeño que el anterior, pero igual de arrugado. Y tan gordo que apenas cerraba. No hacía falta esforzarse demasiado para adivinar lo que llevaba dentro.

Ahora sí que miré yo a todos lados, antes de fijar la vista de nuevo en mi aspirante a cliente.

—Guarde eso, por favor. Nosotros no trabajamos así.

Cuadrado obedeció, pero me guiñó un ojo, con más complicidad de la que yo quería con él.

—¿No le digo? Usted es decente. Reinaldo tiene razón.

Sentí ganas de que ese hombre se marchase de mi despacho cuanto antes. Por otro lado, no tenía ganas de enfadarlo. Y honestamente, tampoco quería molestar ni prejuzgar a Reinaldo Jáuregui. Antes de tomar cualquier decisión, tenía que hablar con él. De esa y de muchas otras cosas. Mientras tanto, lo mejor sería ganar tiempo.

—Voy a hacer algunas averiguaciones. Déjeme copia de la denuncia y del registro de su empresa...

—¡Lo sabía! —Se puso en pie de un salto, como si su equipo acabase de ganar una copa—. Se lo agradezco mucho, señora. No se arrepentirá. Ya verá como todo sale bien con usted de mi parte...

—No estoy aceptando su caso. Solo quiero efectuar comprobaciones...

—Claro que sí, compruebe lo que quiera —dijo él, estrechándome la mano, y una vez más, guiñándome un ojo, gesto que me puso francamente nerviosa. Sin darme tiempo a explicar nada más, dejó sobre mi mesa el sobre que contenía la documentación. Y se despidió entre reverencias y ceremonias, como si yo le hubiese hecho un milagro.

Un segundo después de que desapareciese por el pasillo, entre las miradas extrañadas de los abogados del despacho, Inés ya estaba en mi puerta:

—¿Quién era? ¿Qué quería?

Yo le extendí el sobre que Percy Cuadrado me había dejado, como si fuese la evidencia de un crimen. Quizá lo era, de hecho. Tratando de recuperar la seca eficiencia que caracterizaba nuestra relación, le respondí:

—Eso es exactamente lo que quiero que averigües.

Lo que más me gusta de mi casa es el jardín. De hecho, mi casa es casi toda jardín. La parte construida solo representa una fracción del terreno, y está rodeada por una extensión de naturaleza tan grande que la cuidan tres jardineros diferentes.

El primer jardinero trabaja con el césped, que

cambia de textura según la zona: no es el mismo en la zona posterior, junto al estanque de carpas japonesas, que delante, donde estacionan los coches. Otro jardinero se ocupa de los setos que rodean el terreno cubriendo los muros, de modo que parece que vivimos en un claro del bosque. Este también recorta los árboles interiores. Y el último de los jardineros cultiva las flores. Tenemos de todo: dalias, floripondios, geranios, por supuesto que rosas, margaritas, tulipanes. Cuando vuelvo a casa, antes de entrar, doy una vuelta por ese paraíso y me siento renovada. Es mi momento de paz.

El día de la visita de Percy Cuadrado, permanecí hasta muy tarde dando vueltas entre las plantas. Quería poner mi mente en orden. Y la verdad, supongo que no quería entrar a casa. No tenía ganas, incluso me daba un poco de miedo enfrentarme a la furia inexplicable de mi hija mayor, a las travesuras de la menor y a los deseos sexuales de mi esposo.

Mi padre solía decir que las mujeres, si no tenemos problemas, los inventamos. Era incapaz de entender que nosotras miramos más que los hombres hacia nuestro interior. Y que también miramos al de los demás, para hacerlo nuestro. Él solo se preocupaba por las necesidades básicas: comer, ganar dinero, no pelear con los vecinos. Nosotras somos capaces incluso de adueñarnos de problemas ajenos.

Por ejemplo, jamás abandonamos a nuestros

hijos, algo que los hombres hacen con frecuencia y sin culpa.

A veces, yo preferiría ser hombre. ¿Tú no? Complicarme menos la vida, y no sentirme culpable por buscar un momento para mí. Sería maravilloso tomar unas vacaciones en la masculinidad, aunque fuese por un fin de semana.

Mientras me perdía en mis pensamientos por el jardín, oí crujir una rama cerca de los setos del fondo. Pensé que era Liliana, haciendo alguna de sus trastadas. Me acerqué:

—¿Liliana?

Ella no respondió, lo cual me hizo sospechar aún más que estaba ahí.

—Liliana, sal. Vamos a cenar.

Un cuerpo se movió en la oscuridad. Parecía demasiado alto. Seguramente, Liliana estaba medio trepada en el árbol o subida en un taburete.

—Hija, ya no tiene gracia. Es de noche. ¿Dónde está Pascuala? ¿Por qué no estás con ella?

Cuando ya estaba a un metro del seto, un cuerpo se separó de él. Y echó a correr. No era el de Liliana, claro. Era un cuerpo alto y delgado, que atravesó el jardín como una flecha, en dirección al jardín delantero, pisando sin miramientos mis flores.

—¡Ladrón! —grité—. ¡Rodolfo! ¡Pascuala! ¡Llamen a la policía!

Corrí tras él sin pensar. Me quité los zapatos de tacón y crucé el césped. Dos veces estuve a punto de alcanzarlo, pero se me escapó por centímetros.

A medio camino, escuché la voz de mi esposo saliendo a la terraza.

—¡Ratero! —gritó también—. ¡Quieto ahí!

Sonó un disparo. Yo jamás había escuchado uno antes.

Me detuve presa del pánico. Temí que hubiesen atacado a mi familia. Pensé que encontraría a Rodolfo o, peor aún, a alguna de mis hijas, sangrando en el jardín. Pero no había disparado el intruso. Él seguía corriendo, ahora más asustado que antes. Era mi esposo quien tenía el arma en la mano, apuntando hacia el cielo. Y así se quedó hasta que el ladrón consiguió alcanzar la puerta y huir.

Ya para entonces, ni Rodolfo ni yo lo perseguíamos. Solo nos mirábamos el uno al otro, aterrados.

—¿Tienes una pistola? —le pregunté.

—Claro que tengo una pistola. Tenemos que protegernos.

—¿Y dónde ha estado todo este tiempo?

—¿Eso importa ahora? —Se enojó—. ¡Vamos a llamar a seguridad!

Tenía razón. Pero eso no resolvía la duda, que siguió zumbándome en la cabeza: ¿cuántas cosas más me escondía ese hombre? Y por cierto, ¿cuántas de ellas podían matar a alguien?

Por supuesto, no llamamos a la policía. Prefiero confiar en ladrones que en policías. Rodolfo llamó a la seguridad privada de nuestra urbanización. Mientras lo hacía, subí a ver a las niñas. Liliana estaba en su habitación, rodeada de sus almohadas rosas, sus edredones de figuritas, su papel tapiz de angelitos… Yo le había diseñado un reino de fantasía. Pero ella no parecía molesta con la realidad. Al contrario, se veía fascinada con lo que acababa de ocurrir. «¿Qué pasó, mamá? ¿Han venido ladrones? ¿Han matado a alguien? ¿Qué sonó?».

Le expliqué que no había ocurrido nada. Que habíamos sorprendido a alguien en la casa y esa persona había huido dando un portazo. Pero que ya estaba todo bien. Nada de qué preocuparse: «¿Va a venir la policía? ¿Van a meter a alguien en la cárcel? ¿Puedo mirar cuando lo hagan?».

Le dije que no iban a meter a nadie en la cárcel. Con el tiempo, eso también resultó una mentira. Pero en fin, qué podía hacer. Mentimos a nuestros hijos constantemente. Es una preparación para cuando tengan edad de mentirse a sí mismos. Porque la realidad no siempre es agradable. Ni siquiera es coherente.

Una Pascuala asustada, pálida, vino a hacerse cargo de Liliana. Yo pasé al cuarto de Patricia. Me extrañaba que ella no hubiese salido, que no se nos hubiese acercado a su padre o a mí, aunque fuese con sus muletas. De repente, se me ocurrió que podía haberle pasado algo. Me abalancé a su cuarto. Pero la encontré en su cama, sentada y aterrorizada. Paralizada de miedo.

—¿Qué le han hecho? —preguntó.

—¿Al ladrón?

Tardó unos segundos en reaccionar:

—S..., sí. Al ladrón. ¿Lo han atrapado?

—No. Escapó.

—Pero ¿le han disparado?

Le conté lo que había ocurrido. Para mi sorpresa, en lugar de asustarse, ella parecía aliviada. En todo caso, si algo le preocupaba, no era precisamente el ladrón.

—Papá no debería tener una pistola —dijo.

Yo estaba completamente de acuerdo. Sin embargo, algún instinto me hizo defender a su padre. Quizá simplemente la vergüenza de admitir que yo no sabía nada del arma:

—La tiene por nuestra seguridad. Es mejor así.

—¿Por nuestra seguridad? Estaríamos más seguras si tú no nos metieras en líos.

—¿A qué te refieres?

Ella no se explicó. Contestó con evasivas y se cerró en sí misma. Comprendí que no tendría ningún sentido tratar de sacarle una respuesta. Le di un beso, que devolvió con frialdad. Y salí de su cuarto con la terrible sensación de no haber hecho a ninguna de mis hijas sentirse mejor.

Los guardias de la urbanización tardaron como diez minutos. Llegaron dos. Los guie por el jardín, donde todo había ocurrido, y luego ellos pasaron como media hora reconociendo el terreno por sí solos. Rodolfo se quedó en la sala bebiendo *whisky* en silencio. Yo me senté a su lado, con los brazos cruzados, esperando alguna conclusión. Ahora supongo que debíamos habernos protegido mutuamente, debíamos habernos preguntado si todo estaba bien, o si necesitábamos algo. Pero solo nos quedamos ahí, callados, con nuestras soledades sentadas una al lado de la otra.

Cuando los vigilantes terminaron sus pesquisas, dijeron que no habían encontrado nada, ni cerraduras forzadas ni puertas rotas. Eso sí, según especificaron, el seto de la casa era imposible de trepar. Y tampoco presentaba agujeros. El intruso no se había colado por ahí.

—¿Qué significa eso? —les pregunté.

Ellos se encogieron de hombros, como aburridos por mi curiosidad, y contestaron:

—Quienquiera que haya entrado usó su propia llave.

—Maritza, ¿tienes un minuto?

Inés atravesó su silueta en el marco de mi puerta. Al verla ahí de pie me pareció increíblemente joven y atractiva. Yo, por mi parte, esa mañana me sentía vieja y acabada. ¿Cuándo habíamos dejado de parecernos las dos?

—Claro, pasa.

Tenía todo el tiempo del mundo, porque no era capaz de concentrarme en nada que tuviese que ver con el trabajo. Demasiadas cosas me pasaban por la cabeza. Malas experiencias y malas ideas se me avinagraban ahí dentro.

Inés miró a todas partes, como si alguien nos espiase, y cerró cuidadosamente la puerta. Se sentó frente a mí. Me miraba como yo debía mirar a Patricia cada vez que se metía en líos. Tenía tanta cara de preocupación que se lo pregunté:

—¿Qué te pasa?

—No, Maritza. Esa no es la pregunta. ¿Qué te pasa a ti?

—¿Qué es esto? ¿Un juego de adivinanzas?

Ella volvió a mirar a todos lados, ahora como si temiese encontrar micrófonos en mi despacho. Llevaba en la mano un legajo de papeles que colocó sobre mi escritorio sin decir más. Yo lo abrí.

Sobre la primera página había una enorme foto de Percy Cuadrado, mi aspirante a cliente, bastante más desmejorado que como yo lo había visto en el despacho. Sin camisa abierta ni cadenas de oro. Más bien despeinado, ojeroso, con semblante patibulario. Era una foto de periódico. Y el titular decía: «Desmantelan mafia que transportaba droga dentro de muebles». Era una noticia de diez años antes.

Los siguientes papeles decían más de lo mismo. Percy Cuadrado había pasado en la cárcel tres temporadas de cuatro, cinco y dos años por narcotráfico, posesión de armas de fuego, asociación ilegal y blanqueo de capitales. Lo raro era que no le hubiesen caído condenas peores. Ahora llevaba cinco años sin meterse en problemas. Leí toda su historia mordiéndome las uñas, hasta que recordé que tenía delante a Inés, mirándome como si estuviera a punto de comerme.

—¿Qué opinas? —le pregunté.

—Que debes deshacerte de ese tipo de inmediato. Ni siquiera lo vuelvas a llamar.

Inés. La eficiencia en persona. Había recogido toda esa información en menos de veinticuatro horas sin desatender ninguna otra de sus obligaciones. La trabajadora perfecta, porque no tenía que pensar en nada más. De repente, al verla, me vi a mí misma a su edad, cuando me dedicaba en cuerpo y alma al trabajo. Con el tiempo, mi vida se había ido cargando: esposo, hijas, imagen pública. Había dejado de ser un Maserati para convertirse en un camión de mercancías, más pesado y difícil de manejar.

—Hay otra cosa —siguió Inés, como si preparase el tiro de gracia.

—Dilo de una vez.

—Es ese chico… El del incendio. Iván Araujo.

—Por favor, dime que ha fallecido.

Sonreí, pero Inés no encontró gracioso lo que decía. No lo era, en realidad, pero yo necesitaba sonreír por algo. Por cualquier cosa.

Ella continuó:

—Quiere llegar a un acuerdo extrajudicial.

—¿A un qué? ¿En qué iba yo a estar de acuerdo con ese delincuente en miniatura?

—Dice que no te denunciará por el incendio. Pero quiere dinero.

—Que me denuncie. Acabaré sacándole yo las costas del proceso. ¿Quién se cree que es?

—Dice que sabe lo de Reinaldo Jáuregui.

Eso era un golpe bajo. Aunque yo aún no tenía claro de qué manera, exactamente.

—¿Que sabe qué?

—No me lo dijo. Su abogado lo dejó caer y no sé qué significa. Tú debes saberlo porque ese nombre figuraba en la tarjeta que te pasó Percy Cuadrado. Te mandó esa tarjeta conmigo. Por eso lo recibiste.

—Inés, ¿qué estás insinuando?

—No lo sé, Maritza —dijo, con una cara de preocuparse por mí que me pareció tan falsa como un billete de quinientos dólares—. Dime tú qué está pasando. Los socios del estudio se están inquietando ante todas estas cosas. Yo no dejo pasar información, pero algunas son difíciles de esconder. El incendio salió en la tele. Y a tu amigo Percy Cuadrado…

—No es mi amigo —aclaré.

—A Cuadrado lo vio todo el mundo venir a verte a tu despacho. Y ahora hay un vínculo entre ambas cosas. Y tú estás muy rara.

—¡Estoy perfectamente! —respondí, pero mi voz salió demasiado fuerte. Aunque mi puerta seguía cerrada, una secretaria que pasaba frente a ella se volvió a verme, asustada.

Inés me dirigió una mirada preocupada, casi de

lástima, y habló en un tono tranquilizador, como de enfermera de psiquiátrico:

—Si no quieres decirme lo que ocurre, está bien. No voy a obligarte. Pero déjame aconsejarte, como amiga. Ese chico quiere dinero. Y tú tienes dinero. Si se lo niegas, ofrece problemas. Y tú también pareces tener ya muchos problemas. ¿Por qué no le das un poco de dinero para evitar más problemas?

—Ese «chico» del que hablas trató de matar a mi hija, ¿recuerdas?

Inés se levantó. Hizo un gesto con las manos, como si borrase lo que habíamos dicho. También podía ser un gesto de impaciencia, como los que yo tenía con mi hija Liliana cuando insistía en portarse mal. Dijo:

—No puedo hacer más en este tema. Cuenta conmigo para lo que necesites, ¿ok? Espero que tomes las decisiones correctas.

Yo también lo esperaba. Aunque dudaba de cuáles eran las correctas, cuáles las justas y cuáles las buenas. Inés se acercaba a la puerta cuando le dije:

—Hay una cosa más.

Ella se detuvo sin mirarme. No miró atrás. Le dije:

—Rodolfo tiene una pistola. No lo sabía. La descubrí ayer. Quiero que averigües de dónde la sacó, hace cuánto tiempo y por qué.

Inés no se volvió. Solo dijo:

—Tendrás que arreglártelas sola con esto, Maritza. Son asuntos de tu vida personal. Y tu vida personal me resulta cada vez más difícil de entender. No quiero acabar enredada en ella. Lo siento.

Luego abandonó el despacho, dejándome más sola de lo que había estado nunca.

Mi hija Liliana estudiaba en un colegio inglés. Todos los alumnos, incluso las niñas, llevaban uniformes con corbata y hablaban con acento de Londres. También se dividían en *houses*, como los personajes de *Harry Potter*. El colegio era una réplica en miniatura de Gran Bretaña, ese lugar que nos parecía a todos menos vulgar, más apropiado para nosotros que el mundo que nos rodeaba.

La coordinadora de nivel nos había citado a Rodolfo y a mí en su despacho, un cuarto enchapado en madera oscura y lleno de trofeos deportivos. Nos hablaba de Liliana con semblante preocupado y con voz muy lenta, como si dudase de nuestra capacidad de entender:

—Liliana tiene un comportamiento extraño —nos informó—. Se muestra retraída, no participa en clase. No quiere salir al patio. Solía ser una chica muy extrovertida, pero algo ha cambiado.

—Qué raro. En casa no hace más que saltar, gritar y derrochar energía. Incluso más que antes.

—Es normal —contestó la coordinadora—. Cuando algo asusta a un niño, trata de llamar la atención.

—¿Y qué podemos hacer? —pregunté.

Ella me miró como si la alumna de primaria fuese yo:

—Darle atención —contestó.

A la salida, Rodolfo se encendió un cigarrillo. Yo nunca lo había visto fumar. Había tantas cosas sobre las que quería preguntarle: los cigarrillos, el arma, sus movidas financieras. Nos estábamos convirtiendo en dos desconocidos que vivían juntos. Pero no había tiempo. A cada minuto surgía una nueva emergencia, un nuevo incendio que apagar.

—¿Qué opinas? —le pregunté.

Él se encogió de hombros. No me miró a la cara. Hizo sonar las llaves del coche en su bolsillo y echó a caminar por la vereda.

—No solo es nuestra hija quien necesita que le des más atención —me dijo, o debo decir, me reprochó.

—¿Qué quieres decir?

—Nada. Nos vemos más tarde en casa.

—¡¿Qué quieres decir?!

Pero Rodolfo ya se alejaba entre los coches. Incluso antes de empezar a caminar, ya estaba muy lejos de mí.

Atención. Ahora resultaba que yo no ponía atención.

Todo lo que yo hacía, lo hacía por mi familia. Mi único objetivo era hacerlos felices. ¿Cómo es que nadie parecía darse cuenta? ¿En qué rayos estaba fallando? ¿A nadie se le ocurría que yo también necesitaba atención?

De regreso en casa, las flores de mi jardín me parecieron oscuras, siniestras, como plantas carnívoras alrededor de mi vida. Crucé tan rápido como pude y cerré la puerta a mis espaldas, como perseguida por fantasmas.

En el piso de abajo, reinaba un silencio sepulcral. Liliana estaba en su clase de piano, unas clases que ella odiaba, como todo lo que yo hacía pensando en su futuro. Pascuala la llevaba y traía, así que tampoco se encontraba en casa. Solo quedaba Patricia, arriba en su cuarto.

Subí las escaleras. Me acerqué a la habitación de mi hija mayor. Tenía la puerta abierta. Y hasta el pasillo, llegaba su voz hablando por teléfono.

—No, no… Mamá no sabe que hablo contigo…

Me detuve. Me escondí pegada a la puerta. No debía ser muy ético escuchar las conversaciones de mi hija. Pero al menos, iba a prestarle «atención». ¿No se trataba de eso?

—Sí… —continuó Patricia—, ella sigue igual, siempre diciéndome qué hacer… Todos mis problemas son culpa suya… La odio, ¿sabes? Si pudiera, la empujaría por las escaleras... Por suerte, estás tú...

Entonces, se rio. Me di cuenta de que ya había olvidado cómo sonaba esa risa. Hacía mucho que no la compartía conmigo. A continuación, comenzó a hablar de grupos de música y aplicaciones de Internet, en ese idioma que yo no entendía y que su generación maneja mejor que el español. Creí llegada la hora de aparecer y me mostré en el umbral.

De primeras, ella me recibió con cara de hastío, aunque se tomó la molestia de disimularla.

—Luego te llamo —dijo al teléfono, y solo después me saludó, o al menos constató que yo había llegado—. Saliste temprano del trabajo.

Quise preguntarle ahí mismo si le daban ganas de tirarme por la escalera. Si me odiaba. Pero dije:

—Papá y yo tuvimos una reunión en el colegio de tu hermana.

—¿Ya la expulsaron?

No tenía fuerzas, ni ganas, ni energía para sus sarcasmos. Pregunté:

—¿Has notado algo raro en Liliana? Se está portando mal.

—Entonces está normal.

—Voy a darme una ducha.

—Que la disfrutes —respondió ella, con un tono de voz que ya era como empujarme por las escaleras.

Lo que más echo de menos estando aquí es mi baño. En casa, tenía la mejor ducha del barrio. Quizá la mejor de la ciudad: hidromasaje, dos salidas de agua, suelos de mármol, champú con leche de coco y aloe vera, crema hidratante corporal. Lo que más disfrutaba en la vida era colocarme bajo el chorro y dejar que el agua se llevase mis problemas, que mis preocupaciones se disolviesen en el vapor. Aquí me ducho en fila, con agua fría incluso en invierno y cuatro o cinco gordas mirándome como un zorro a una gallina. Si estuviese en uno de esos pabellones que tienen los americanos para condenados a muerte, y me concediesen un último deseo, no querría una cena, ni una canción. Pediría una buena ducha.

Cuando salí del baño, mi teléfono se venía abajo. El recreo había terminado. Inés me devolvía a la realidad, llamando desde el despacho. Al ver su número en la pantalla, recordé que ella vivía, dormía, seguro que hasta se duchaba metida en el despacho.

—¿Qué pasa, Inés?

—Ha llamado tu amigo Percy Cuadrado.

Resoplé mientras me secaba la cabeza. Respondí:

—No es mi amigo. ¿Qué quería?

—Una respuesta. Rápido. Dice que la policía está registrando sus propiedades y necesita un abogado ahora mismo.

—Ya.

—¿Quieres que lo llame y le diga que no puedes tomar su caso?

—Mmmmm…

—Tus socios ya saben de él. Me han recordado que este bufete no trabaja en este tipo de casos.

—¿Qué tipo de casos? ¿Casos de gente cuyo aspecto no nos gusta? ¿Y qué pasó con eso del derecho a la defensa? ¿Ahora todos tienen derecho a un abogado a menos que sean feos?

—Ahórrate los sarcasmos, Maritza. Esta decisión es tuya y solo tuya.

No sabía qué hacer. No sabía a quién recurrir. Bueno, sí lo sabía.

—Dame un par de horas —respondí—. Tengo que hablar con alguien antes.

Reinaldo Jáuregui contestó el teléfono al primer timbrazo y me invitó a verlo de inmediato. Había recibido su alta hospitalaria y me animó a visitarlo en su despacho, una nave industrial en La Victoria.

Para llegar hasta ahí, atravesé barrios que ni siquiera sabía que existían. Esquinas con carrocerías de coches abandonadas. Callejuelas horribles de aspecto patibulario. Hasta el GPS parecía desconcertado, incluso asustado de andar por zonas así.

Por fin detuve el auto frente a un enorme muro sin ventanas, con una puerta para camiones cubierta por carteles electorales de campañas viejas. Jáuregui me había dicho que simplemente tocase la bocina dos veces largas y tres cortas. Obedecí.

La puerta se abrió, y ante mí apareció un patio lleno de cajas de madera y cartón, viejas y desordenadas, la mayoría de ellas abiertas. La puerta del garaje se cerró a mis espaldas y me estacioné junto a una enorme camioneta negra Mercedes. Nadie había salido a recibirme, de modo que busqué alguna entrada al almacén.

En el interior seguían las cajas, iluminadas por lámparas de neón que colgaban del techo. Al fondo, detrás de otra pared, se oía el ruido de gente trabajando. Pero a mi alrededor no parecía haber nadie. Tal era el vacío que me asusté al escuchar a mis espaldas una voz potente y masculina, aunque ya la conocía:

—Bienvenida a mi palacio —dijo Reinaldo—. Debo admitir que me sorprende verla aquí.

Si incluso con la bata hospitalaria mantenía el aplomo, ahora, vestido de negro y dueño de la situación, se veía aún más seguro de sí mismo, como un señor feudal en sus dominios. Seguía en silla de ruedas, pero incluso sentado parecía más alto que yo.

—Reinaldo… Qué gusto que le hayan dado el alta.

—Estoy seguro de que no ha venido por eso. —Se rio, girando a mi alrededor en su silla. En el fondo del almacén, algo se cayó haciendo un ruido espantoso, pero él ni siquiera se inmutó.

—Tiene razón —admití—. Vengo a preguntarle… otras cosas.

Pensé en el incendio. Pero no sabía cómo abordar ese tema. A lo mejor se trataba de una casualidad. A lo mejor, después de todo, ese hombre no había tenido nada que ver. Cerca de nosotros, una de las lámparas de neón parpadeó hasta apagarse. Traté de ganar tiempo con una conversación intrascendente:

—¿Este es el negocio familiar del que me habló aquella noche en el hospital? ¿El de su padre?

Con aire melancólico, él circuló con su silla entre las cajas.

—Veo que lo recuerda. En parte, sí es este. Hemos crecido un poco en este tiempo. Nunca hablo de mi pasado con nadie. Las noches conversando con usted en el hospital fueron… como una liberación. Le agradezco mucho que haya escuchado mis historias de viejo.

—Usted todavía no es viejo…

Él recibió el cumplido con media sonrisa. Pensé en Percy Cuadrado y en las dudas que tenía. Había llegado la hora de entrar en materia. Pero Reinaldo se me adelantó preguntando:

—¿Cómo está Patricia?

—Oh… Bueno, es un tema largo. De las heridas físicas, va progresando.

—El chico ese sigue detrás de ella, ¿verdad? Qué difícil es librarse a veces de la gente tóxica.

Stop. Marcha atrás. Me estaba perdiendo algo.

133

—¿Perdón?

La lámpara volvió a encenderse, esta vez justo sobre la cabeza de Reinaldo, como un reflector.

—Conozco gente que se mueve por donde ese chico se mueve. Va por ahí presumiendo. Que sigue hablando con su hija. ¿No es increíble? ¡Después de todo lo que le hizo! Incluso les ha dicho que se coló en su casa una noche. No solo es una mala influencia, ese chico es un verdadero peligro. Un delincuente.

Las imágenes se amontonaron en mi cabeza. El ladrón corriendo entre las flores del jardín, pisando a mi familia a cada paso. La primera pregunta de Patricia: «¿Qué le han hecho?». El rostro de Iván Araujo en la puerta de su casa. Las palabras de Inés: «Ese chico quiere dinero. Si se lo niegas, ofrece problemas». Mi hija postrada en la cama: «No me toques. Tú ya has hecho bastante». Patricia en la camilla de la sala de urgencias. Y sus palabras después: «La odio, ¿sabes? Si pudiera, la empujaría por las escaleras».

—Gente como ese chico no debería andar suelta por la calle.

La sentencia de Reinaldo Jáuregui me devolvió al mundo real. O al menos, al mundo de él.

—Estoy de acuerdo —dije, porque no sabía qué decir.

—Lástima que uno no pueda controlar a los malos por su cuenta. Dependemos de los policías, que son más malos que los malos, ¿verdad? Yo preferiría que entre a mi casa un ladrón que un policía. El ladrón tiene claro lo que quiere. Con el policía, te la juegas.

—Claro.

Seguí a la deriva, como un velero sin timonel esperando que el mar lo lleve a una orilla. Y el mar me llevó. Reinaldo dijo:

—Ojalá todos tuviéramos un ángel guardián. O fuésemos unos los ángeles guardianes de los otros. Ojalá la gente buena se protegiese entre sí, sin que hiciera falta decirlo. Solo por bondad. Por ayudarnos los unos a los otros.

—Yo quiero creer que eso es posible —dije, por primera vez convencida de mis palabras.

—Yo también —respondió él. Y la luz volvió a apagarse.

Salí del almacén cinco minutos después. En el estacionamiento, tuve que apartar un par de cajas del camino para sacar el carro. A continuación, me senté y me abroché el cinturón. Saqué el teléfono y marqué el contacto de Inés. Cuando ella contestó, solo pronuncié seis palabras:

—Llama a Cuadrado: aceptamos su caso.

Ella no dijo nada. Sabía que no tenía sentido protestar.

TÚ

En el fondo, Iván Araujo, el perseguidor de mi hija, la mala influencia, el peligro que acechaba en la puerta de mi casa, no era más que un inútil. Un perdedor. Un desecho social.

Esos son los más peligrosos. Los resentidos.

Iván ni siquiera había sido capaz de terminar la secundaria de su colegio público. Había sido expulsado por mal comportamiento. Se rebelaba contra los profesores, les robaba las billeteras a sus compañeros, esas cosas.

Después de su expulsión, se había comprado un pitbull y había entrado en el mundo de los perros de pelea. Una pequeña mafia se mueve ahí, entre fábricas abandonadas y antiguos talleres mecánicos, organizando apuestas clandestinas en luchas caninas. De la participación de Iván en esas mafias data su primera detención.

Había vuelto a ingresar en comisaría dos veces más, acusado de vender metanfetaminas y pastillas de éxtasis en discotecas. En ambas ocasiones, los testigos no se habían presentado ante el juez y los cargos habían terminado siendo desestimados.

Su nombre había aparecido en la prensa una vez asociado a un escándalo: una banda de adolescentes amantes de las motos y el gimnasio que fueron acusados de drogar a jovencitas de familias acomodadas para tener sexo con ellas. Los muy criminales filmaban los actos sexuales y chantajeaban a las familias. Les pedían dinero para no colgar las filmaciones en redes sociales. Tres de esos chicos recibieron condenas de prisión por extorsión.

Iván fue citado como testigo por el juez y admitió haber vendido pastillas de MDMA a los acusados. Pero no se le pudo probar ninguna relación directa con las filmaciones ni los chantajes. No era más que un proveedor, un empleado del abuso.

En todo caso, sus clientes le habían enseñado una cosa: que su oficio servía para hacer relaciones. La gente se droga en todas las clases sociales. Pero las más altas no corren riesgos. No distribuyen. Solo compran. Vender es delito. Comprar es legal. Nuestros hijos reparten dinero que atrae a los hijos de otras personas. Esos pequeños vendedores, esos chicos sin estudios ni futuro, se mueven por toda la sociedad, enlazándola con el crimen, acercando a todas las personas —ricos y pobres, hombres y mujeres, jóvenes y viejos— hacia el abismo. Y cuando algo les sale mal, son ellos quienes van a la cárcel.

¿Que cómo lo sé?

¿De dónde saqué toda esa información sobre Iván?

Me la dio una fuente confiable. Un experto en acusaciones por narcotráfico. El hombre del reloj aparatoso, la gomina y la peste a colonia: Percy Cuadrado.

Percy Cuadrado entraba en mi despacho flanqueado por dos gorilas de cabeza rapada y mirada turbia que dejaba apostados en la puerta. Durante todo el tiempo en que yo lo atendía, sentía las miradas del equipo legal en pleno concentradas en mi oficina, preguntándose si en el interior estaban torturando a alguien. Después de la segunda visita de Percy, tuve que pedirle que dejase a sus amigos en la calle:

—Pero son mi equipo de seguridad —protestó—. Podría pasarme algo.

—No aquí —tuve que explicarle—. Esto no es un muelle de puerto. Ni un terreno baldío.

En general, Percy Cuadrado representaba el máximo reto de mi carrera. Solo le faltaba un cartel en la frente que dijese «culpable». Sus antecedentes hablaban de un patán incorregible obsesionado con el poder e incapaz de contenerse en la administración de la violencia. El caso de sus contenedores estaba perdido, y era un milagro que no lo tuviesen en prisión preventiva. Yo solía decirle:

—Tiene que declararse culpable, señor Cuadrado.

—Imposible, señora.

—Tiene todo en contra.

—¿Usted es mi abogada o la fiscal? —me soltaba, a punto de explotar.

—Podemos reducir la pena si usted colabora. Pero si miente escandalosamente, tampoco creerán nuestros argumentos de descargo.

—¡Es mentira! Esos contenedores solo llevaban café. La droga me la han sembrado mis competidores.

—La policía de aduanas no es su competidora...

—¿La policía? Un montón de muertos de hambre. Han recibido sobornos para incriminarme.

—Percy...

—Señora, sé lo que parezco. Y he cometido errores en mi vida. No voy a negarlo. Pero esta vez no. Estoy limpio. Se lo puedo jurar por la Virgen de las Mercedes.

—Ojalá el juez sea devoto de la Virgen...

Durante esos encuentros, sin embargo, Percy me hablaba de Iván Araujo. Parecía conocer toda su historia, sus planes, incluso a sus amigos. Era por eso que Reinaldo Jáuregui nos había puesto en contacto. Los dos podíamos ayudarnos. Cada uno a su manera.

Según Percy, Iván no solo seguía llamando a mi hija Patricia, sino que le pedía espiarme en busca de evidencias para acusarme del incendio. E incluso la visitaba en casa e indagaba por sí mismo mientras yo estaba en el trabajo.

—¿Cómo sabe usted todo eso? —le preguntaba yo.

—Soy amigo de su familia —respondía él sin más detalles—. Y él…, bueno, no es muy discreto. Le gusta presumir de inteligente.

Solo por eso, para tener información sobre Iván Araujo, para ayudar a mi hija, yo defendería a Percy Cuadrado. No se me ocurre una razón mejor para un trabajo. Ni se me ocurría una razón mejor que proteger a Patricia, esa chica desvalida, rota, incapaz de cuidarse por sí misma. Cualquier madre habría hecho lo mismo.

¿Verdad?

¿Verdad?

Protección. En el fondo, eso queremos de la gente que amamos. Que nos resguarde del mundo. Que aleje de nosotros la amenaza que representan los demás. Eso quería yo de ti. Eso quiero darte.

La mañana en que te conocí, yo trabajaba en el taller de cerámica. De entre todos los cursos que ofrece el establecimiento penal femenino de Santa Mónica, escogí cerámica porque me distrae más. Hacer cosas con las manos, crear floreros, ceniceros, lámparas, me impide deprimirme: me obliga a fijar la atención en algo fuera de mí.

Tú estabas sentada al frente, junto a un torno. Hacías una figura humana. Una muñeca. Y tenías las manos llenas de arcilla. Me fijé porque la arcilla tenía el mismo color que tu piel. Parecías haberte puesto unos guantes transparentes, aunque brillantes y húmedos.

Empecé a fijarme en ti en el taller, y en la lavandería, y en el patio. Me llamó la atención tu forma de andar. Te veías más elegante que las demás, majestuosa. Traté de adivinar qué podías haber hecho. Es fácil distinguir a las que han sorprendido metiendo drogas en aviones, porque suelen ser jóvenes y bonitas, pero un poco bobas. La mayoría se han dejado engañar por algún novio sin escrúpulos. Luego están algunas ladronas o asesinas, generalmente, de orígenes más pobres. Pero tú…, tú eras un misterio. Y eras reservada. Casi nadie te conocía. Nadie sabía de dónde habías salido. Qué pena cumplías. Ni siquiera cómo te llamabas.

Al verte tan sola, algunas de las chicas malas intentaron sojuzgarte. Pobres diablas. No sabían con quién se metían. La primera vez, trataron de sacarte cigarrillos. Fumabas sin parar, Marlboro rojos, de los caros, y te escapabas de todas partes a echar unas caladas. Un día, entré en el baño y te descubrí ahí, al lado de las duchas, a punto de terminar un pitillo. Te apoyabas de espaldas contra la pared y cerrabas los ojos, como si consumieses una droga dura y placentera. Se te acercó mi compañera de celda, la de la sirena con guantes de boxeo tatuada en el cuello. Iba con una de sus amigas, una rea por robo con intimidación que después fue trasladada.

—Está prohibido fumar aquí —te dijo mi compañera—. Pero te vamos a perdonar si nos dejas el paquete.

—Nosotras te lo vamos a cuidar bien. —Se rio la otra, a la que recuerdo larga y gorda como una boa.

Tú ni siquiera te enfadaste. Las miraste, casi con curiosidad, mientras se te ponían una a cada lado para intimidarte. Te veías tan segura. Tan tranquila.

—¿Qué pasa, rubia? —te insistieron—. ¿Estás sorda?

Lo siguiente fue muy rápido. Le apagaste el cigarrillo en el ojo a la boa. Mi compañera intentó reaccionar, pero la agarraste de la nuca y aplastaste su rostro contra el muro. Cuando la primera dejó de gritar y quiso ponerse en guardia, te descubrió ahí, torciéndole el brazo a su amiga. Solo podía ver por un ojo, pero no necesitaba más para saber que se metería en un lío muy gordo. Tres segundos después, las dos habían desaparecido.

Un día, traté de acercarme a ti. Estábamos en el comedor. Yo solía sentarme con mi grupo de oración. Juntas dábamos las gracias a Dios por los alimentos, aunque de ser por la calidad de la comida, nos habríamos hecho todas ateas. Ese día, no me quedé con ellas. Te vi comer sola en el rincón de una mesa, y seguí de largo con la bandeja del rancho.

Tú ni siquiera levantaste la cabeza del plato

cuando me acerqué. Me coloqué a tu costado tímidamente, porque al parecer, nadie se atrevía a sentarse frente a ti. Me persigné y recé en silencio, para ver si tú lo hacías conmigo. Ni siquiera diste señales de percibir que había alguien a tu lado. Mientras comías, un poco de esa sustancia pegajosa que comíamos cayó sobre tu blusa. Justo ese día llevabas una blanca. Y habías olvidado recoger una servilleta.

Pude sentir tu enfado al ver la mancha. Te quedaste mirándola expandirse en la pechera, una oscuridad aceitosa y desagradable. Noté que, igual que a mí, te desesperaba la suciedad, el desorden, lo imprevisto. Te acerqué mi servilleta para que te limpiaras.

—Si le echas un poco de sal —te recomendé, con mi experiencia de décadas de empleadas domésticas a mi servicio—, la mancha saldrá más fácilmente.

Tú no agradeciste el gesto. Ni siquiera hablaste. Pasaste ahí veinte segundos más, con la mirada fija en el plato. A continuación, te levantaste de la mesa y te marchaste. Dejaste tu bandeja ahí mismo, como para que te la recogiera yo. Parecías más enfadada conmigo que con la sustancia pegajosa.

No volví a acercarme a ti. No dabas señales de apreciar la presencia humana. Y yo podía arreglármelas con mis amigas y mis oraciones. De hecho, desde que estoy aquí rezo con más devoción. Es raro, porque yo diría que Dios me ha abandonado. Y la mitad de la población nacional considera que soy el diablo en persona. Sin embargo, la fe me hace compañía. O quizá se trata del único sentimiento que no se ha vuelto contra mí. Por definición, la fe no puede decepcionarte. La fe es creer en algo sin pruebas. Y por lo tanto, nada puede desmentirla.

Un mes después, ocurrió lo del teléfono, ¿recuerdas?

En esa época, yo todavía trataba de llamar a casa. Quería hablar con Rodolfo o con mis hijas, y ellos siempre me colgaban el teléfono. Soy la psicópata, ¿no es cierto? Soy la que todos odian. La que ha salido en los periódicos. La mala de la película. En realidad, no soy más mala que la mayoría de nuestras compañeras. Los escándalos de clase alta llaman mucho más la atención. La falta de dinero te autoriza moralmente a delinquir. A nadie le sorprende que un pobre vaya a la cárcel. Pero una persona de mi posición, y además mujer, no puede verse involucrada en estos asuntos. Y si lo hace, es de pura maldad. Por lo visto, hasta mi familia lo veía así. Porque no quería hablar conmigo.

El día que te hablé por primera vez, acababa de conseguir que me contestase el teléfono Rodolfo. Su voz sonó como volver a casa, a mi crema corporal y mis jardines de geranios:

—¿Hola?

—Hola. ¿Estás bien?

—Maritza, por favor, no nos llames.

Y de repente, se marchitaron los geranios. Se

derrumbó la casa. La crema corporal se volvió viscosa.

—Quiero hablar con ustedes —insistí—. ¡Quiero hablar con mis hijas!

—Ellas no quieren hablar contigo.

—Deberías traerlas. ¿Por qué no vienen?

—Aún tenemos que procesar todo lo que ha pasado, Maritza. Todo lo que… has hecho.

—¡Pásamelas!

—Voy a colgar.

—¡No! ¡Pásamelas, por favor!

Me eché a llorar ahí mismo, apoyada contra la pared, sin pensar si alguien me veía o no. A esas alturas de mi encierro, ya no me importaba gran cosa lo que pensase nadie. Me había dado por vencida en lo referente a ganarme a las personas. Quizá, en verdad, me había convertido en un monstruo, con escamas y lengua bífida. En ese preciso instante, todo cambió.

Sentí olor a humo. Estaba prohibido fumar en esa zona, y mi reacción automática fue girarme a ver quién estaba rompiendo las reglas.

Ahí estabas tú. Te habías remangado la camisa de un modo que nadie podía imitar. Te agarrabas el pelo en una cola que destacaba tus pómulos y tus enormes ojos negros. Tenías un cigarrillo en la boca y el paquete abierto, ofreciéndome otro.

—Tú tienes cara de necesitar uno de estos —dijiste.

Fueron tus primeras palabras. Tenías una voz

cálida y suave, como una buena manta para el invierno.

Desde la primera vez que oí tu voz, supe que nos entenderíamos bien. No me resulta nada fácil percibir esa sintonía. Ahora que lo pienso, no me he entendido bien ni siquiera con mi esposo en casi dos décadas juntos.

En verdad, no puedo recordar un solo momento en que mi comunicación con Rodolfo fuese gran cosa. Nos conocimos después de salir de la universidad, en el club Regatas, entre sesiones de masajes y partidos de tenis. Él era el simpático cuando salíamos con el grupo a las discotecas. El popular. El que todos querían en su equipo. Los chicos le reían las gracias. Las chicas le daban sus números de teléfono sin él pedirlos. Y resultó que tenía interés en mí.

Nunca habría pensado que eso pudiera suceder. Yo venía de una familia de medio pelo. Tenía un apellido que no significaba nada en su mundo. Pero él me invitaba a salir. Me regalaba flores. Me hacía sentir que podía formar parte de ese universo.

Resultaba halagador ser la elegida, y acabamos juntos. El tiempo fue pasando y cruzamos las etapas correspondientes: noviazgo, matrimonio, hijos. No pensé nunca demasiado en ello. Hacíamos las cosas que teníamos que hacer. Las que todo el mundo hacía. Se suponía que esas cosas constituían el camino hacia la felicidad, o eso nos habían dicho, aunque no recuerdo quién. Ni cuándo. Era una verdad programada en el fondo de nuestras mentes, jamás oída y, sin embargo, indiscutible.

Nunca hablamos mucho en todo ese tiempo. De lo que queríamos. De lo que pensábamos. Creo que los hombres hablan poco en general. O quizá no había nada de qué hablar. La vida con dinero carece de sorpresas. Cuando no tienes preocupaciones económicas, hablas de a dónde vas a ir por la noche. O de la gente del trabajo. No te planteas cambiar el mundo, porque eres beneficiario de ese mundo.

Pero el dinero se puede acabar. Rodolfo, al parecer, no se caracterizaba por su talento empresarial. Hizo malas inversiones. Apostó por ideas absurdas. Se dejó llevar por asesores aprovechados. Su declive fue lento pero firme. Conservó la casa familiar, pero los ingresos, cada vez más, provenían de mi trabajo en el bufete y de mis propias inversiones. Debe haberle parecido muy duro eso. Se había criado en una familia tradicional. Para él, los hombres traían el pan a casa. Permitirme trabajar representaba toda una concesión al siglo XXI. Pero ser mantenido por mí era más de lo que su amor propio podía soportar.

Esa fue la época en que comenzó a beber. Y a sumirse en largos silencios melancólicos.

Pero tampoco entonces hablamos de eso, hablar habría sido más humillante. Además, frente a la gente, él seguía siendo divertido, ocurrente y encantador. Y si la gente cree que estás bien, no hace falta que lo estés de verdad.

Ni siquiera hablamos cuando descubrí los desfalcos de Rodolfo a la cuenta de nuestros gastos familiares. Al revisar con atención los movimientos bancarios, tuve que admitir que él tenía al menos talento contable. Había fraccionado y disfrazado con astucia sus robos. Los había disimulado entre gastos cotidianos, reparaciones a la casa, extras escolares y mobiliario de oficina.

Claro que pensé que debía enfrentarlo y hablarle al respecto. Exigirle explicaciones. Demandar la devolución del dinero. Pero ¿cómo hablar?

Nunca habíamos hablado. No sabíamos cómo hacerlo. Teníamos atrofiado ese músculo.

Después de dejar de hablarnos, dejamos de tocarnos. O bueno: yo dejé de tocarlo. Y después del accidente de Patricia, tampoco le permití acercarse a mí. Él se arrastraba a mi lado, sobándome entre los muslos y echándome su aliento en el cuello, pero mi cuerpo seguía frío:

—Esta noche no, por favor.

—¿Qué noche, entonces? —Se enfadaba él—. No lo hemos hecho en meses. Primero, que te estresaba el trabajo del hotel. Después, el accidente. Ahora que Patricia se está recuperando, ¿qué pasa?, ¿cuál es tu excusa?

—El chico que la persigue. Iván Araujo. Es peligroso.

Rodolfo fruncía el ceño, chasqueaba la lengua, se encogía de hombros.

—No sabemos nada de ese chico.

—Se metió en nuestra casa, Rodolfo.

—¿Cómo sabemos que fue él? Pudo haber sido un ladrón. ¡Fue un ladrón!

—Es una mala persona.

—Pero ¿cómo saber que es *la* mala persona que crees?

—Escuché a Patricia hablarle por teléfono.

—¿Cómo sabes que era él, por Dios?

—Ella me dijo que él la había intentado matar. ¿Te parece poco?

—Y a mí me dijo que ni siquiera estaba segura de que el chico circulase a su lado cuando el accidente. Tienes que afrontarlo, Maritza. Patricia no quería que te culpases por su accidente y culpó a otro.

—¿Y por qué no me lo dice a mí?

—¡Porque siempre estás presionándola! Déjala vivir un poco. Déjanos vivir a todos.

Eso es lo que ocurría cuando tratábamos de hablar. Eso y un cuerpo que se daba la vuelta en la cama para ofrecerme una espalda fría. Y un gesto de hastío. Y un montón de miradas de desconfianza, como si yo estuviera loca.

Entiendo que para Rodolfo era muy difícil imaginar la profunda maldad de Iván Araujo. Y que el propio Iván ponía a Patricia en mi contra. Pero ¿qué haces cuando ves venir la catástrofe? ¿Qué haces si eres la única en la orilla del mar viendo la ola del tsunami creciendo en el fondo? ¿Guardas el secreto? ¿Te quedas lo que sabes para ti? Yo necesitaba dar la voz de alerta, aunque solo fuera para organizar mis pensamientos, para poner palabras a mi angustia, para saber qué pasaba por mi cabeza.

De hecho, supongo que por eso te estoy contando todo esto. Por eso sigo hablando sin parar, aunque tú nunca me has preguntado nada, ni me has contado casi nada sobre ti. Por eso rompo hoy el código de silencio que nos hemos impuesto desde el primer minuto. Porque hasta ahora no entiendo cómo me ha ocurrido todo. No te lo estoy explicando a ti, en realidad. Me lo estoy explicando a mí misma.

El día que tuvimos que declarar ante el juez, Percy Cuadrado apareció en el palacio de justicia con un traje negro, como si fuese a sepultar a alguien. Sus dos gorilas lo flanqueaban, con las armas formando bultos bajo sus chaquetas. Al menos, conseguí convencerlo de presentarse ante el juez solo.

A la vista compareció también un fiscal que llevaba tiempo queriendo hincarle el diente a Percy. Un hombre delgado, ojeroso y sin afeitar. Perseguidor y perseguido parecían dos caras de la misma moneda. Percy, creyendo que la inocencia se compraba en las sastrerías, y que peinarse y bañarse en una colonia cara le salvaría el pellejo. El fiscal, totalmente descuidado de sí mismo, un trabajador de clase media que se había pasado la noche en vela preparando el caso. Pero aunque no hubiese dormido, el fiscal se mostró lleno de energía:

—Es increíble, señor juez, que este hombre no se encuentre ya cumpliendo prisión preventiva. Lo condenan sus antecedentes. Las evidencias. Los testimonios.

El juez era un anciano seco que se mostraba justo, es decir, antipático por igual con ambas partes. Respondió:

—La inocencia se presume, señor fiscal, como usted sabe bien.

Percy Cuadrado, por su parte, era una pesadilla de cliente. Apenas conseguía mantenerse en el asiento con una pierna temblando y los dedos tamborileando sobre el brazo de la butaca.

—¡Todo esto es un engaño, señor juez! ¡Un montaje! Quieren quitarme de en medio para meter mercancía por el puerto sin competencia.

El fiscal echó una carcajada:

—Señor juez, el acusado acaba de reconocer que compite por el mercado con un cartel de droga.

—¡No he dicho eso! ¿Ve usted, señoría, cómo manipulan todo lo que digo?

Pero para negarlo, el acusado se levantó y se acercó al fiscal, tan amenazante que parecía a punto de golpearlo. O de tragárselo ahí mismo. Por supuesto, el fiscal no dejó pasar la oportunidad:

—Señor juez, no necesito argumentar que Percy

Cuadrado es un hombre violento. Ya lo argumenta él mismo.

El juez me dirigió a mí una mirada de hastío:

—¿Tiene algo que decir sobre su cliente? Aunque no sería un mal comienzo pedirle al señor Cuadrado que regrese a su asiento.

Cuadrado miró al juez, y luego a mí, como un animal que espera la orden de su amo. De no estar enfrentando una petición del Ministerio Público de quince años de cárcel, hasta habría resultado graciosa su desprotección, su inocencia, con el añadido de mi absoluta impericia en este tipo de casos. A una seña mía, mi cliente recuperó su sitio frente al escritorio, y yo retomé mi papel:

—Señor juez, no estamos aquí para juzgar el temperamento de mi cliente, sino su responsabilidad en un hallazgo de cocaína. Y esa droga fue sembrada. No la puso ahí mi cliente. Ni él ni nadie en su empresa sabía nada de ese cargamento. No se trata de un alijo de una tonelada, sino de una cantidad fácil de introducir por manos ajenas, o por algún empleado sin escrúpulos. Obviamente, fue introducida por alguien que conocía los antecedentes de mi cliente. Quizá, por algún enemigo de su vida anterior, que le debía una venganza por alguna antigua disputa. No lo sabemos, ni nos toca saberlo. Lo que se debe demostrar es la culpa de mi cliente, no su inocencia.

El juez pareció examinar los hechos con prudencia. En algo sí podía tener razón Percy Cuadrado. Sus casos anteriores los habían llevado abogados especializados en mafiosos, con aspecto y maneras de traficantes ellos mismos, cuya formación jurídica se limitaba a estudiar si debían sobornar al demandante o directamente partirle las piernas. La contratación de una abogada nueva, proveniente de un estudio prestigioso y además mujer, le había permitido a Cuadrado cierto margen de duda a su favor.

Efectivamente, después de una larga discusión entre el fiscal y yo, el juez declaró el caso visto para sentencia. Nos dio una fecha tres meses después para presentarnos a la lectura de su decisión. Y aunque no metió en la cárcel a mi cliente de manera preventiva, sí le advirtió:

—Señor Cuadrado, el día que venga a escuchar la lectura de la sentencia, traiga su cepillo de dientes.

Al salir del Palacio de Justicia, el centro de Lima nos cayó encima como un derrumbe: vendedores de chicles, autobuses, bocinazos, carteristas, sirenas. En ese infierno de ciudad debían estar ocurriendo miles de historias ahí mismo, a nuestro lado, mientras mis Louboutins taconeaban turísticamente por la vereda.

En el instante en que llegamos a la puerta, como si le hubieran colocado un geolocalizador a su jefe, los dos gorilas aparecieron al mando de una

Land Rover negra, que más que recibirnos, nos devoró a los dos.

—Bueno —comenté en el asiento de atrás—, ha ido bien, ¿no? Hasta ahora, el juez no está convencido de ordenar prisión.

Cuadrado se había puesto los lentes oscuros que usaba con frecuencia, incluso en interiores, incluso de noche. Pero su semblante gris atravesó los cristales polarizados. No se sentía tan satisfecho:

—¿Ese cabrón? Ese está esperando su mordida. Los otros ya le han hecho su oferta. Ahora quiere escuchar la nuestra.

—No hace falta ponernos paranoicos —traté de calmarlo. Pero ahora, él no se veía alterado. Simplemente, constataba un hecho. No era paranoia. Era rutina.

—Así que usted no me cree, ¿verdad? Este es mi mundo, señora. Y funciona así. No se preocupe. Pronto lo conocerá mejor.

En eso, tenía razón.

Una tarde, al pasar frente a la habitación de Patricia, escuché una canción que yo misma escuchaba muchos años antes, era *Glory Box* de Portishead. Sentí que habría una conexión. Que se abría una puerta entre nosotras dos. Y entré.

—Hola.

—Hola —respondió Patricia, con voz malhumorada.

—¿Sabes qué? Esa canción me recuerda cuando era novia de tu papá. En realidad, tu papá la odiaba. La encontraba siniestra. A él le gusta la música más ligera. Yo la escuchaba a escondidas.

—Ah.

Entre nosotras se instaló el silencio. Parecía que el techo se había hundido sobre nuestras cabezas. Yo seguí intentando empujar la conversación, como quien empuja un autobús sin batería.

—Papá me ha contado lo que le dijiste. Que Iván no te hizo nada en realidad.

—¿A papá sí lo escuchas?

Una cosa debo admitir: la capacidad que tenía mi hija para retorcer mis palabras. Podría haberle dicho que la quería, y ella lo habría interpretado como una agresión. Traté de defender mi argumento.

—Patricia, ese chico ha estado en la cárcel. Vende drogas. Se ha visto involucrado en casos horribles y sórdidos…

Ella puso ese gesto de sarcasmo, el que yo tanto detestaba, y volvió a atacar:

—Si ya lo has mandado a investigar, ¿para qué quieres hablar conmigo? Ya sabes todo lo que hay que saber, ¿no?

—No lo he «mandado a investigar»…

Pero sí lo había hecho. La mentira titubeó en mi voz. Y ella vio el flanco débil:

—Te crees que lo sabes todo, ¿verdad, mamá? Crees que conoces mi vida mejor que yo, y que puedes decirme cómo vivirla. Crees que puedes decidir qué amigos tengo. Y que puedes eliminarlos si no te gustan.

¿Me estaba hablando del incendio?

Pero yo no había tenido nada que ver con eso, ¿verdad? Había sido un accidente. Y aunque no lo fuese, yo no habría tenido nada que ver con eso, ¿verdad? No podía hablarle al respecto, porque eso habría sido como admitir una culpa. ¿Y qué culpa iba yo a tener? ¿De qué? ¿O qué?

—No sabes de lo que hablas —respondí, eludiendo cualquier acusación.

—Eres tú la que no sabe nada, en realidad. Vas por ahí metiendo las narices en mi vida. Deberías meterlas en la de papá. Quizá descubrirías cosas.

—Patricia, ¿de qué estás hablando?

—De nada, mamá. Yo no sé nada, ¿recuerdas? Necesito que tú me lo expliques todo.

Patricia subió el volumen de la música. Yo no quería interrumpir la conversación ahí. No podía quedarme en ascuas. Tenía que saber qué insinuaba mi hija. Pero entonces, Pascuala apareció en la puerta diciendo las únicas palabras que podían reventar la escena:

—Señora, han venido a buscarla. De parte de Percy Cuadrado.

Subir sola a la Land Rover negra daba un poco de miedo. El guardaespaldas de Percy conducía como un loco, pulverizando los límites de velocidad y metiéndose entre los coches. No ayudaba a tranquilizarme el revólver que llevaba en el cinturón.

—¿A dónde vamos? —pregunté.

—No le puedo decir —respondió.

Cruzamos los barracones del Callao, una zona donde yo no metía mi coche ni muerta. Las veredas comenzaron a poblarse de casas viejas, vehículos sin llantas, caras patibularias. Tras un intrincado laberinto de callecitas, la Land Rover se desvió tan de improviso que pareció ir a estrellarse contra una pared. Pero había una puerta abierta, que se cerró tan pronto como ingresamos. Una vez dentro, la Land Rover frenó con un golpe seco.

—Bájese —dijo el chofer.

Sonó como una sentencia, que, por supuesto, obedecí.

A mis espaldas, el altísimo muro exterior estaba rematado por un cerco eléctrico. Frente a mí, se elevaba una construcción de dos pisos sin sentido estético. Simplemente, un piso encima del otro. No parecía haber nadie. A una seña del conductor, entré.

—Vaya hasta el fondo —me ordenó él cuando cruzaba el umbral.

Atravesé un salón decorado con figuras de porcelana de estilo francés del siglo XVII, pero sin gusto, baratijas. Los muebles llevaban cubiertas de plástico transparente, de las que crujen si te sientas. Continué por un pasillo flanqueado por puertas cerradas. No había un alma ahí. Pensé que, si me hubiesen pegado un tiro en la nuca, nadie habría encontrado mi cuerpo. Luego, traté de ahuyentar de mi mente esos pensamientos.

Al final de la casa, encontré una puerta de cristal corredizo. Asumí que debía abrirla.

Del otro lado, encontré lo que menos esperaba: niños.

Dos pequeños de unos seis años correteaban alrededor de una piscina inflable. A un lado, sentados ante una mesa de plástico, Percy Cuadrado en pantalón corto y una mujer jugaban al dominó mientras bebían cerveza.

—¡Licenciada! —me saludó él alegremente—. Le presento a mi familia.

Su esposa me ofreció una cerveza. Yo acepté un café. Y pasamos unos minutos charlando sobre el clima y otras tonterías agradables, salpicados de vez en cuando por los juegos infantiles de la pequeña piscina.

—¡Niños! —gritaba él, aunque cariñosamente—. ¡Dejen de salpicar a la licenciada!

—¡No! —Se reían ellos, y salpicaban más.

Yo me sentía confundida. Había algo chocante en imaginar a Percy Cuadrado como padre ejemplar y buen esposo. Quizá tenía que ver con la imagen que me había hecho de él. Defender su

161

inocencia en este caso en particular no implicaba considerarlo un angelito.

O quizá era otra cosa.

Quizá me costaba trabajo asumir que él tuviese una familia más feliz que la mía.

¿De qué depende la armonía familiar? ¿De a qué te dediques? ¿De tu entorno social? ¿De si eres bueno? ¿Podía un narco —o exnarco— recluido en un búnker dentro de un barrio peligroso tener una familia bien avenida?

¿Y entonces por qué yo no?

Después de ese momento familiar, Percy me dijo:

—No la he traído acá para hacer vida social. ¿Vamos a trabajar?

Y se levantó de la mesa. De repente, parecía tener prisa.

Percy se despidió con un beso de su esposa y volvimos a entrar en la casa. Él abrió una de las puertas cerradas del pasillo y entramos en una especie de estudio, con muebles metálicos rudimentarios y un televisor.

—Siéntese —me invitó, acercándome una silla incómoda.

Las estanterías y mesas rebosaban de manuales de instrucciones, cables, aparatos electrónicos a medio desmontar, cáscaras de computadoras. Percy revolvió ese cementerio eléctrico hasta encontrar un control remoto, con el que encendió el televisor, quizá lo único de la habitación que seguía entero y funcionando.

—Quiero enseñarle algo —anunció mientras apretaba el *play*.

En la pantalla, apareció una habitación impersonal, con dos camas gemelas, y el cuadro de un paisaje en la pared. Sin duda, un cuarto de hotel. La cámara debía estar colocada en un escritorio, de espaldas a la ventana.

Durante un buen rato, ningún personaje entró en escena. Pero Percy Cuadrado miraba a la pantalla con tanto interés que no me atrevía a preguntar qué hacíamos mirando un lugar vacío. Al fin, sonó una puerta fuera de cuadro y dos voces masculinas se fueron acercando a la cámara.

Al primero de los dos hombres, nunca lo había visto en mi vida.

El segundo era el juez que llevaba el caso de Percy, aquel anciano con pinta de justo y severo.

—¿Con quién está? —pregunté.

Percy respondió sin dejar de mirar a la pantalla:

—Se llama Elder Mantilla. Su gente me quiere quitar el negocio.

No especificó qué negocio. ¿Importación y exportación? ¿Drogas? ¿Venta de caramelos? ¿Trata de blancas? No soy ingenua. Al contrario. Ya para entonces, la experiencia me había enseñado que la gente está dispuesta a cometer barbaridades por negocios con aspecto de lo más inocente. El dinero compra lo mismo, venga de donde venga.

Continuamos mirando. Ahora, los hombres de la pantalla se habían sentado en la mesa, justo frente a la cámara. Pero no dieron señales de reconocerla. Debía estar oculta en una lámpara o una radio.

Los dos hombres hablaban de generalidades. Fútbol, el pueblo de origen del juez, mujeres. Se notaba que eran conversaciones exploratorias, prolegómenos de la verdadera razón de su encuentro.

Al fin, el tal Elder Mantilla entró en materia. Dijo:

—Bueno, entonces está claro en qué quedamos, ¿verdad?

—Pero tenemos que ir con calma —argumentó el juez en tono prudente—. No puedo ensañarme. Un juez debe mostrar imparcialidad.

—No tiene que hacerlo mañana, señoría —dijo el otro, con cierto sarcasmo en la voz—. Pero tiene que hacerlo.

—¿Y usted también tiene claro lo que tiene que hacer?

Elder Mantilla sonrió. Se rascó el mentón, del cual brotaba una pelusilla con aspecto de mugre. Llevaba el pelo casi rapado al cero, y de su camisa sobresalía un tatuaje de serpiente enroscada que parecía morder una nuca musculosa. Pero la pelusilla le cambiaba el aspecto de hombre duro por uno de conductor de autobuses con resaca. En la cintura usaba una mochila tipo canguro, de la que extrajo un grueso sobre para ponerlo con un golpe sobre la mesa, frente al juez.

—Aquí mismo tiene —dijo.

El momento clave del video comenzaba aquí: el juez abrió el sobre, sacó un grueso fajo de billetes de cien dólares y comenzó a contarlos. No sé cuántos había, pero tardó un buen rato en terminar, mientras el otro cruzaba pacientemente los brazos. Era mucho dinero, eso, pero deduzco que no suficiente, porque al terminar su conteo, el juez solo dijo:

—¿Y el resto?

—Al final. Pagar por adelantado es regalar dinero, pues, señoría.

El juez devolvió el dinero al sobre y se lo guardó en el bolsillo interior de la chaqueta. No respondió. Ni siquiera recuperó la conversación intrascendente de antes. Se quedó mirando a su interlocutor, pensativo, como si fuese a discutir algo. Pero finalmente se puso de pie, y el otro se levantó con él. Siguieron sin decir nada hasta abandonar la imagen.

Me volví hacia Percy Cuadrado, que mantenía la vista fija e inexpresiva en la pantalla. Después de un largo silencio, apagó la televisión.

Seguí esperando sus explicaciones. Pero al parecer, él esperaba mis preguntas.

—¿Quién le ha mandado la película?

—No tengo idea —dijo él—. Ni siquiera sé quién lo grabó. Estas cosas no traen remitente.

—Lo normal es que el sobornador grabe la escena para tener extorsionado al juez.

Percy Cuadrado se encogió de hombros, con la naturalidad de encontrarse frente a una conversación de trabajo perfectamente normal.

—También podría haberlo hecho el mismo juez —respondió.

Me costaba entender esa lógica:

—El juez sale más perjudicado en esta conversación. ¿Para qué iba a guardar evidencias? ¿Para extorsionar a ese tal Mantilla?

Percy volvió a mirarme como a una niña ingenua. En mi despacho, en el territorio de la ley, él se veía absurdo, ignorante y fuera de lugar. Pero aquí, en su casa, era yo quien resultaba ridícula.

—No —sonrió condescendiente—. Para mandarme el video a mí. Y que yo le pague más.

El colegio de Liliana había empezado a disgustarme. Los uniformes ingleses que antes me habían parecido tan glamurosos, ahora se me hacían cursis e insufribles. El acento del personal autóctono sonaba autoritario y frío. Los claustros elegantes de aspecto Harry Potter se me venían encima, como pabellones de una cárcel antigua.

Esta vez, en el teléfono, en la voz de la directora había chirriado un extra de preocupación, un matiz angustiado detrás de su contención británica habitual, mientras me pedía presentarme en su oficina cuanto antes. Yo había decidido no llamar a Rodolfo. No veía claro que él estuviese de mi lado. No quería tener que ocuparme de un problema y además escuchar los reproches de mi propio marido por el problema. Me dirigí al colegio sin compañía.

Pero no asistiría sola a la entrevista con la directora. Cuando entré en su despacho, ahí estaba mi hija, sentada en un rincón con las manos sobre el regazo y la vista fija en el suelo.

—¿Qué ha pasado? —pregunté de inmediato.

—Señora Fontana, buenas tardes —dijo la directora con su cara de estirada.

—Perdón, buenas tardes. ¿Por qué estás aquí, Liliana? ¿Qué ha ocurrido?

La directora dirigió su severa mirada hacia la niña:

—Liliana, explícale a tu madre lo que has hecho, por favor.

—Sí, hija, explícamelo —insistí yo.

Liliana se tragó los mocos. Dos lágrimas corrieron por sus mejillas. Y sin levantar la vista, balbuceó una respuesta:

—Lpgdnnña.

—¿Cómo dices?

—Lpgdnnña…

—Liliana —ordenó rigurosa la directora—, dilo con claridad.

—¡Le he pegado a una niña!

La directora paseó sus ojos entre mi hija y yo, como si nos culpase a las dos de lo ocurrido. Yo, francamente, sentí que me hacía perder el tiempo. Traté de mantener la voz calmada, pero sentí que esa mujer cometía una injusticia con mi hija. Quizá se estaba obsesionando con ella. Dije:

—Todos los niños se pelean de vez en cuando. ¿Llaman ustedes a los padres cada vez que lo hacen?

La directora mantuvo su mirada desafiante clavada en mí, pero le habló a mi hija:

—Liliana, ¿puedes explicarle a tu madre lo que hiciste exactamente?

La pequeña se veía más frágil que nunca. Ni siquiera por un momento me había mirado a la cara. Sentí que la torturaban, que la avergonzaban. Consideré por un instante cambiarla de colegio. Y entonces, ella susurró, tan bajito que apenas se le podía escuchar:

—Metí su cabeza en el váter.

—¿Que hiciste qué?

Ahora sí, alzó la voz y la vista, en un intento de defenderse:

—¡Ella empezó! ¡Me dijo que me callara!

—¿Y tú le metiste la cabeza en el váter?

La directora intervino:

—No solo eso. Después, la arrastró de los pelos hasta la puerta del baño. La otra chica gritó tanto que hasta las amigas de Liliana se asustaron.

Mi hija volvía a llorar en silencio, cabizbaja, con el rostro enrojecido por las lágrimas:

—Ella empezó… —insistía.

Pero la directora ya ni siquiera se tomaba la molestia de regañarla. No era Liliana la que estaba allí para recibir reproches. Era yo.

—Señora Fontana, el colegio se encuentra sumamente preocupado por la evolución de Liliana…

Le hice una seña para recordarle la presencia de la niña. No hacía falta tener la conversación en frente de ella. No era necesario humillarla ante los mayores. La directora no hizo el menor caso. Quizá, más bien, quería humillarme a mí en frente de la menor. Me ofreció un tarjetón membretado y continuó:

—Voy a recomendarle un psicólogo, señora. Será mejor que Liliana cuente con algún tipo de seguimiento. De lo contrario, no podemos garantizar su permanencia en este centro.

Hablaba como si la escuela nos hiciese un favor al aceptar los mil dólares mensuales que nos cobraban. Estuve a punto de romper el tarjetón y arrojárselo a la cara. Quise recordarle quién pagaba a quién para resolver los problemas.

Pero entonces escuché los sollozos quedos de mi hija a mis espaldas. Y preferí contenerme.

Liliana no era la única que requería terapia, solo que la suya era para la cabeza. En cambio, la de mi otra hija se concentraba en su cuerpo.

En mi familia, al parecer, todo el mundo necesitaba un reajuste. Una corrección.

Cada tarde, yo llevaba a Patricia al hospital, donde volvía a colgarse de las barras, tropezar con las pesas e intentar andar por sí sola. Hacía progresos, pero tan pequeños que apenas se notaban. Lo que no progresaba era su pésimo humor. Y su tono de reproche cada vez que me hablaba:

—¿Tienes que quedarte ahí mirando? —me dijo una vez.

—Solo quiero apoyarte, cariño.

—¡Pues no me apoyes! Me pone nerviosa verte acá.

Salí al pasillo del hospital. Recorrí las salas por donde merodeaba mientras Patricia se encontraba en coma. Me senté en la sala de espera donde había conocido a Reinaldo Jáuregui. Pensé en el vuelco que había dado mi vida después del accidente. Al fin y al cabo, el coche de mi hija no se había estrellado contra un bordillo, sino contra mi familia en pleno, como un misil.

De repente, al fondo del pasillo, descubrí una silueta que me resultó familiar. Un joven delgado y alto de cabello revuelto, con jeans y una sudadera con capucha. Podría ser… ¿Podría ser?

Lo llamé en voz alta, y el nombre recorrió el hospital de un extremo a otro:

—¿Iván? ¿Iván Araujo?

El chico se volvió hacia mí. Nuestras miradas se cruzaron. Permaneció ahí sin moverse ni responder. Como estaba a contraluz, yo aún no lo veía con claridad, pero se parecía mucho.

—¿Eres tú? ¿Qué haces aquí?

Quise haber dicho: «¿Cómo te atreves a venir aquí?».

Empecé a andar en su dirección. El joven caminó tranquilamente hasta ponerse fuera de mi vista. Cuando llegué a donde estaba hacía solo unos segundos, alcancé justo a verlo doblar una esquina. Esta vez, eché a correr tras él. En el camino, se me cruzó el carrito de la limpiadora. Tropecé con él y tumbé una cubeta de agua al suelo. Pero seguí corriendo entre los gritos de esa mujer.

Iván tenía que haberse dirigido a la salida. Seguí hasta la puerta, empujando gente y gritando como una loca:

—¡Iván! ¡Iván!

Pero cuando al fin llegué a la calle, y miré hacia los dos lados, solo encontré la muchedumbre anónima de la ciudad, pasando a mi lado sin mirarme, como si yo fuera una nube de humo.

—No hay justicia, señora.

Percy Cuadrado tenía momentos de esos en que se ponía solemne. Miraba al infinito, engolaba la voz como si estuviera declarando la

171

independencia de la república y pontificaba como un papa:

—Todo nuestro sistema está corrompido. Los policías trabajan para los delincuentes. Los políticos roban. Los jueces no actúan en nombre de la verdad, sino de sus propios bolsillos. ¿A dónde vamos a parar como sociedad?

Suspiró hondamente, lamentándose por los males de la humanidad, y hasta yo, con lo deprimida que me sentía, tuve el impulso de reírme de su pompa y circunstancia.

Pero no me reí, claro. No había nada de qué reír.

Mi cliente me había recibido en su sala de porcelanas. De repente, habíamos instituido la costumbre de encontrarnos ahí, no en mi despacho. Resultaba más cómodo y natural vernos en esa casona oculta entre las covachas de su vecindario. Y me ahorraba las miradas suspicaces de Inés.

No dejaba de ser un escenario extraño, no obstante. De fondo, sonaba alguna telenovela a un volumen muy alto. Cuando me acomodaba en su sofá, los forros plásticos de los muebles crujían por el movimiento. En la esquina más cercana tenía un televisor con la imagen perpetua de una fogata. Una chimenea virtual.

Percy Cuadrado guardaba silencio. Asumí que esperaba un comentario por mi parte. Dije:

—Iván Araujo ni siquiera debería andar suelto por las calles…

—¡Claro que no! —me apoyó mi cliente con un punto de excesivo entusiasmo—. Pero no solo está libre. La está denunciando frente a un juez. Y ya vio usted en el video. Frente a un juez, un ciudadano decente no tiene posibilidades. Un juez no entiende el idioma de los valores. Solo el del dinero.

—Quizá deba aceptar el trato que me ofreció. Quería llegar a un acuerdo extrajudicial. Quizá sea todo lo que debo darle para que nos deje en paz. A mí y a mi hija.

Percy frunció el ceño. Estaba tomando una bebida deportiva naranja, y la paladeó concienzudamente antes de responder.

—Si él le saca a usted dinero ahora, volverá a sacarle más después. Créame. Así son las reglas.

Yo tenía un té que apenas había tocado. La teína se difuminaba por el agua como sangre en una piscina.

—¿Entonces qué puedo hacer?

Percy puso una de sus miradas profundas, pero en vez de dirigirla hacia el horizonte, la clavó en mí, como si me atravesara:

—Juegue usted según las reglas —dijo—. A eso, yo la puedo ayudar. De hecho, podemos empezar ahora mismo.

Sobornar a un juez no es fácil. Tienes que reunir muchos billetes sin marcar, de números de serie diferentes, de denominación baja. El mejor indicador de que no son detectables es que estén muy usados. Luego, debes encontrar un lugar discreto. Y sobre todo, tienes que saber cómo cursar la invitación. Percy Cuadrado y yo ensayamos como una hora posibles maneras de formular la invitación, decenas de frases que yo pronuncié con mi voz más seria y grave:

—Señor juez, ¿cuánto me cobraría por fallar a mi favor?

Mi cliente se rio. Ahora se había convertido en mi profesor de artes criminales y bajos fondos. Dijo:

—No, licenciada. No puede ir así por la vida. Tiene que ser más sutil.

Esa mañana, él llevaba un pantalón corto de franjas verdes y rosadas, una camiseta amarilla y varias pulseras de oro. Pero al parecer, aun así, se consideraba más sutil que yo.

—¿Cómo debo acercarme?

—Tiene que decirle: «El otro día lo vi a usted con el señor Mantilla en ese hotel de la avenida del Ejército». Y entonces él va a prestar atención.

—A él le parecerá una burla —dije.

—Nomás parará la oreja —dijo él—. Y entonces, usted le dice al juez: «Señoría, usted merece mucho de la vida. Es una cuestión de justicia. Y seguro que nosotros podemos ser más justos con usted que el señor Mantilla».

Lo explicaba como quien enseña una receta de cocina. Ahora, dos cucharadas de buenas maneras. A continuación, medio kilo de cinismo. Aquí, en la jaula en que vivimos, nuestras compañeras hablan del crimen como si fuese un trabajo, con sus horarios, sus costumbres y sus gajes del oficio. Hasta cuentan chistes. Pero por entonces, yo no estaba acostumbrada a esa actitud. A cada momento me preguntaba si no formaba parte de una broma, de una cámara oculta.

Percy me explicó que no todos los jueces son iguales. Hay que saber a cuáles se les pueden pasar ofertas y a cuáles no. Pero tampoco hace falta obsesionarse con ellos. En un proceso penal participan decenas de funcionarios: policías, fiscales, incluso archivadores o limpiadores de despachos, que llegado el caso pueden elaborar un informe beneficioso, atenuar una acusación o hacer desaparecer un documento.

En el caso de Percy, había sido fácil localizar al eslabón corruptible de la cadena. Quizá, él mismo se nos había presentado con su video del soborno en el hotel. Pero después de resolver ese proceso, tendríamos que rastrear a los funcionarios encargados de la denuncia presentada por Iván Araujo en mi contra. Conocer su pasado. Elaborar perfiles. Buscar personas de contacto con ellos. Comprar a una persona requiere un trabajo altamente profesional. Y yo ni siquiera conocía lo más elemental del oficio.

—¿Y cómo le doy la dirección? —le preguntaba a Percy.

—En una tarjeta del hotel. Y le dice usted el día y la hora. Así no queda ningún rastro de su intervención.

—¿Y qué hotel escojo?

—Uno de esos para infieles y ejecutivos que se acuestan con sus secretarias. Se entra en coche, se paga en efectivo y se asegura la máxima discreción.

—¿Y cómo reservo la habitación?

—No reserva. Se supone que a esos hoteles va uno cuando tiene un arrebato de pasión. Esas cosas no se ponen en la agenda.

Traté de imaginarme cómo actuaría yo en ese lugar, en el cuarto de un hotel de paso con un hombre que no estaba ahí para meterse en la cama. Todo me resultaba lejano, complejo, inasible. Ni siquiera era capaz de prever qué cosas exactamente podían fallar. Quizá él llevaba una cámara. O quizá ya había cámaras en la habitación. Me pregunté qué pasaría si algo salía mal. A mi cabeza, acudió una larga lista de cosas: mi participación en el estudio de abogados, mi licencia para ejercer, la humillación de mi familia, el estupor de Rodolfo, la reprobación de mi círculo social. Cada posible consecuencia de mis actos tronaba en mi cabeza como una bomba. Entonces dije:

—No.

—¿No qué? —preguntó Percy Cuadrado con aire confuso.

Claramente, no estaba acostumbrado a escuchar negativas.

—No puedo hacerlo —expliqué—. No voy a hacerlo.

El largo silencio que siguió a esas palabras se pareció mucho a la paz de los cementerios. Al fin, Percy reaccionó:

—… Y a mí me meterá preso un juez corrupto. Y luego a usted la meterá presa el tipo que trató de asesinar a su hija.

—Nadie me meterá presa. Yo no tuve nada que ver con el incendio.

—Ah, ¿no?

Esta vez, fui yo la que se sumió en un silencio fúnebre.

—¿Está segura de eso? —preguntó él.

¿Estaba segura?

—¿Quién le ha hablado del incendio? —quise saber—. ¿Reinaldo? ¿Qué le ha contado?

—Piense usted lo que le conviene, licenciada. Piense en qué lado de esta historia se encuentra.

—He dicho que no.

Cerré mi maletín. Guardé mi teléfono. Me movía con torpeza, tropezando con cada nuevo movimiento.

—Lo siento —añadí, y abandoné la sala sin despedirme, sin mirar atrás.

177

Esperaba que él me detuviese en algún punto, pero no alzó la voz.

Había olvidado que solo podría salir de ahí en la Land Rover. El guardaespaldas me esperaba afuera, de pie junto a la puerta del vehículo. Mientras me acercaba a él, lo vi hacer un gesto hacia alguien a mis espaldas. No supe a quién. Cuando llegué a su lado, simplemente me abrió la puerta de atrás.

—Señora... —saludó.

Subí. Él dio la vuelta y ocupó el asiento del conductor. El coche estaba muy frío, con el aire acondicionado al máximo. La puerta del garaje se abrió ante nosotros y salimos con un acelerón en primera.

No pregunté hacia dónde nos dirigíamos.

El camino de vuelta fue silencioso y bronco. Yo me preguntaba qué podía pasarle a una si Percy Cuadrado se enojaba con ella. O se decepcionaba con ella. O la consideraba un peligro. Mientras tanto, la camioneta se cruzaba entre los carros del circuito de playas, aceleraba a distancia mínima de los demás, atravesaba a toda velocidad semáforos en ámbar, como tratando de estrellarse conmigo en su interior.

Cuando al fin llegamos a mi casa, me sentí como si me hubiesen perdonado la vida.

Saludé a mis hijas con un beso rápido, me encerré en mi cuarto de baño y me eché a llorar. Mi instinto me decía que estaba a punto de ocurrir algo terrible. Sentía el suelo moviéndose bajo mis pies, a punto de abrirse.

A la mitad de mi llanto, sonaron golpes en la puerta de mi habitación. Podía reconocer los golpes de mi familia. Rodolfo tenía una tocada cantarina. Patricia golpeaba con impaciencia, casi ofendida. Liliana jamás llamaba antes de entrar. Estos golpes suaves y respetuosos solo podían pertenecer a la nana, Pascuala. Traté de poner una voz entera y segura para responder:

—¡Sí! ¡Dime!

Su voz me llegó desde afuera, tan respetuosa que sonaba a súplica:

—El señor Rodolfo ha llamado a casa. Pregunta si se ha olvidado el celular aquí en su cuarto.

La realidad doméstica, con sus pequeñas pérdidas de tiempo, siempre se impone a los grandes dramas.

—Ahora miro —informé de mala gana.

Nuestra habitación cuenta con un amplio *walk in closet*, donde Rodolfo se viste y desviste. Es muy normal que se deje la billetera o las llaves en el saco o el pantalón del día anterior. Y el día anterior se había puesto el saco azul a cuadros. Lo busqué entre su ropa y le esculqué los bolsillos. Efectivamente, ahí estaba su teléfono.

Y no solo su teléfono.

Cuando lo saqué, la pantalla se iluminó automáticamente. Usaba como fondo de pantalla una foto de nuestra familia en el Empire State. Solo que ahora nuestras caras quedaban tapadas por un cuadro de WhatsApp. El mensaje era tan breve que no pude evitar leerlo de un vistazo:

«¿Vamos a Iquitos? Un fin de semana. Dile a Maritza que tienes un viaje de trabajo».

Terminaba con el ícono de unos labios rojos en forma de beso.

Tuve que volver a leerlo. Una. Dos. Seis veces. Primero, para entender lo que decía. Esas palabras no me resultaban inteligibles. A continuación, para buscar otros sentidos posibles. Quizá era un mensaje del odontólogo. O del asesor jurídico de la empresa. A continuación, intenté descifrar el remitente del mensaje. Tan solo decía: «Gimnasio». ¿Un nombre clave? ¿O Rodolfo se estaba metiendo en la cama con una instructora del gimnasio?

Una nueva columna se derrumbó entre mis certezas. Una nueva mentira hizo explosión. Intenté mantenerme en pie, como una silla coja, pero incluso físicamente necesité apoyarme en la pared. Me temblaron las piernas. Sentí un mareo. Y un zumbido en los oídos. Mis sienes comenzaron a palpitar. Solo después de un rato, descubrí que no eran mis sienes.

Era Pascuala, que golpeaba la puerta, ahora más fuerte, y preguntaba:

—¿Señora? Señora, ¿está al teléfono? El señor Rodolfo espera una respuesta.

EL ACUERDO

Mientras subía en el ascensor, mi teléfono empezó a sonar. En la pantalla apareció el nombre de Reinaldo Jáuregui. Debía estarme llamando para quejarse por mi abandono de su amigo Percy Cuadrado. Pensé en su voz de barítono diciendo: «Pensé que teníamos una relación de confianza». Lo imaginé en su silla de ruedas, apacible pero firme, seguro de que su tono al hablar sería suficiente para hacerme volver.

No contesté.

Tenía otras cosas en qué pensar. Y tenía a mi hija al lado:

—Mamá, no quiero ir.

—Tienes que ir. Si te portases mejor, no tendrías que hacerlo. Pero ahora, no tenemos opción.

Yo tampoco quería ir, la verdad. ¿Una psicóloga? ¿Por qué? ¿Para qué?

Mi hija estaba perfectamente. Todos en casa estábamos perfectamente. Nuestros problemas eran de tipo penal. O de infidelidad. O de déficit de atención. O de querer justicia. Pero no psicológicos. Nuestras cabezas estaban bien.

O eso creía yo.

Nunca había confiado en los psicólogos. Fui criada así. Cuando era niña, mi madre quiso mandarme muchas veces a uno. Pero mi padre decía:

—Son unos engañabobos. Inventan complicaciones para que sigas asistiendo. Pero no cobran por resolver problemas. Cobran por crearlos.

Esas palabras resonaban en mi mente ahora, mientras subía por el ascensor hasta el piso dieciocho, donde quedaba el consultorio de la doctora Garmendia. La doctora había sido recomendada por el colegio, lo que no garantizaba que fuese buena, pero sí muy cara. A pesar del precio por consulta, el edificio donde recibía era un lugar de bastante mal aspecto, una ruina cochambrosa cuyo elevador resoplaba mientras se esforzaba por ascender.

Justo antes de llegar, el ascensor se detuvo con la puerta cerrada. Durante quince segundos que parecieron quince horas, nos quedamos atascadas. Apreté el botón de emergencia, pero ni siquiera eso funcionaba. Liliana preguntó:

—Mamá, ¿nos quedaremos aquí hasta morir?

—Hija, por favor, no digas eso.

No supe si la quería calmar a ella o a mí misma.

De repente, la puerta se abrió, dejándonos ver un largo pasillo, húmedo y oscuro como una catacumba.

—Es aquí —anuncié mientras avanzábamos

por esa caverna, pero ni aun así respiré más tranquila.

La doctora Garmendia tenía el pelo rizado y unos lentes de montura gruesa. Nos recibió personalmente y nos dejó esperando en una sala. Había más puertas ahí. Quizá otros doctores atendían detrás de ellas. Pero no vimos a ningún otro psicólogo, ni secretaria, ni a nadie. Cuando la psicóloga al fin abrió la puerta directa de su consulta, tampoco salió de ahí ningún paciente anterior.

Yo me había estado preguntando si habría un diván, pero la doctora nos sentó en dos sillas frente a su escritorio, como si fuese una abogada o una asesora financiera, y le dijo a mi hija:

—Liliana, ¿te gustaría dibujar un poco?

Liliana contestó que sí, y ella le ofreció lápices de colores y un papel.

—Dibuja a tu familia —dijo.

Liliana dibujó a su padre, a su hermana y a mí. Ellos sonreían amablemente. En cambio, yo tenía una especie de rictus de mal humor en el rostro. Además, no se dibujó a sí misma. Como si no formase parte de la familia. Quise corregir sus errores, pero desistí de hacerlo frente a la doctora Garmendia.

Cuando Liliana terminó, la psicóloga examinó el resultado sin parpadear ni comentar nada. De hecho, esa mujer carecía de expresión. Me pareció que reaccionaría con el mismo rostro ante un saludo informal que ante una confesión íntima. No se alteraba. Como si no hubiese un corazón ahí detrás. Después de estudiar el dibujo de Liliana, dictaminó:

—Muy interesante. ¿Mamá está enfadada?

Liliana se encogió de hombros, como si la respuesta fuese obvia:

—Mamá siempre está enfadada —afirmó.

Yo traté de defenderme con una risotada que quizá sonó demasiado fuerte:

—¡Ja, ja! Liliana, creo que estás exagerando… Explícale a la doctora que…

La psicóloga me dirigió una mirada tan desaprobadora que ni siquiera pude terminar la frase. Se volvió hacia la niña nuevamente y continuó:

—Comprendo, Liliana. ¿Ahora puedes dibujar tu casa?

Liliana dibujó un cuadrado con techo a dos aguas y lo coloreó con tonos oscuros, como marrón o negro. A continuación, dibujó nubes negras sobre él. Y largas gotas de lluvia, como cuchillos cayendo de punta desde el cielo.

Otra vez, quise hacerle ver que la casa no podía ser esa. Nuestro hogar estaba lleno de flores. Y su cuarto rebosaba de peluches rosados. ¿Es que mi hija no había visto nada de eso? ¿O quería ofrecer una imagen distorsionada de nuestra familia?

¿O era yo la que veía las cosas mal? No. Eso no podía ser.

La doctora volvió a juzgar con interés su dibujo:

—¡Está muy bien! —felicitó a Liliana—. Ahora dime: ¿está lloviendo en tu casa? ¿Cae una tormenta?

Liliana me miró. Yo traté de exigirle en silencio que fuese más justa con nosotros. Ella volvió a mirar a la doctora y le dijo:

—No sé...

—Comprendo —le respondió la doctora a ella, pero ahora me miraba fijamente a mí, como a la sospechosa de un crimen. Me escudriñó, como a una rana abierta en canal en el laboratorio, y al final dictó su sentencia:

—Ahora, Liliana y yo conversaremos a solas. ¿Le importaría esperarnos afuera, señora Fontana?

Traté de protestar. Quise explicarle que quizá Liliana necesitaba ayuda para hablar de su familia. Intenté argumentar que se trataba de mi hija, y quería estar al tanto de lo que se hiciese con ella. Pero antes de poder abrir la boca, la puerta del consultorio se cerraba frente a mí, como un calabozo. Y repentinamente, aunque sentada del otro lado de la pared, Liliana parecía encontrarse a miles de kilómetros de distancia.

Me devolvió a la realidad el teléfono. Reinaldo Jáuregui insistía en hablar conmigo. Y yo insistí en no contestar. De momento, ya tenía suficientes problemas.

Cada mañana, Rodolfo desayunaba un huevo duro colocado en una especie de copa. Y siempre celebraba el mismo ritual: primero, exploraba el huevo con la cuchara, golpeando aquí y allá, como si lo torturase por placer. El huevo parecía mirarlo aterrado desde su pequeñez, en espera del tiro de gracia. Después de un rato, Rodolfo le hundía el cráneo desde la parte superior, cuidando que la parte dura no se mezclase con la blanda. Finalmente, introducía la cuchara y extraía los sesos, o más bien la clara y la yema, que se metía en la boca con el placer de quien ha ganado una batalla.

Aquella mañana, mientras lo veía operar, yo solo recordaba el mensaje que había encontrado en su teléfono: «¿Vamos a Iquitos? Un fin de semana. Dile a Maritza que tienes un viaje de trabajo».

Y me imaginaba haciendo con su cabeza lo mismo que él hacía con el huevo.

—¿Qué pasa? —dijo de repente, sonriéndome con curiosidad.

—¿Qué pasa de qué?

—Tienes una mirada rara. ¿Quieres un huevo para ti?

—No.

—Ok.

Y entonces lo dijo, tratando de que sonara normal, un momento más de la rutina familiar:

—Esta noche llegaré tarde, ¿ok? Tengo una cena con unos inversionistas.

—¿Qué inversionistas?

—Eh… No los conoces…

—Rodolfo, quiero saber de tu vida. Quiero que lo compartamos todo.

Todos en la mesa me miraron con extrañeza. Hasta Liliana, que solo me miraba para pedirme la mermelada. Hasta Patricia, que nunca me miraba. Y por supuesto, Rodolfo, que, sin embargo, tuvo que contestar:

—Bueno… Son de un fondo de inversiones que está entrando en el país: se llaman *Seni Investments*.

—Qué bien. ¿Y qué vas a recomendarles?

—¿Yo? Eh… Depende de lo que quieran. Ya sabes: renta fija o renta variable, participación en el directorio o capital golondrino…

—Cuántos pájaros hay en el mundo de las finanzas. Capitales golondrinos, fondos buitres… El tuyo no será un fondo buitre, ¿verdad?

—No. Bueno… Supongo que no.

—Yo quiero un canario —interrumpió Liliana—. O un perro.

—Yo quiero una familia normal —añadió una venenosa Patricia, con los ojos en blanco.

Y aprovechando esas intervenciones, Rodolfo se escabulló de la mesa.

—Me voy, que llego tarde. ¡Adiós!

Antes de desaparecer, me plantó un beso en la frente.

No hay nada más culpable, más incriminador,

más característico de un infiel que los besos en la frente.

Esos besos que igualan a una esposa con una hija o una abuela. Esos besos sin deseo.

Pasé todo el día sin capacidad de concentración. Inés entró en mi despacho dos o tres veces a exponerme cuestiones de trabajo, y en todas terminó por decirme:

—Maritza, ¿me estás escuchando? Te noto rara.

Yo estaba rara. Claro que sí. Rumiaba la infidelidad de mi marido sin saber cómo procesarla. ¿Debía considerarla una cana al aire sin importancia? ¿O tenía alguna relación con su saqueo de nuestra cuenta bancaria?

Y lo peor: ¿quedaba en mi familia alguien en quién confiar? ¿Me quedaba en el mundo alguien con quién hablar?

Hay una diferencia entre hombres y mujeres que nunca entenderé: nosotras hablamos. Nos contamos nuestra vida íntima. Nos confesamos nuestras preocupaciones. Nos relatamos nuestra vida sexual, familiar, amistosa.

Los hombres no. No sé a qué se debe la diferencia, si tiene origen cultural o biológico, pero es un hecho. Cuando Rodolfo regresa de visitar a un amigo, siempre le pregunto:

—¿Cómo están sus hijos? ¿Y su esposa?

La respuesta inevitable es:

—No tengo idea.

Él y sus amigos hablan de cosas exteriores: política, deportes, valores bursátiles. Se pasan horas juntos y luego se separan sin un gramo de información relevante.

En cambio, yo necesito conversar. Y ese día, cuando Inés me preguntó por tercera vez qué me pasaba, lo solté todo, como un dique reventando por la presión del agua. Se me anegaron los ojos. Me tembló la voz. Y en un estado de vulnerabilidad en que nunca me había mostrado ante ella, admití:

—Rodolfo me está engañando.

Inés y yo jamás habíamos tenido una relación personal. No nos habíamos contado intimidades. Estábamos acostumbradas a trabajar sin parar, fingiendo que en nuestra vida no existía nada más que la cuenta de resultados. Sentí que ella tardaba unos segundos en asimilar que nuestra relación cruzaba un umbral. Me pasó un clínex. Me sirvió un vaso de agua. Hizo el amago de abrazarme, pero noté que le costaba, y la idea a mí tampoco me hacía sentir muy cómoda. Al menos de momento. Yo solo necesitaba sus oídos.

Le conté del mensaje que había interceptado. Ella me preguntó:

—¿Estás espiando a tu esposo?

—¡No! Fue una casualidad. Un error...

—Entiendo. ¿Y te importa mucho? ¿No estás dispuesta a perdonar una cana al aire y olvidarte del tema? ¿Estás segura de que quieres remover el asunto?

Su pregunta me sacó de cuadro, pero tenía sentido. Entre las esposas de mis socios, había muchas mujeres haciéndose de la vista gorda. Vivían cómodamente. Trabajaban poco, o de plano, no trabajaban. Y si sus esposos les ponían los cuernos, generalmente con jovencitas, simplemente se hacían las tontas. Tenían claro que un divorcio les costaría tanto dinero a sus maridos que ellas saldrían ganando en todos los escenarios posibles. En cierto modo, no se habían casado con hombres, sino con planes de pensiones.

Pero yo no era así.

—Sí quiero remover el asunto. No pienso aceptar que Rodolfo me engañe. Está actuando muy raro.

Pude leer en los ojos de Inés la respuesta que sus labios no me darían: «¿Y tú crees que actúas normal?».

Pero cuando abrió la boca, fue para dar un consejo práctico, como de costumbre. La gente trabajadora como Inés tiende a dar respuestas positivas.

—Entonces, tienes que salir de la duda —sugirió—. Un mensaje fuera de contexto puede ser muy ambiguo.

—¿Crees que debo plantearle el tema directamente?

Inés hizo su gesto de negación, moviendo la nariz de un lado a otro, como un hámster.

—Te mentiría —respondió—. Eso hacen los esposos. Mienten con una frescura increíble. Ni siquiera les tiembla el pulso. Mejor, investígalo. Síguelo. Quizá solo es un malentendido. Pero no será él quien te lo aclare.

Quizá yo había sido injusta con Inés en los últimos días. Me había parecido que se ponía del lado de los socios del estudio en su negativa a ayudarme con el tema de Iván. Que me consideraba una loca, como los demás. Ahora, pensé que solo se preocupaba por mí. Quizá no había sido capaz de reconocerlo, por falta de costumbre.

—Gracias, Inés. Haré lo que dices.

Ella recogió sus documentos de mi mesa y se dirigió a su despacho. Cuando llegó a la puerta, me sentí obligada a añadir.

—Y cuenta conmigo si me necesitas. Para lo que sea.

No dijo nada. Pero sentí que sonreía. Quizá nos estábamos haciendo amigas.

Por la tarde, al salir del despacho, dejé en el estacionamiento mi Jaguar y alquilé un coche. Un humilde Ford Fiesta azul, que pasaría desapercibido por la calle. En el alquiler, aproveché para pedir regalada una horrible gorra publicitaria, bajo la cual me recogí el pelo. Mis lentes oscuros esconderían mi rostro.

Cuando Rodolfo abandonó su oficina, a las siete y media, yo ya llevaba casi una hora esperándolo en la esquina, y comenzaba a impacientarme. Durante la espera, recibí dos llamadas de Reinaldo Jáuregui, que no contesté.

Se me multiplicaban los pendientes. Se me acumulaban los frentes. Pero me daba igual lo que hiciesen mis amigos mafiosos. Yo quería saber qué hacía mi marido. Cuando al fin salió Rodolfo, comenzó una persecución como de película.

Aunque más bien de película cómica. No es fácil mantenerse a distancia de un auto, oculto entre los que lo siguen, sin chocar ni perderle la pista. Tuve que cruzarme varios semáforos en rojo, y estuve a punto de rozar la carrocería de un autobús. Pero conseguí mantenerme a una distancia discreta, y aunque Rodolfo se me escapó un par de veces, volví a hallarlo por una mezcla de instinto y suerte.

Jugaba con ventaja porque conocía a mi presa. Después de veinte minutos, apelando a mi experiencia de los gustos de Rodolfo, comprendí a dónde se dirigía: al bar del exclusivo Hotel B.

Un hotel.

Y uno glamuroso.

Dejé que se estacionase y esperé. No estaba mal escogido el hotel. Quien viera ahí a Rodolfo, pensaría que acudía a una cita de negocios en el lujoso restaurante. Imaginé que no dejaría su nombre en la recepción. Entraría directamente a una habitación, donde lo esperaría su amante. Quizá una mujer soltera, que no debiese rendir cuentas a nadie. O quizá habría alquilado él mismo una *suite* a su nombre, con la excusa de sostener su reunión con inversionistas en privado, aunque eso se me hacía más difícil de creer.

De todos modos, bajé del coche, me dirigí a la recepción y pregunté:

—Perdone. ¿En qué habitación está Rodolfo Miró?

La recepcionista me miró de arriba abajo. Recordé que llevaba puesta una gorra ridícula y no me había quitado los lentes oscuros. Si alguien ahí parecía una amante furtiva, esa era yo.

—¿Puede repetirme el nombre, por favor? —dijo la chica, mirando en la pantalla de su computadora mientras tecleaba.

Me pregunté si Rodolfo se habría inscrito con un alias. Traté de pensar algún nombre que se le ocurriese de manera natural, como en las películas, cuando el protagonista deduce el código de acceso de una puerta. Pero yo solo conocía un nombre posible. Y tampoco él se caracterizaba por su creatividad. Repetí:

—Miró. Rodolfo Miró.

La chica examinó, al parecer, varias pantallas. Puso cara de duda, luego de decepción. Finalmente, respondió:

—Lo siento. No tenemos a ningún huésped con ese nombre.

La habría reservado ella. Una mujer con iniciativa, quizá incluso con experiencia en ocultarse de esposas celosas. Quizá incluso la conocía, pero yo no podía preguntarle a la recepcionista por todas las mujeres que conocía.

¿O sí?

Le di las gracias y me di la vuelta. Del otro lado, quedaba el bar, con su fastuosa barra de madera antigua enchapada con espejos y sus botellas de tonos ámbares. Pensé en tomar un trago y esperar ahí a que Rodolfo bajase, para sorprenderlo infraganti. Recordé las palabras de Inés:

«¿Y te importa mucho? ¿No estás dispuesta a perdonar una cana al aire y olvidarte del tema? ¿Estás segura de que quieres remover el asunto?».

Sí. Sí me importaba. Llevaba un tiempo viendo derrumbarse todas las certezas de mi vida. Quería que algo al menos fuese de verdad. Necesitaba sentirme segura de una cosa, aunque fuese una cosa horrible.

Me encaminé hacia el bar. Y entonces, lo vi.

Ahí estaba Rodolfo, en la barra, bebiéndose un *dry martini*. Ya he dicho que no tenía mucha imaginación. Una vez, hacía como veinte años, había visto a Sean Connery en una película de James Bond que ya era vieja por entonces. El Agente 007 bebía martinis. Y desde entonces, Rodolfo no había bebido otra cosa.

Me escondí detrás de una columna. Un botones con un carrito dorado lleno de maletas Louis Vuitton pasó a mi lado. Debió haberme creído loca. Daba igual: yo tenía otras preocupaciones.

Desde mi escondite, espié a mi esposo, esperando encontrar la evidencia de su engaño.

Pero estaba solo. No hablaba con nadie. Ni siquiera tenía a alguien sentado al lado. Después de mi aventura como detective, me resultó casi decepcionante.

Creí que esperaba. Quizá su acompañante se había retrasado. Esperé yo también.

Después de veinte minutos, Rodolfo pagó y abandonó el bar.

Imaginé que había ido al hotel a hacer tiempo o a entrar en calor. Que ahora sí, se desplazaba hacia su misteriosa amante. Que se encontrarían en la casa de ella.

¿Qué lugar sería más seguro?

Volví a seguirlo por las calles, oculta entre el desesperante tráfico de la capital.

Me sentí muy confundida cuando entendí que me llevaba directamente a mi propia casa.

Tu casa debería ser tu cuartel general. El lugar donde te sientes segura y protegida.

Esa noche, en torno a la mesa de la cena, mi casa parecía una trampa mortal.

Mi hija mayor, Patricia, mandaba mensajes por el teléfono y sonreía a alguien en algún lugar. Yo le decía:

—¿Cómo va tu rehabilitación?

Ella se encogía de hombros. Ni siquiera respondía. Yo exigía:

—¿Puedes dejar de mandar mensajes? Estás cenando con tu familia.

Ella dejaba el teléfono sobre la mesa, pero lo volvía a agarrar a la primera vibración, cinco segundos después, cuando yo ya estaba distraída con su hermana:

—Liliana, deja de hacer ruido con los cubiertos, por favor.

—Mi psicóloga me ha dicho que tengo que expresarme. En su oficina puedo gritar, insultar y patear.

—Pues aquí no.

—Quiero irme a vivir con la psicóloga.

El único que guardaba silencio, mirando al infinito, encerrado en sí mismo, era el único al que yo quería escuchar:

—¡Rodolfo! —Lo saqué de su nube—. ¿Puedes ayudarme con tus hijas?

—Niñas, pórtense bien —murmuró él, tan desganado que las dos chicas se rieron de mi esfuerzo, de mi mal humor y de mi estúpida ilusión de tener una cena familiar.

Contuve mi enfado. Gritar solo iba a empeorar las cosas. Intenté reconducir la situación. Propiciar una atmósfera cálida. Respiré hondo, fingí naturalidad y le pregunté a mi esposo:

—¿No tenías una cena de negocios?

—Se canceló —respondió él, con tono casi triste, mientras revolvía la sopa sin comérsela—. Los inversionistas se están pensando su decisión.

Saqué mi caña de pescar y arrojé mi anzuelo. Tenía previsto pescar todas sus mentiras:

—¿Y a dónde fuiste?

—Al bar del B. Necesitaba una copa. Espero que no se desanimen. Sería un buen negocio asesorarlos.

Sus palabras me dieron una ilusión: ¡me estaba diciendo la verdad!

Quizá Inés tenía razón. Todo había sido un malentendido. No había ninguna otra mujer. Yo solo había encontrado un mensaje sin contexto. Sin duda, había malinterpretado alguna broma estúpida entre hombres: «Miéntele a tu esposa y vámonos de putas. Ja, ja, ja». Besé a Rodolfo ahí mismo. Él se quedó helado, casi asustado, igual que mis hijas.

Esa noche, mientras mi marido se daba una ducha, quise ser una buena esposa y me puse a arreglarle la ropa. Solía dejarla tirada por todo el *walk in closet*, seguro de que Pascuala vendría a arreglar todo el desorden que él dejase a su paso. Había crecido mimado, y seguía siendo un niño, y qué diablos, quizá era eso lo que me gustaba de él.

Como una mujer sumisa, recogí su ropa interior y la metí en el cesto de la ropa sucia. Doblé sus pantalones y los colgué de un gancho. Por último, levanté su saco de la perilla de la puerta, donde lo dejaba siempre, y me dispuse a colgarlo también.

Sobre el fondo de azul profundo del casimir, destacó un largo hilo amarillo. Me llamó la atención porque Rodolfo no tenía nada de ropa amarilla, un color que detestaba. A lo mejor, se le había prendado al sentarse en algún mueble sin gusto.

Lo tomé entre los dedos y lo retiré de la ropa. Ya iba a tirarlo al suelo, cuando me llamó la atención su textura extraña, demasiado delgada, orgánica.

No. Eso no era un hilo.

Era un cabello. Largo, muy largo, y tan rubio que quizá fuese teñido.

Lo único que estaba claro es que se trataba de un pelo de mujer. De una mujer que no era yo.

Sobre mi mesa de noche, volvió a sonar mi teléfono. El nombre de Reinaldo Jáuregui, sin foto, me amenazó con impacientarse desde la pantalla.

Rodolfo salió del baño con una toalla en la cintura. Canturreaba despreocupadamente, medio desnudo y mojado, con la barriga desbordándose de la toalla. Se colocó justo entre el pelo rubio y el teléfono, formando la constelación de un cuchillo que apuntaba hacia mí. El indicio de su infidelidad temblaba en mi mano. El timbre del teléfono sonaba como un réquiem.

Rodolfo preguntó:

—¿Has visto mi pijama de rayas?

La silla de ruedas de Reinaldo Jáuregui apenas pasaba por la puerta del reservado del restaurante. Y, sin embargo, él insistió en comer en ese cubículo discreto, apartado de las miradas de los demás comensales, a solas conmigo. Era un restaurante elegantísimo de cocina francesa, y me sorprendió la variedad de escenarios en que había visto a ese hombre: el hospital, el almacén y ahora este baluarte de la alta cocina.

No cabía duda del buen gusto de Reinaldo. Yo aún recordaba el champán con que habíamos celebrado el despertar de Patricia, en la intimidad de nuestra sala de espera. Y ahora, llegó a la mesa un vino Vega Sicilia Valbuena de tal calidad que me puso la carne de gallina.

—Está delicioso —admití—. ¡Pero no es francés!

Reinaldo sonrió con esa actitud de padre compasivo que tenía a veces. Llevaba una camisa negra y una chaqueta gris, y aunque su ropa se notaba cara, parecía escogida para no llamar la atención.

—Para conseguir lo mejor —dijo—, hay que pedir lo que se sale de lo normal.

Él era así. Siempre que decía una cosa, daba la impresión de estar diciendo otra en realidad.

Me pidió que le dejase escoger nuestro almuerzo. Pronto, llegaron a la mesa sendas ensaladas de faisán. De segundo, me trajeron un confit de pato. Y a él, una carne fuerte: jabalí en salsa de frambuesa.

—No como mucha carne —comentó ante su plato—. Pero si lo hago, prefiero comerme un animal que me comería a mí también si pudiese. Me parece más justo.

Se rio. Yo me reí también, aunque no sabía bien por qué. Ni siquiera sabía por qué me había invitado ahí. Se lo pregunté. Antes de responder, él respiró hondo y bebió un largo trago de vino. Cuando devolvió la copa a la mesa, las gotas rojas parecían sangre en sus costados, igual que la salsa del jabalí en su plato.

—He sabido que tuvo usted una pequeña… diferencia… con mi amigo Percy.

Claro, ¿de qué más podía tratarse? Traté de escoger con mucho cuidado las palabras de mi respuesta.

—Yo… No estoy segura de poder hacer lo que él… necesita.

Él se metió en la boca un pedazo de jabalí, y lo paladeó con la delicadeza de un príncipe, suavemente, disfrutando a ojos vistas mientras trituraba esa carne entre sus dientes. Luego dijo:

—¿Le ha contado Percy su historia? ¿De dónde viene? ¿Por qué hace lo que hace?

Mi silencio dejó claro que no. Él continuó:

—Antes trabajaba con su hermano. Hace mucho de eso. Los dos habían pasado una infancia miserable en un pueblo infecto cerca de Huacho. Ni siquiera habían terminado la secundaria porque su padre abandonó a su madre enferma, y los hermanos tuvieron que trabajar para mantener a la familia. Comerciaban con todo tipo de cosas. Algunas más legales que otras, ya me entiende usted, no por mala fe, solo una cuestión de negocios: la mercancía prohibida deja más margen que la permitida. Y en la situación en que estaban, los hermanos Cuadrado no podían permitirse despreciar ningún ingreso.

—Lo que Percy sigue haciendo hasta ahora, básicamente —interrumpí.

Él asintió:

—Una vez que entras en esto, es muy difícil salir. Estos negocios pueden salvarte la vida en un mundo injusto, pero luego te atrapan. Son la cárcel en que debes recluirte para no ir a la cárcel.

Recordé a la familia de Percy, en la piscina de plástico de su casa. Su mujer, sus hijos. Dije en voz alta:

—No recuerdo a ningún hermano.

Reinaldo suspiró hondamente, embargado por algún recuerdo melancólico. Incluso soltó los cubiertos. Y siguió con su historia:

—Colaboraba con ellos un policía: un cobarde y un idiota, si me perdona la expresión. Tan solo quería más y más dinero, hasta que no hubo manera de seguir pagándole. Cuando comprendió que no les sacaría más, denunció a los dos hermanos y encabezó él mismo la persecución, para presentarse ante sus jefes como un gran investigador y un valiente: de pronto, las propiedades de los Cuadrado quedaron incautadas. Sus cuentas, bloqueadas. Sus lugartenientes fueron arrestados. Sus mercancías, confiscadas.

—¡Pero el policía era su socio! —dije, incluso protesté—. Podían amenazarlo ellos a él.

Reinaldo levantó una ceja. Claramente, apreciaba mis avances en el curso elemental de crimen organizado:

—Harto de sus abusos —siguió—, el hermano de Percy amenazó al policía con contar a las autoridades sus negocios si no los dejaba en paz. Le dijo que tenía todo grabado y registrado, y que los hermanos Cuadrado no caerían solos.

Ahora, la voz de Reinaldo titubeó, se cortó, como si le hubiese entrado frío de repente, antes de continuar:

—Esa misma noche, cayó una redada en casa del hermano. Veinte policías. Volaron la puerta. Entraron con fusiles. Los sacaron de la cama. Maniataron a su esposa delante de sus hijos, que lloraban en un rincón.

—¿El hermano pudo reaccionar? —pregunté.

—Se puso furioso. Trató de zafarse de los agentes y golpear a uno de ellos.

Reinaldo tembló. Yo nunca lo había visto temblar. No imaginaba que supiese hacerlo.

Y concluyó:

—Le pegaron un tiro entre los ojos. Dijeron que se había resistido a la autoridad. Que había sido en defensa propia. Defensa propia de un hombre desnudo contra veinte policías armados y vestidos con chalecos antibalas.

Un incómodo silencio cayó sobre nosotros, como una nube tóxica. No sabía qué decir. Solo atiné a pronunciar un débil:

—Lo siento…

Él volvió a comer. Fue como una señal de que la vida volvía a la normalidad.

Tras un largo silencio, me hizo una pregunta que parecía una acusación:

—¿Usted cree que Percy puede dedicarse a otra cosa?

Yo no respondí. No sabía qué decir. Seguimos en silencio hasta los postres: *créme brûlée* con arándanos y *mousse* de tres chocolates. Aunque ya para entonces yo no tenía hambre. Al parecer, él tampoco, porque ni siquiera agarró la cucharita. Tan solo terminó el vino de su copa y se preparó para su último discurso de la noche:

—Nosotros…, Percy y yo y algunos más… no tenemos lazos de sangre, pero somos nuestras verdaderas familias. Tenemos que defendernos los unos a los otros. Nos protegemos mutuamente de las amenazas y de los enemigos del mundo exterior. Cuando la conocí a usted, pensé que sería maravilloso contar con alguien así: usted sabe que la vida no es blanco y negro. Que a veces es difícil distinguir a los buenos de los malos. Lo ha visto con sus propios ojos a partir del accidente de Patricia. Y pensé que usted podría…, en fin, quizá me equivoqué.

Dejó la copa vacía en la mesa. Un poso negruzco se acumulaba en el fondo.

Concluyó:

—Esta cena es para despedirnos. Quería agradecerle que nos haya dado una oportunidad. Comprendo que venimos de mundos muy diferentes. Pero quiero que sepa que, desde que la conocí, solo he sentido admiración y aprecio por su persona.

Desde aquel terrible accidente, entre las discusiones familiares, la rabia sin razón de Patricia, la rebeldía de Liliana, el abandono de mis socios, los secretos de mi esposo, nadie me había hablado así. Reinaldo Jáuregui parecía la única persona que me veía y descubría que había una mujer ahí dentro, esperando que alguien la reconociese, y la tratase con respeto, incluso con afecto. Y ahora, con la mayor elegancia, esa persona me estaba abandonando.

—Haré lo que quieren —dije, sin levantar la voz ni la mirada.

—¿Cómo? —preguntó.

Pareció sorprendido. Atónito. ¿Confuso? No creo que ese hombre se haya sentido jamás confuso.

—Ayudaré a Percy. Con una condición.

Ahora, él me observaba con curiosidad. Sus cejas dijeron que escucharía mi condición. Y la dije:

—Quiero saber qué hace mi esposo. Rodolfo. Quiero que alguien lo siga cada minuto del día. Necesito entender exactamente con quién duermo. Porque ahora mismo, él me resulta más misterioso que ustedes.

Reinaldo se echó para atrás en su silla. Pareció considerarlo. Cerró los ojos. Respiró hondo. Volvió a abrirlos y asintió con la cabeza.

—Eso es fácil —fue su única respuesta.

Yo tenía una ventaja: contaba con mi propio hotel.

En El Remanso, entre las cortinas de encaje y el colchón anatómico, podía disponer de la máxima privacidad con el juez. Podía decir lo que quisiera y acercarle un fajo de billetes en un entorno seguro. Era el único lugar donde nadie sembraría una cámara. O un micrófono. Y de cara a los empleados, nada más natural que enseñarle las habitaciones a un potencial cliente, ¿verdad?

Antes de ir, pasé por la casa, o quizá deba decir «el cuartel» de Percy Cuadrado. Él preparó en mi presencia mi carga. Contó cien billetes de cien dólares, les puso un elástico a su alrededor y los metió en un anodino sobre blanco sin membretes, que cerró sin pegamento. Al final, me colocó eso en la mano con la actitud solemne de quien me nombrase ministra de gobierno. En cierto modo, estaba dejando su vida en esa mano.

El conductor de Percy me dejó en un estacionamiento de Miraflores, donde yo había aparcado mi propio carro. En él continué el camino hasta El Remanso, sintiendo que me dirigía hacia una nueva etapa de mi vida. El juez había recibido el número de habitación por otra vía, que yo desconocía. Me tocaba simplemente esperarlo, mirando desde la ventana el perfil de Barranco recortándose contra el anochecer.

Cuando ya solo las farolas iluminaban la calle, se abrió la puerta a mis espaldas. Y escuché la voz del juez:

—¿Usted? Pensé que enviaban a otras personas a hacer estas cosas.

—Quizá yo soy esa otra persona.

—Van a pensar que somos amantes —dijo él, y yo volteé justo a tiempo para sorprender la sonrisa retorcida en ese rostro viejo y reseco.

—No vamos a durar lo suficiente —lo corté. Porque no pensaba soportar más sordidez que la estrictamente necesaria.

Le señalé el sobre, que descansaba sobre la mesa de escritorio estilo Luis XVI con incrustaciones de madera. A él le brillaron los ojos. Pero no fue por la calidad del mobiliario.

Se sentó frente a la mesa. Percy me había recomendado no perder de vista ni un solo movimiento de sus dedos. En el gesto más inocente podía esconderse la semilla de un malentendido o el esbozo de una trampa. Sin embargo, no me atreví a acercarme. Me limité a observarlo de espaldas mientras escuchaba el sonido del papel y el crujido de los billetes. Sentí que miraba a ese dinero con una sonrisa más húmeda y unos ojos más ansiosos que los que me había dedicado a mí.

Cuando terminó de manosearlo, se volvió hacia mí, extendió los brazos sobre la mesa y estiró las piernas, relajadamente, como si acabase de hacer el amor.

—¿Y ahora qué hacemos?

—Inocencia total. Y punto. No hace falta que el denunciante pague las cuentas. No queremos pelear más. Mi cliente solo quiere olvidar todo esto.

El juez frunció el ceño y chasqueó la lengua, como pequeños latigazos contra el paladar:

—No funcionaría. Es demasiado escandaloso. Le propongo seis meses de prisión por negligencia. Sin condena efectiva.

Me sorprendí a mí misma al responder, como una consumada negociadora de sobornos judiciales:

—Le propongo veinte dólares en vez de diez mil.

Él sonrió. Agarró su sobre y se lo metió en el bolsillo del saco. Dijo:

—Tenía que intentarlo.

Y sin decir más, sin siquiera despedirse, abandonó la habitación.

Mi cuarto aquí no se parece al de ese hotel precioso. Todo lo contrario. Es feo. Húmedo. Oscuro.

Estando aquí, por las noches, cuando apagan las luces y solo suenan los ronquidos de mis compañeras de celda, cuando el frío se me mete en los huesos, pienso muchas veces en aquel momento en El Remanso, cuando crucé el límite.

Y me pregunto: si hubiese dicho que no a Reinaldo Jáuregui y a Percy Cuadrado, si simplemente me hubiese marchado de aquel reservado en el restaurante y no los hubiese visto más…

¿Qué habría cambiado? ¿Seguiría teniendo la vida de antes?

¿Sería feliz con la vida de antes?

Precisamente en eso pensaba el día de la cocina. ¿Recuerdas ese día? Seguro que lo has olvidado. He notado que no les das a las cosas la misma importancia que yo. Quizá es porque soy muy melodramática. O quizá es que tu vida te ha acostumbrado a todo. Has tenido una existencia más aventurera que la mía, supongo.

Para mí, ese fue un día importante.

Yo acababa de empezar como pinche de cocina, y tenía que pelar papas y zanahorias para el miserable estofado casi sin pollo que nos servían los miércoles. Llevaba horas sentada en un taburete despellejando tubérculos con un cuchillo sin filo.

Y entonces, entraste tú.

Olías a alcohol. Tenías todo el pelo encima de la cara y eso te daba un aspecto más displicente que de costumbre. Pero no estabas más arisca de lo normal. Tan solo más salvaje, lo que no dejaba de tener su encanto.

Yo pensé: «¡Viene a la cocina!». «¡Ha escogido la cocina!». «Me ha escogido a mí».

Pero no venías a trabajar. Venías huyendo. Detrás de ti la voz de una de las guardias sonó hosca, huraña, como un ladrido malhumorado.

La policía entró después de ti y se quedó cerca de la puerta, cortándote la retirada, como a una fiera que se ha escapado de su jaula, y diciendo:

—Sé lo que tienes ahí. No te escapes. No lo escondas. No te metas en más líos.

Tú parecías una gata con la piel erizada. Pude sentirte a punto de darte la vuelta y saltar sobre esa vigilante. La tensión a tu alrededor parecía una carga eléctrica. Con tu voz cascada, respondiste:

—¿Qué cree que tengo? ¿De qué me habla?

Te giraste hacia ella. Te habías colocado frente a mí, y hábilmente, le habías dado la vuelta a lo que ella buscaba: una petaca de ron, lo suficientemente pequeña para caber en un bolsillo. Ahora, la tenías a tu espalda, encajada en la pretina del pantalón.

Pero no ibas a poder repetir ese truco. Era tu último escondite.

La policía te dijo:

—Acércate. Muy lentito, ¿ok? Voy a registrarte. Voy a hacerlo sola. Pero si te resistes, llamo a mis compañeras. No quieres que eso pase, créeme.

No te moviste. Querías ganar tiempo.

A mí, nadie me veía. A mí, nunca me veían. Sentada en mi taburete, con mi cuchillo de pelar papas, podía haberme cortado las venas ahí mismo, y nadie se habría dado cuenta.

—¡He dicho que te acerques! —alzó la voz tu perseguidora, cada vez más impaciente.

—Está bien —accediste. Mirabas a todas partes en busca de un escape que no existía. Al final, te rendiste. Y avanzaste paso a paso, muy lentamente, en espera de que algo inesperado te salvase.

Y ocurrió algo inesperado.

Ocurrí yo.

Ni siquiera lo pensé. Solo extendí mi mano y extraje la botella de tu pantalón. Tu cuerpo, ese cuerpo grande y hosco, me ocultaba a los ojos de la policía. Incluso tuve tiempo de esconder la botella en el saco de las papas.

Tú sentiste mi mano tocar la piel de tu espalda. Y comprendiste.

Te acercaste a la guardia casi bailando, con un contoneo descarado, provocándola a registrarte.

—¿De qué te ríes? —te preguntó.

—No me río —respondiste.

Pero sí te reías. De esa manera que solías hacerlo: con los ojos.

La mujer se arrodilló y te registró pasando sus manos por tus muslos y tus pantorrillas. Sentí envidia de ella.

Obviamente, no encontró lo que buscaba. Frunció el ceño. Tú alzaste los brazos, invitándola con ironía a continuar su registro. Ella se levantó y se apartó de tu paso:

—No sé qué has hecho, pero te has librado esta vez —sentenció.

Tú sonreías, ahora sí con todos tus enormes y blancos dientes.

Nunca me habían gustado las mujeres, ¿sabes?

Yo siempre había sido normal, ya me entiendes. Aunque si miro hacia atrás… Bueno, hay un recuerdo inesperado. Sospechoso. Intrigante. Es curioso. Había enterrado ese recuerdo en algún lugar de mi mente, en algún sótano, muy al fondo.

¿Tendrá algo que ver con eso en que me convertí? ¿Será verdad que uno guarda los recuerdos en la recámara, pudriéndose hasta que reaparecen, fermentados y convertidos en conductas desviadas o algo así?

Eso es lo que creía la doctora Garmendia, la psicóloga. Maldita la hora en que conocí a esa mujer.

Después de unas sesiones con Liliana, la doctora decidió que tenía que hablar conmigo. Me dijo:

—Hay cosas en su hija que solo pueden venir de su pasado familiar. Es hora de profundizar en ese pasado.

No pude negarme, claro. Negarme habría sido darle la razón. Sugerir que yo tenía algo que ocultar.

A mi primera conversación a solas con la doctora, llegué con la incómoda sensación de presentarme a un examen escolar sin haber estudiado.

Esta vez, no me senté ante el escritorio, sino en un sillón junto a la puerta. Ella acercó una silla y una libreta de notas. Se caló los lentes y comenzó a estudiarme, como a un insecto. Preguntó:

—¿Hay algo de lo que usted quiera hablar?

—Pensé que usted tendría un cuestionario. Si quiere, me lo puede enviar por *mail*.

Ella sonrió. Parecía sonreír ante cualquier sarcasmo o discusión, como para dar a entender que no tenía problema con ello. Pero eso la hacía parecer más inquietante aún.

—Charlemos sobre su madre.

—¿Por qué?

—Porque el objeto de estas sesiones es su hija. Así que investigaremos un poco el modelo de madre que usted recibió.

—Mamá era… normal.

Otra vez esa sonrisa, como si me hubiese pillado infraganti en algo.

—Claro que sí. Todos somos normales. ¿Cuál es su primer recuerdo de ella?

En mi memoria, se entrechocaron varias copas de cristal. No un cristal caro, de Murano o Swarovski. Uno más ordinario, con borlas blancas pintadas alrededor, como adornos de primera comunión.

—¿Mi… primer recuerdo? —dudé—. Supongo que ser niña. Recibir el biberón y esas cosas.

La doctora no levantó la vista de su cuaderno. Ni abrió la boca. El silencio se me hizo tan desconcertante que tuve que seguir hablando para romperlo:

—Ehhh… ¿Jugar a las muñecas? ¿El beso de buenas noches?

La doctora alzó las cejas. Y debajo de ellas, sus pupilas rodaron hacia mí. Eran azules, o más bien grises, como si hubiesen renunciado a cualquier color humano:

—¿Me lo pregunta usted a mí? —dijo—. Seguro que tiene un primer recuerdo. ¿No es así? Lo primero que venga a su memoria.

Risas. Risas de mujeres. Eso es lo que zumbaba en mi cabeza de repente. Risas y música, y humo de cigarrillo. Todo seguido por una voz atronadora de hombre gritando, protestando. Una pelea.

—¿Maritza? ¿Maritza?

Tardé un rato en distinguir si la voz venía de mi interior o de algún lugar ahí afuera. Al fin, comprendí: era la doctora, tratando de devolverme a la realidad.

—¿Está usted bien?

Intenté contestar algo, pero tenía un nudo en la garganta. Uno corredizo, como los que se usaban para ahorcar a la gente. La mujer insistió:

—¿Maritza? ¿Quiere un vaso de agua?

Esperaba que yo dijese algo. Pero no podía hablar de mis recuerdos sin echarme a llorar. De solo pensarlo, me temblaba la mandíbula.

—Lo siento —dije—. Tengo que irme. Lo siento.

Mientras salía, repetí una y otra vez:

—Lo siento, lo siento, lo siento, lo siento...

No quería darle a la doctora la oportunidad de hablarme. Ni de detenerme. Necesitaba salir de ahí rápidamente, subir a ese ascensor cochambroso, golpear su puerta, como si pudiese darle prisa a la máquina, abandonar el edificio, meterme en el carro...

Y echarme a llorar, con rabia, con dolor, con décadas de recuerdos empujando hacia el exterior.

No era difícil encontrar a Iván Araujo. Ni seguirlo. Su negocio consistía en ser fácil de encontrar.

Siguiendo indicaciones de Percy Cuadrado, me acerqué al bar La Noche de Barranco, me senté al lado de la puerta y me pedí una cerveza. Lo único que debía hacer era esperar. Tarde o temprano, Iván pasaría por ahí.

Percy había pensado que yo quería ajustarle las cuentas. Me había ofrecido mandarme de acompañante a uno de sus guardaespaldas para ayudarme con el trabajo. Así había dicho: «Ayudarme con el trabajo». Yo le había pedido que no interfiriese.

Las cosas con Iván Araujo debía arreglarlas yo.

Sentada en mi mesa del bar, me sentí como una extraterrestre. Más o menos como me sentía los primeros días aquí, antes de conocerte a ti. Mi ropa, aunque solo me había puesto unos *jeans* y una camiseta, era demasiado «de otro lugar». No eran los *jeans* y la camiseta que se había puesto nadie en ese bar lleno de chicos barbudos y chicas con pendientes en la nariz.

Quizá yo no era de otro lugar. Solo era de otro tiempo. De un tiempo en que los hombres se afeitaban los pelos de la cara y se dejaban los del pecho, no al revés.

Sospeché que en ese tipo de locales pasaba las noches mi hija Patricia, mientras yo creía que se pasaba la noche estudiando. Intenté imaginarla, acodada en la barra, bebiendo cócteles o besando a alguno de los chicos barbudos. No me enfadé por eso. Para entonces, ya tenía claro que todos guardamos secretos.

Permanecí en ese lugar hasta la una de la mañana. Estaba a punto de irme cuando apareció Iván. Llevaba un suéter raído, una bufanda palestina, el pelo revuelto y la cara sin afeitar. Aun así, se movía con majestuosidad entre las mesas, como el rey del bar.

Y se podía sentir su influencia entre la gente. Sobre todo entre los chicos. Cuando llegó, se volvieron numerosas cabezas en su dirección. Se hizo el silencio en varias mesas. Y mientras se dirigía hacia la barra, pude sentir una corriente eléctrica que sacudía a los jóvenes a mi alrededor.

Iván se sentó solo con una cerveza en una mesa apartada de la puerta, y entonces comenzó el desfile. Ni siquiera me habría dado cuenta de no haber estado observándolo. Venía algún chico con su propio trago y una expresión amistosa en el rostro. Saludaba a Iván alegremente y se sentaba en su mesa a intercambiar unas palabras. La conversación nunca duraba más de cinco minutos, y siempre incluía el discreto cambio de manos de un billete. A veces, simplemente lo dejaban en la mesa, detrás de un vaso, e Iván lo recogía casi sin mirarlo. En otras ocasiones, lo metían entre bromas en su bolsillo. Después de esos saludos, el visitante se levantaba y estrechaba la mano de Iván para despedirse, una mano que siempre seguía camino rumbo a su bolsillo, para guardar las drogas recién compradas.

Me imaginé a Patricia en esa misma mesa, comprando pastillas o bolsitas de polvo. Y luego quedándose para salir con Iván. Besándolo. Despertando con él. Sentí asco. De mi hija. De lo que yo misma estaba a punto de hacer.

No me atreví a acercarme a Iván en ese local. Habría llamado demasiado la atención. Incluso habría sido peligroso. Cuando terminó su turno de atención ahí, pagó su cerveza y se marchó. Salí tras él y lo seguí por las calles de bares y discotecas, entre peleas de borrachos y parejas de amantes.

Pensé que entraría rápidamente en algún otro local. Sin embargo, Iván comenzó a meterse por callejuelas laterales. Fui tras él, cuidando de ocultarme tras árboles y postes. Las calles se volvían cada vez más oscuras y despobladas. Iván se metía por callejones cada vez más pequeños y siniestros. A mi alrededor, las personas se iban convirtiendo en sombras inquietantes. Se oían gritos solitarios y golpes sin origen claro. Alguien pasó corriendo a mi lado. Me aparté del camino aferrada a mi bolso, temiendo que me lo arrancase.

Cuando recuperé la atención, Iván ya no estaba ahí.

Miré a un lado. A otro. Ni siquiera estaba segura de saber regresar al bar de antes. Un viejo pasó por la acera de enfrente, rumiando insultos para sí mismo. No me atreví a preguntarle nada. Quería ser invisible en esa calle. Quería desaparecer. Teletransportarme a casa. Volví sobre mis pasos, tratando de no temblar.

En cuanto llegué a la esquina, alguien salió a mi encuentro de golpe. Y se me acercó. Era un hombre. Apenas había farolas, así que sentí su olor a alcohol antes de reconocer su rostro.

Era Iván.

—Qué sorpresa encontrarla por acá, señora

Fontana —dijo. Tenía la voz pastosa y la mirada vidriosa—. ¿Ahora sale de noche? ¿Su marido lo sabe?

Se rio, pero mecánicamente, sin mucho entusiasmo.

No tenía que haberlo buscado. No a esa hora, al menos, sino al mediodía, una hora con luz y peatones en su sano juicio y testigos en la calle. Pero ya estaba ahí. Y no podía hacer otra cosa que seguir adelante.

—Quería hablar contigo —le dije.

—Hable, pues.

De repente, a nuestro alrededor ya no sonaban gritos ni músicas extáticas.

Nos rodeaba un silencio profundo y sepulcral.

—Yo… pensé que podríamos ir a algún lugar…

Esta vez, su carcajada fue más expresiva. Sonó diabólica.

—¿Me está invitando a tomar una copa, señora Fontana? Por aquí viven algunos amigos. Podríamos ir a su casa. Me agradecerán que lleve a una chica.

Jamás en mi vida había conocido a nadie tan odioso. Tan feliz de humillarme y denigrarme. Comprendí que podía pasarse horas haciéndolo, como quien mira partidos de fútbol. Cambié de opinión sobre ir a un lugar, donde todos los clientes nos estarían interrumpiendo para comprarle drogas a Iván. Decidí olvidarme de establecer una relación amistosa e ir al grano.

—Seré rápida —anuncié—. Lo único que quiero es que nos olvidemos. Tú de mí y yo de ti.

Se apoyó en la pared, cerró los ojos. Por un segundo, creí que se había dormido. Finalmente, dijo:

—Nada me haría más feliz.

Los latidos de mi corazón redujeron un poco la velocidad. La cosa iba por buen camino. Sobornar al juez de Percy Cuadrado me había dado miedo. No quería seguir por esa senda. Tampoco quería más conflictos con Iván, porque eso solo aumentaría los problemas con mi hija Patricia. Y temía lo que podía descubrir con Rodolfo. Si me estaba engañando, tendría que quedarme sola ante cualquier peligro.

Quería liberarme de conflictos innecesarios. Comenzar de nuevo. Resetear mi vida. Y para eso, era necesario soltar lastre. Dije:

—Retira los cargos ante el juez. Solo mantener el juicio te costará un dinero que no tienes. Retrasaré cada trámite. Haré que hagan falta miles de papeles. Cada una de esas cosas te costará quinientos dólares. Aunque acabaras ganando, terminarás perdiendo. Déjame en paz. Yo te dejaré en paz. Y asunto arreglado.

Él bajó la cabeza. Hizo un ruido. No pude determinar si reía o lloraba en voz baja. Al fin, respondió:

—¿Y eso es todo? ¿Así no mandará quemar mi casa?

—¡Yo no mandé quemar tu casa!

—¿De verdad?

En ese instante, se me clavaron sus ojos vidriosos. A pesar de la poca luz, noté que estaban rojos como dos semáforos. No pude sostener esa mirada. Ni siquiera estaba segura de no tener nada que ver con el incendio. Solo quería salir de ahí.

—¿Quieres dinero? Te daré dinero. Dime cuánto.

Revolví el bolso, como si fuera a darle las monedas que se entregan al que te cuida el coche. Un movimiento reflejo, y muy estúpido, que solo sirvió para enfadarlo.

—Así resuelve las cosas usted, ¿verdad? Le entrega un poco de dinero al problema y el problema se marcha.

De repente, su actitud corporal había cambiado. Ahora estaba erizado. Parecía un felino a punto de saltar sobre su presa. Yo recuperé mi aplomo profesional. Comencé a hablar como una abogada. Con una seguridad que llevaba días perdiendo:

—Lo único que quiero es que desaparezcas de nuestra vida. Es posible que hayamos tenido malentendidos. No creo que debamos vivir para siempre con ellos.

Él se me acercó. Me daba miedo encontrarme al alcance de su mano, donde pudiese alcanzarme de un zarpazo. Sin embargo, no me moví. No quería mostrar debilidad. Él merodeó un poco a mi alrededor. O quizá se estaba tambaleando. Y me hizo una propuesta:

—Ok. Lo olvidaré todo. Necesito lo justo para arreglar mi casa. Ni un centavo más. Mi familia necesita trabajar mucho más que usted para reunir ese dinero.

Tendría que hacerle firmar un papel liberándome de cualquier responsabilidad en el siniestro. Pero la casa era barata. Lo que estaba en juego era mucho más valioso. Asentí con la cabeza. Y él se puso como un niño de contento. Juntó las manos, rio. Dio saltitos sobre su sitio. Mirarlo daba un poco de vergüenza ajena. Hasta que dijo:

—Ya verá qué contenta se va a poner Patricia. Será genial llevarnos todos bien y poder vernos sin rencores. Al fin y al cabo, somos casi una familia, ¿verdad?

Stop. Retroceder. Todas las alarmas disparadas. Le aclaré con vehemencia, con urgencia:

—No vas a verla. Eso es parte del trato. Te lo he dicho. Aquí se acaba todo. Y ninguno de los dos vuelve a saber del otro. ¿Es que no lo entiendes?

Ahora, ni siquiera se puso amenazante. Su rostro reflejaba decepción. Volvió a apoyarse en la pared y se dejó caer hasta terminar de cuclillas en el suelo. Dijo:

—Entonces váyase a la mierda.

Habíamos estado tan cerca. Pero estaba tratando con un maldito *dealer* narcotizado, completamente ciego ante la realidad. Me aferré a mi bolso y eché a andar de regreso a mi coche, no sin antes explicarle, en caso de que no lo hubiese entendido:

—Estoy protegiendo a mi hija.

Sin levantarse del suelo, replicó:

—Usted ni siquiera conoce a su hija. Soy yo quien la está protegiendo. De usted.

LA AMANTE

Instrucciones para seguir a alguien. Primero: debes usar dos vehículos. De ese modo, ambos pueden alternarse sin despertar sospechas.

Segundo: cada vehículo debe llevar dos ocupantes: un conductor, atento a la ruta, y un copiloto, que se coordina con el otro vehículo vía *walkie-talkie*. Nada de teléfonos celulares. Apagar los celulares. Dejan rastro y pueden ser localizados con facilidad. En las comunicaciones, nunca debe mencionarse el nombre de la persona que se sigue. Tan solo debe llamársele «el objetivo».

Tercero: para persecuciones urbanas, debe tratarse de coches muy comunes. Nunca deportivos o marcas de lujo. Un Ford Fiesta o un Nissan Versa te servirán. De preferencia, de color gris oscuro, no negro. Si uno de esos deja de seguir al objetivo y vuelve a aparecer diez minutos después, el objetivo creerá que son dos coches diferentes. Lo más probable es que ni note su presencia.

En suma: seguir a alguien es un trabajo caro.

Sin embargo, si se hace con profesionalidad y sobre un objetivo desprevenido, la persecución no debe durar mucho. Las personas suelen tener rutinas fijas. De casa al trabajo. Del trabajo a casa. Con una parada en algún otro lugar. Por ejemplo, en casa de su amante.

Los hombres de Percy apenas necesitaron tres días para encontrar el lugar donde mi esposo celebraba sus encuentros furtivos. No era una casa. Era un hotel. Y no uno muy refinado. Prácticamente, un discreto picadero de clase media en el barrio de San Miguel. Quizá necesitaba un precio reducido porque asistía con frecuencia. Solo durante esas setenta y dos horas, Rodolfo acudió dos veces. Aunque sus vigilantes no pudieron determinar la identidad de su acompañante, que, al parecer, lo esperaba en la habitación.

El cuarto día, los hombres de Percy me preguntaron si quería sorprender a mi marido personalmente en su infidelidad. Contesté que sí.

Esa misma tarde, tenía una reunión de trabajo con dos socios del bufete. Pensábamos ofrecer nuestros servicios a una enorme cadena de hoteles. Los ejecutivos nos citaron en su majestuoso despacho del piso veinticinco. Desde la sala de juntas, la ciudad parecía un criadero de hormigas a nuestros pies. Pero yo solo pensaba en Rodolfo, revolcándose en una cama con otra mujer.

Los ejecutivos del hotel parecían satisfechos con nuestra propuesta. Habían tenido una mala experiencia con su despacho anterior. No aclararon cuál, pero dejaron claro que no estaba «a la altura» de sus clientes. Sonreí y repetí algún palabreo de negocios. Pero por mi mente, pasaba Rodolfo, desnudo, restregándose contra un cuerpo ajeno.

Nos quedaban por negociar algunos detalles del contrato referidos a las prestaciones básicas y los extras, precisamente las cláusulas que me correspondían. Yo llevaba un discurso muy bien armado sobre cómo pagarnos más los beneficiaba. Aunque sabía que, para esa gente, lo importante no era el dinero. Al contrario, pagar muy poco los habría ofendido.

Aún recuerdo al socio mayor del estudio anunciándome con una sonrisa satisfecha, como quien presenta a una alumna aventajada:

—Maritza pasará a exponer esta parte de nuestro acuerdo.

Sobre la mesa larga, había tazas de café, jugos de naranja y papeles. A su alrededor, corbatas, corbatas, corbatas. El mundo corporativo es un mundo de hombres con chaquetas anchas y corbatas, un mundo lleno de barrigas ocultas bajo la ropa.

Cuando estaba a punto de hablar, llegó a mi WhatsApp un mensaje. Una ubicación. El hotel.

—Con permiso —dije. Cerré mi dosier, lo metí en el maletín y eché a andar. Al principio, sonaron algunas risitas. Alguien creía que yo estaba haciendo un poco de teatro para asegurar su atención. Mis socios solo comprendieron que me marchaba de verdad cuando crucé la puerta:

—¿Maritza? ¿Te sientes bien? ¿A dónde vas?

Pero las puertas del ascensor acallaron sus voces al cerrarse detrás de mí.

Durante todo el camino al hotel, me pregunté qué le diría a mi marido al pillarlo infraganti. Imaginé diferentes escenas, en las que lo abofeteaba, lo insultaba, o simplemente le daba la espalda para marcharme dignamente. Cuando llegué, me sorprendió el nombre del lugar: hotel Edén. Me hizo pensar en paraísos perdidos y reinos derrotados.

Esperé en la recepción media hora. A cada segundo, me asaltaban imágenes de lo que mi esposo podía estar haciendo, imágenes que yo intentaba ahuyentar con mis ideas sobre su cara cuando me encontrase ahí. Pero por lo visto, sus sesiones sexuales eran largas.

Le mostré al recepcionista la foto de mi billetera, en la que Rodolfo sonreía junto a sus hijas. La imagen que yo le enseñaba a todo el mundo para ilustrar nuestra felicidad familiar.

—¿Vio entrar a este hombre?

El recepcionista, un enano gordo con cara de depravado, se encogió de hombros. La discreción formaba parte de sus obligaciones.

Le exigí:

—Quiero que me dé su número de habitación. Es una emergencia.

El enano sonrió. Imaginaba qué tipo de emergencia. Su hotel era prácticamente un hospital de esas urgencias.

—No puedo revelar las habitaciones de nuestros huéspedes.

No iba a discutir. Coloqué sobre el mostrador un billete de cien dólares. Él puso los ojos en blanco y suspiró:

—Señora, yo lo aceptaría. Pero el tipo ha pasado de largo directamente al ascensor. No sé en qué habitación ha entrado.

Me mantuve ahí dos horas más, viendo entrar y salir a las parejas, torturándome al pensar en todo lo que se podía hacer en ese tiempo entre las sábanas. Pero Rodolfo siguió sin aparecer.

Ya era de noche cuando recibí una llamada de mi casa. Era Pascuala:

—Señora, el señor Rodolfo pregunta si la espera para cenar.

El suelo se movió bajo mis pies:

—¿Rodolfo? ¿Ha llamado?

—No, señora. Está aquí. Llegó hace media hora.

Un rayo de esperanza iluminó mis sospechas. Quizá, después de todo, Rodolfo no había estado nunca en el hotel. Quizá todo era un error. Quizá aún tenía familia.

Pregunté al recepcionista:

—¿Hay alguna otra salida de este hotel?

El hombre señaló hacia el suelo, o aún más abajo:

—Por el estacionamiento. El cuarto se paga por adelantado, así que por lo general, al salir, los clientes bajan en el ascensor directamente hasta sus coches.

Me quedé congelada, en medio de esa recepción, sintiéndome una estúpida.

En el teléfono, la voz de Pascuala seguía preguntando:

—¿Señora? ¿Señora?

A la hora de la cena, Rodolfo parecía perfectamente tranquilo.

—¿Dónde has estado? —pregunté.

—En el despacho —respondió sorbiendo la sopa—. Tenía toneladas de trabajo aburrido.

Leí una vez en una revista femenina que la mejor manera de encubrir una aventura es mentir en tono cotidiano. Hacer que todo tenga la poca importancia de la rutina, para que el tema pase de largo sin hacer daño. Como: «¿Un amante? Por Dios, si ya tengo bastante contigo», o: «Fue un viaje muy pesado, lleno de reuniones». O «tenía toneladas de trabajo aburrido». Si yo había leído esa revista, quizá Rodolfo también.

Pero ¿era él capaz de mentirme con tanta sangre fría? ¿Acaso llevaba haciéndolo toda la vida? ¿O quizá no? Quizá era un error, y los hombres de Cuadrado habían seguido al tipo equivocado.

Quizá yo me había casado con el hombre equivocado.

Pensé en mi padre. Y en mi madre. Quizá debía

volver donde la psicóloga. Quizá era hora de hablar de esas cosas.

—No me han escogido para el equipo de gimnasia —se quejó Liliana. Solo entonces recordé que en esa mesa había más gente: mis hijas, yo misma, mi vida.

—¿Qué pasó? Eres buena en gimnasia.

—Pero la profesora me odia.

—No te odia. —Sonrió Rodolfo, como siempre conciliador—. Quizá solo debes ensayar más.

—¡Me odia! —gritó la niña—. ¡Y tú también!

Yo no tenía fuerzas para discusiones. No quería pelear. Necesitaba un poco de paz, aunque fueran solo unos minutos. Serví agua y desvié la conversación:

—¿Y tú, Patricia? ¿Cómo va tu rehabilitación?

—Bastante bien —contestó ella, con un ánimo que yo llevaba meses echando de menos—. Puedo caminar sin ayuda. Y el doctor dice que puedo manejar el carro también.

Por supuesto, Rodolfo celebró:

—¡Qué bueno! Puedes usar mi coche cuando yo no lo necesite.

En mi interior, se encendieron las alarmas. Pensé en Iván Araujo. En ese barrio de bares y borrachos. En Patricia conduciendo por ahí después de ver a Iván, y estrellándose contra un poste. No estaba lista. No estábamos listas. Y lo dije:

—Creo que es mejor que no conduzcas todavía. —A Patricia se le congeló la sonrisa:

—¿Cómo, mamá?

—Tienes que tomártelo con calma, ¿ok? Además, hay otras prioridades.

—¿Cómo cuál? —Su voz casi enfrió los platos de la cena. Si lo que yo había querido era evitar una discusión, lo había hecho todo mal. Pero ya no había marcha atrás.

—Es hora de tomar decisiones, Patricia. ¿Qué vas a hacer con tu vida? ¿Vas a estudiar? ¿Vas a trabajar? No puedes pasarte el resto de tus días mirando el Twitter.

Se levantó de la mesa. Rodolfo protestó:

—Patricia, por favor, tengamos una conversación civilizada… —Ella se limitó a contestar:

—Para tu información, mamá, yo uso Instagram. Y cuando quieras saber cómo soy en vez de cambiarme, avísame.

Se marchó a su cuarto. Liliana gritó:

—¡No quiero ir al colegio!

Rodolfo me dirigió una mirada de reproche, como diciéndome: «Mira lo que has conseguido».

Una cena habitual en la familia Fontana.

Pasé toda la noche oyendo roncar a Rodolfo. Mirándolo. Oliéndolo. De madrugada, me levanté en la oscuridad a revolver su ropa sucia en busca de una evidencia. Me imaginaba despertándolo, con una foto comprometedora en la mano, o un labial ajeno: «¡Ajá! ¡Te he descubierto!».

Por momentos, conseguí dormir, un sueño que se confundía con la vigilia, donde no podía distinguir lo soñado de lo pensado conscientemente. Entre las imágenes que pasaron por mi mente, aparecieron mis padres. Gritándose entre ellos. Rompiendo platos y mesas de cristal. Había algo que yo trataba de sepultar. Y ahora quería salir a la superficie. Como un muerto viviente.

De pronto, me asaltó una imagen persistente. Yo volvía del colegio en la camioneta de la madre de una amiga. Una camioneta llena de niñas gritonas. Bajé del coche frente a mi casa. Di las gracias. Caminé hacia la puerta. Había algo extraño en el ambiente. Algo nuevo. Cuando abrí la puerta, mi perro salió corriendo a darme el encuentro. Se llamaba Manchitas, un nombre nada ingenioso para un perro con manchas, y solía ser muy alegre, pero esa tarde gemía y bufaba. Lo acaricié. Lo calmé. Y entonces levanté la vista.

Y ahí estaba, frente a mí, el recuerdo que yo me pasaría el resto de la vida tratando de enterrar.

Por la mañana, cuando abrió los ojos, Rodolfo me encontró mirándolo fijamente. Para mis adentros, pensé que sabría por qué lo miraba, que se vendría abajo y lo confesaría todo, que se arrepentiría ahí mismo.

Él solo sonrió y dijo:

—Buenos días, princesa. ¿Has dormido bien?

¿Cómo se puede mentir con una sonrisa? ¿Cómo se puede mentir cada minuto del día a quien te encuentras todos los días? Él me besó. Y yo sonreí. Pero mi sonrisa tampoco era de verdad.

Inés me esperaba en mi despacho, con los ojos más abiertos que nunca, como dos platillos voladores:

—Maritza, ¿qué pasó ayer?

Me desplomé en mi butaca, agotada de solo pensarlo:

—¿Te refieres a qué pasó con mi hija mayor? ¿O con la menor? ¿O con Rodolfo? No sé ni por dónde empezar.

Pero habían pasado más cosas, cosas que yo no recordaba. Inés se explicó:

—Me refiero a que desapareciste de la reunión con los hoteleros.

—Ah, eso.

Inés abrió tanto los ojos que los párpados le llegaban hasta la nuca.

—Maritza, ¡los socios están furiosos! Dejaste plantada una negociación. Ni siquiera sabían qué decir o por qué. Les has hecho perder mucho dinero. Y sobre todo, les has hecho hacer el ridículo.

—Dios mío… Ayer fue un día intenso.

Quizá por empatía femenina, quizá por conocerme desde hacía ya tiempo, Inés cambió de actitud. De repente, no me estaba regañando. Al contrario, tenía cara de genuina preocupación:

—¿Has descubierto algo sobre Rodolfo? —preguntó—. ¿Por eso estás tan rara? —No pude más.

Me eché a llorar. Inés cerró la puerta del despacho y se me acercó. Me tomó de la mano. Esperó a que me calmase. Cada día me hacía más vulnerable ante ella. Pero es que si no, ¿ante quién?

Le conté todo. Mis horas haciendo la idiota en ese hotelucho. Mi sensación de dormir junto a una máscara vacía. Ella me escuchó, como hace una mujer. Los hombres creen que una les cuenta un problema para recibir a cambio una solución, como quien recurre a un asesor financiero. Se les mueve el pie con impaciencia, en espera de que llegues al punto. Cuando al fin dan la exposición por terminada, proponen una acción racionalmente diseñada.

Las mujeres sabemos que, con frecuencia, solo necesitamos contarlo. Sacarlo de nuestro interior. Al convertir nuestros sentimientos en palabras, nos liberamos un poco de ellos. A menudo, es todo lo que necesitamos.

Cuando terminé, Inés me dejó calmarme. Me hizo respirar. Me obligó a beber un trago de su botella de Coca-Cola. Y me hizo notar que mis problemas no habían terminado. Trató de decirlo con mucha prudencia, sin alterarme, pero no podía callarlo. A eso había ido a mi despacho.

—Yo… Ehhh… Maritza, hay una reunión de socios. Te están esperando.

Encontré dos mujeres y tres calvos. El directorio de mi estudio tenía todo el pelo en el lado femenino. Pero no siempre había sido así. Tiempo antes, todos éramos unos abogados ambiciosos y dinámicos, llenos de proyectos para comernos el mundo. En esos tiempos, dos de los socios varones hasta llevaban el pelo largo. Y corbata estrafalaria.

A lo largo de los años, el éxito de la empresa había ido limpiando sus cabezas, tiñendo su ropa de gris, y de paso, convirtiendo nuestra amistad en una relación de negocios. Ahora, éramos tan amigos como lo determinase el balance trimestral.

Al entrar en la lustrosa sala de juntas con asientos cromados y alfombra incolora, los tres calvos tenían una actitud severa, como un semáforo con todas las luces en rojo. La mujer, en cambio, estaba diferente. Ella se veía claramente furiosa. Ellos siquiera me dijeron buenos días. Ella bajó la mirada, incapaz de mirarme a los ojos.

Asumí que lo mejor era adelantarme y pedir disculpas por mi abandono del día anterior. Cuando estás equivocada, debes admitirlo. Cualquier otra actitud solo sirve para cargar más tiempo con tu culpa. Hacía falta escenificarlo todo cuidadosamente. Bajé la mirada, entrelacé los dedos y rogué:

—Perdón por lo de ayer. Fue completamente inesperado. Tuve una emergencia personal. No tenía tiempo de darles detalles…

Cuando volví a alzar la vista, todos seguían sentados frente a sus botellas de agua y sus tazas de café. A mí nadie me había ofrecido nada. De un lado de la mesa, se alzaba un gigantesco televisor que a veces usábamos para las teleconferencias. Quizá esperaban que me disculpase por pantalla con algún ejecutivo de la cadena de hoteles.

Uno de los socios que había estado conmigo en el hotel parecía más sereno. Se acomodó los lentes y me preguntó:

—¿Hay algo más que quieras decirnos, Maritza?

Comprendí la señal. El directorio esperaba una disculpa más profunda. Tomé aire y les di lo que me pedían. De todos modos, tenían razón. Dije:

—Desde el accidente de mi hija, las cosas se han complicado mucho. Sé que he estado demasiado ausente. No he participado como me corresponde en las decisiones. Incluso he actuado de un modo extraño. Son días extraños. Lo lamento. A partir de ahora, renovaré mi compromiso con nuestra sociedad. Quiero que volvamos a ser los de siempre.

—¡Los de siempre! —dijo él. No sé si con esperanza o con sarcasmo.

Recuperé con nostalgia viejos recuerdos: cuando decidimos asociarnos los cinco, cuando conseguimos el local para el estudio, cuando ganamos nuestro primer caso grande, contra el bufete más prestigioso del país. ¿Qué había pasado con nosotros desde entonces? ¿En qué nos habíamos convertido? ¿No teníamos lo que queríamos? ¿Por qué no estábamos felices?

Aunque yo ni siquiera sabía si ellos lo eran o

no. Llevábamos años sin tener una conversación personal.

La única mujer del grupo levantó el rostro hacia mí por primera vez. Se veía dolida, como si la hubiese abofeteado:

—¿Cómo has podido hacernos esto? —me recriminó—. ¿Por qué lo has hecho?

Durante la universidad, ella y yo habíamos sido las mejores amigas. Yo la había llevado borracha a su casa miles de veces, y habíamos salido con los mismos grupos. Incluso la había representado en su divorcio, cinco años antes. Por alguna razón, ella pensó que el trato alcanzado no era justo. Nuestra relación nunca se recuperó de esa sospecha absurda. Pero qué más da: somos humanos. No estamos hechos de certezas, sino de dudas, incertidumbre, verdades a medias, como puertas semiabiertas a la realidad.

Le contesté:

—Ya te lo he dicho. Una emergencia personal.

Otro de los socios intervino:

—Sabes que podías decirnos lo que fuera, ¿verdad? Que nos habría encantado escucharte.

Con ese, ocho años antes, yo había tenido una aventura. Nos habíamos acercado levemente, al principio con disimulo, y después con hambre. Habíamos pasado una época de revolcones en hoteles de paso, hasta en estacionamientos, dentro de su coche con cristales oscuros. Incluso habíamos pensado en dejarlo todo y largarnos juntos, en algún momento de borrachera amorosa. Después, yo había quedado embarazada de Liliana, y simplemente lo habíamos dejado. Nunca habíamos vuelto a hablar al respecto. ¡Dios, habían pasado siglos en esos ocho años!

Ahora, le respondí:

—No quería importunarlos con mis problemas personales. Pensé que podría controlarlo todo. Está claro que me equivoqué.

El último socio había esperado en silencio hasta ese momento. Era el más oscuro de todos. Nunca nos habíamos entendido muy bien. A mi amante se le había escapado alguna vez que este se sentía atraído por mí, y que por eso se dirigía a mi persona con aparente frialdad. Quizá ahí se encontraba el origen de nuestra mutua incomodidad. Quizá por eso mismo, ahora me dirigía la mirada más cargada de decepción mientras sentenciaba:

—Y ahora te has vuelto a equivocar.

Empecé a cansarme. Ya estaba bien de ponerme de rodillas. Contesté:

—No sé qué más puedo decir.

—Podrías haber dicho la verdad —respondió la socia—. Esta era tu última oportunidad.

Tenía en la mano un control remoto.

Activó el televisor.

En la pantalla apareció una habitación, que al principio no reconocí, porque nunca la había visto desde esa perspectiva. Pero después de unos segundos, una mujer entró en el cuadro. Se dirigió a la ventana y miró hacia el exterior. De espaldas, se veía elegante, quizá demasiado preocupada por su ropa y su peinado perfecto.

Cuando se dio la vuelta, me reconocí a mí misma.

Tenía el rostro tenso, endurecido. Supuse que, de no ser ruinoso para las uñas, me las habría estado comiendo.

Entonces comprendí dónde se habían tomado esas imágenes.

En El Remanso. En mi propiedad. Junto a las cortinas de encaje y el colchón anatómico. Sin mi permiso.

También reconocí cuándo llevaba esa ropa: el traje sastre blanco hueso con la blusa violeta. Sin esperanza, deseé que fuese una casualidad. Que las imágenes no correspondiesen a lo que yo me temía. Debía haberme vestido así muchos otros días, ¿no?

No. Era ese día. ¿Cuándo más podría haber habido una cámara?

A continuación, ingresó el juez del caso de Percy Cuadrado, aquel hombre viejo y antipático. Y volví a vivir toda la escena que, a esas alturas, solo quería olvidar. Escuché su voz, un tanto deformada por hallarse lejos del micrófono, pero audible:

—¿Usted? Pensé que enviaban otras personas a hacer estas cosas.

—Quizá yo soy esa otra persona.

—Van a pensar que somos amantes.

—No vamos a durar lo suficiente.

Pero sí habíamos durado lo suficiente para dejar registro. La cámara había sido colocada en la mesa de noche, quizá dentro del despertador o en la lámpara, y daba fe del soborno con suficiente claridad para no tener que buscarme una excusa. Simplemente, no hacía falta. Ahí estaba toda la evidencia.

Mientras la grabación avanzaba, evité las miradas de mis socios.

Me concentré en mirar hacia el futuro.

Y solo vi un abismo negro y profundo.

¿Por qué fui a ese lugar? ¿Por qué no busqué a mi familia, a alguna amiga, a Inés, que estaba en el despacho?

Quizá porque las palabras me quemaban en la garganta. Se me escapaban del cuerpo como lágrimas que llevasen mucho tiempo contenidas. Y solo ahí estaba segura de que ahí se quedarían. Nadie las andaría repitiendo por el mundo ante oídos indiscretos. Nadie me pondría una cámara. Necesitaba contar muchas cosas. Por primera y por última vez.

La doctora Garmendia llevaba puesto un abrigo y el bolso en el hombro. Había oscurecido ya. Seguro que se preparaba para salir. Pero al verme, sus ojos se abrieron con curiosidad detrás de sus gruesos lentes, y no me rechazó. Dije:

—¿Usted quería hablar? Ahora podemos hablar.

Ella dudó unos segundos, pero al final, me invitó a pasar. Tuvo que encender las luces de nuevo. Me senté en el sillón junto a la puerta. Extrajo de un cajón su libreta. Se acomodó los lentes, cuyas patas desaparecían entre sus espesos rizos.

—¿Por qué ahora? —preguntó—. ¿Por qué no ha pedido una cita?

No supe bien qué responder. Hasta ese momento, no lo había pensado. Yo había llegado ahí casi sin darme cuenta, empujada por una fuerza desconocida pero implacable. Solo cuando ya estaba sentada frente a esa mujer fría y analítica comprendí lo que había ido a hacer, lo que tenía que decir.

—No tenía tiempo —respondí.

Ella tomó unas notas en su libreta, y dio la señal de partida:

—¿Y de qué quiere hablar?

A partir de ahí, la historia comenzó a salir de mis labios como una catarata. Por primera vez en años, hablé de mis padres. Mis hijas apenas sabían nada sobre ellos. Yo ni siquiera recordaba cuándo exactamente los había sepultado en un profundo sepulcro de silencio. Pero ahora, el relato fluía imparable. Por momentos, incluso sentía que tenía a mis padres a mi lado, dictándome la historia, corrigiendo los detalles. Los había tenido encerrados en un rincón de la memoria mucho tiempo, y ahora, de repente, estaban felices de salir al aire libre.

Yo diría que tenía padres normales. Me refiero a que no eran ni pobres ni ricos. Vivíamos en un edificio gris de San Felipe. Y hasta donde soy capaz de recordar, no sonreíamos mucho.

Mi padre era un hombre riguroso y muy religioso. Trabajaba todo el día y llegaba muy tarde, generalmente justo a tiempo para darme el beso de las buenas noches. Los fines de semana, nos llevaba a misa y a comer pollo a las brasas. Tenía claro lo que la vida exigía de él, y cumplía sus obligaciones sin rechistar.

Mi madre era diferente. Ella tenía el carácter alegre. Todo el mundo la saludaba en la misa, o cuando íbamos por la calle. Y ella siempre tenía una sonrisa para ofrecer. Mamá enseñaba lenguaje en la secundaria de mi propio colegio, así que me recogía del colegio al salir y me cuidaba por las tardes. Yo pasaba mucho tiempo con ella, cocinando o mirando los peinados de las actrices en las revistas.

Yo no veía a muchas amigas. Es decir, tenía amigas, pero cuando las invitaba a casa, siempre surgía un problema. Ese día era imposible recibirlas. O mi madre amanecía sintiéndose indispuesta justo esa mañana.

Tampoco asistía a muchas fiestas de las demás.

Mamá decía que yo tenía que concentrarme en estudiar. Aunque los estudios me dejaban mucho tiempo libre, que pasaba con mis juguetes, frente a la tele o con mi madre.

Supongo que me aburría. Pero no protestaba. Era la única vida que conocía. No tenía con qué compararla.

En cambio, mamá sí que recibía a amigas. Muchas tardes. Venían a casa y conversaban con ella en la sala, bebiendo margaritas y mojitos que ella misma hacía, escuchando boleros de Héctor Lavoe. También fumaban como chimeneas. En esa época, era normal fumar dentro de las casas. Encerrada en mi cuarto, yo escuchaba sus murmullos, y a veces, sus risotadas, animadas por la bebida y la música.

Las amigas venían a casa por temporadas. Iban cambiando. Y nunca venía más de una a la vez. Durante sus visitas, mamá no me prohibía salir de mi habitación, pero yo sabía que no era bienvenida ahí afuera. Me pasaba las tardes dibujando, imaginando historias o jugando con mis muñecas. En esos juegos, yo era una mamá que siempre tomaba té con sus amigas mientras mis hijas hacían sus cosas en la habitación.

De vez en cuando, los discos de vinilo de la sala se agotaban, y el exterior se quedaba en silencio. Entonces, me permitía salir. Vagaba por el pasillo, cruzando un aire denso, cargado con el humo rancio de los cigarrillos y el olor a alcohol. Tenía la certeza de haberme quedado sola en casa.

Creía que mi madre me había dejado olvidada.

Pero al final, cuando eso pasaba, siempre acababa escuchando los murmullos en su habitación. Risitas. Respiraciones. Y ruiditos de muebles al moverse.

Las amigas de mi madre abandonaban la casa al anochecer, dejándome una sonrisa y un pellizco en las mejillas, diciéndome: «Algún día serás como tu mamá». Tras su partida, mamá preparaba una cena precongelada y me mandaba a dormir. De vez en cuando, veíamos la tele un rato. A ella le encantaban los programas de concurso, sobre todo los de preguntas y respuestas. Con su cultura de profesora escolar, trataba de responder a los acertijos antes que los concursantes. En mi recuerdo, lo hacía bien.

Yo le preguntaba:

—¿Por qué no vas a uno de esos programas? Podrías ganar dinero.

Y ella respondía:

—Yo ya tengo todo lo que necesito.

Me besaba en la frente y me mandaba a dormir.

Tengo esos recuerdos empañados. Los veo a través de un cristal opaco. Como siluetas con formas vagas. Pero más o menos así fueron las cosas. Hasta que dejaron de serlo.

El día que he tratado de olvidar durante el resto de mi vida, sonaba en el tocadiscos la música de

Lavoe. Mi madre había llevado a casa a una vecina del barrio. La reconocí de haberla visto en misa varios domingos. No recordaba que hubiese hablado con mi familia, pero ahora se veía muy amigable. Incluso me había traído un regalito: chocolates en forma de corazón. Mi madre me permitió comerme hasta tres si me metía en mi cuarto, y corrí a probarlos.

Cuando ya iba por el quinto chocolate, se me antojó un vaso de leche. Ya no había nadie en la sala, así que me atreví a salir. En el camino a la cocina, atravesé el aire espeso de siempre, aunque esta vez, encontré un aroma añadido, un olor que no pertenecía al conjunto, como un gato en medio de un rebaño de ovejas.

Solo al pasar por la sala conseguí precisar lo que era: la colonia de papá.

Ahí estaba él, de pie entre los ceniceros rebosantes y los vasos vacíos, como una aparición entre la niebla de tabaco, examinando el paisaje de la sala con una mezcla de curiosidad y reprobación. Recuerdo haberlo saludado feliz:

—¡Papi! ¡Has venido temprano!

Y lo recuerdo a él llevándose el dedo a la boca para pedirme silencio.

Durante unos segundos, pensé que era un juego. Pero en los juegos se sonríe, y él se veía muy serio.

—Regresa tu cuarto —susurró.

Ya estaba acostumbrada a que me mandasen al

cuarto. Sin embargo, esta vez, obedecí con la sensación de que algo malo ocurría. Quizá había un ladrón en la casa, a juzgar por los pasos sigilosos que daba mi padre, mientras husmeaba en cada rincón. Me encerré en mi cuarto y lo sentí abrir la puerta del suyo. Durante los siguientes minutos, solo recuerdo rumores, murmullos, ruidos sordos. El sonido de pies arrastrándose, y algo que ahora, si pienso en ello, me parece un llanto contenido.

Las memorias de infancia son muy extrañas. Se mezclan con los sueños y las fantasías. Se reforman y deforman con el tiempo. Mientras narraba todo esto a la doctora Garmendia, comprendo que nunca le di suficiente importancia. En la mente infantil que atestiguó esa tarde, dejaron más huella los chocolates, la llegada temprana de mi padre, la sospecha del ladrón. Pero nunca pregunté qué había pasado, ni sentí que hubiese algo extraño en el aire. Para un niño, nada es extraño. Lo anormal requiere de un concepto de normalidad que solo da la edad.

Guardo la imagen de mi madre de los días siguientes, muy silenciosa. Había perdido toda esa alegría e interrumpido sus reuniones de amigas. Ni siquiera aparecía por misa, porque siempre le daba un dolor de cabeza los domingos por la mañana. Y quizá también pasaba catarros constantes, porque tenía los ojos rojos todo el tiempo.

Por el contrario, no recuerdo ningún cambio en mi padre. Supongo que un hombre tan contenido no podía mostrar cambios demasiado ostensibles. No podía alterar ninguna emoción, porque no enseñaba ninguna. Me gustaría ser capaz de volver a nuestros largos desayunos silenciosos, o a nuestras sesiones de televisión de los domingos por la tarde, para descubrir una mirada torcida por su parte, o un gesto delator de sus sentimientos. Pero cuando rasco en los bolsillos de mis recuerdos, no encuentro nada por el estilo.

Una mañana, nadie me despertó. Era día escolar, pero abrí los ojos por mi cuenta, sin prisas ni presiones. La casa parecía ahogada bajo una pesada losa de silencio. Recuerdo haber dado los buenos días a mis muñecas. Y el rechinar de la puerta de mi habitación al abrirla. Y el suelo frío bajo las plantas de los pies, conforme me internaba en el pasillo. El aire estaba limpio. Ni rastro del humo denso de las viejas tardes. O del ruido de platos en la cocina.

En el pasillo, me pareció ver a mis padres conversando de pie.

Solo que no estaban conversando. Se miraban en silencio, uno al otro, recriminándose culpas que yo no era capaz de entender.

Y tampoco estaban de pie. O no lo estaba ella.

Mamá colgaba de una viga del techo, con la lengua afuera y las manos retorcidas. En su rostro deformado por la horca no quedaba ni rastro de su mirada pícara, de su sonrisa, ni de la mujer que ya tenía todo lo que necesitaba.

Bajo sus pies debía haber estado la mesa, donde recibía a sus amigas y servía sus cócteles. Pero solo se hallaba la alfombra. La mesa había terminado casi un metro a su derecha, volcada de una patada.

Frente a mi madre, papá contemplaba en silencio la naturaleza muerta de nuestro hogar. Fiel a su parquedad, ni siquiera lloraba. Solo parecía sentir una extraña curiosidad.

Los psicólogos nunca te dicen nada. La doctora Garmendia escuchó toda mi historia en silencio, anotando en su libreta detalles que yo no podía leer (¿los cócteles?, ¿el ahorcamiento?), sin hacer comentarios ni exteriorizar emociones. Por momentos, yo me preguntaba si ella no estaría haciendo la lista de la compra.

Cuando terminé, en el consultorio no se oía ni el tráfico del exterior. La noche teñía la habitación, desafiada solo por una tenue lámpara de pie. Y la doctora simplemente dijo:

—¿Nos vemos la próxima semana?

Respondí:

—Lo dudo.

Conduje de regreso a casa con la mente en blanco. Ni siquiera recuerdo haber hecho el camino. Por mi cabeza solo pasaba la necesidad de hablar en casa, de contarles a mi esposo y a mis hijas el extraño día que había tenido. Tenía que ser honesta sobre todas las cosas que yo era en realidad, sobre la Maritza que ellos no conocían.

Cuando atravesé la puerta de casa, encontré a Rodolfo con Liliana sentados en la sala. Estuve a punto de derrumbarme frente a ellos y soltarlo todo.

Pero una vez más, la vida aplastó mis planes.

—Tenemos un problema —anunció Rodolfo, antes de decir buenas noches o algo inesperado, como «te quiero», por ejemplo.

Traté de recuperar la iniciativa:

—Yo… Tenemos que hablar…

Pero Rodolfo no estaba capacitado para sutilezas o cambios de tema. Como la mayoría de los hombres que conozco, era unidireccional. Su cabeza, como una bicicleta barata, carecía de caja de cambios.

—Claro que tenemos que hablar —insistió—. Han llamado del colegio. Vengo de ahí. Te llamé, pero no contestabas el teléfono.

Me volví hacia Liliana. Ella tenía la mirada gacha. Los ojos prácticamente escondidos bajo la alfombra. Le pregunté:

—¿Has roto algo? ¿Le has pegado a algún niño?

La niña se encogió de hombros. Hizo un puchero de mocos y lágrimas. Pero ninguna palabra articulada salió de sus labios. Rodolfo la presionó:

—¿Se lo digo yo a mamá? ¿O se lo dices tú?

Liliana balbuceó alguna respuesta. Yo quise

decir que tenía cosas importantes que contar. Que por una vez, me dejaran hablar a mí primero. Que las niñas no eran las únicas con problemas en esa casa. Pero las madres no decimos eso, ¿verdad? Las madres atendemos los problemas de todo el mundo sin pensar en nosotras mismas. Tan solo quise saber, antes de entrar en materia:

—¿Dónde está Patricia?

—Le he prestado el coche para que dé una vuelta.

El coche. Sí. Ese aparato en que casi se mata. En que casi la matan. Y que usa para buscar al que casi la mata. ¿Cómo podía Rodolfo ser tan absolutamente irresponsable? ¿A quién se le podía ocurrir? Aunque no dije nada, todos esos pensamientos se debieron reflejar en mi rostro, porque Rodolfo me respondió al reproche antes de oírlo:

—Concéntrate, querida. Lo que vas a oír es fuerte.

—¿Puedes soltarlo de una vez?

Rodolfo volvió a preguntarle a Liliana si quería hablar ella. Pero la niña escondió la cabeza entre los hombros como una tortuga. Así que habló él.

No era una historia larga, de todos modos. Básicamente, habían descubierto a Liliana en el baño con otro niño. Los dos se habían escondido en uno de los baños y se habían bajado los pantalones. Cuando la profesora los encontró así, llevaban todo el recreo explorándose. Rodolfo usó esa palabra. «Explorándose». Por lo que entendí, significaba que se habían tocado, con las manos y un poco también con la boca. Al abrirse la puerta del baño, el niño salió llorando. Le explicó a la profesora que Liliana lo había obligado, y que él no quería, pero ella había decidido que eran novios. Ya lo habían hecho varias veces. Y cuando él se mostraba incómodo o amenazaba con desertar, mi hija lo amenazaba con contárselo a la profesora.

—Eso no es verdad —dije.

Eso no podía ser verdad. Tenía que haber sido iniciativa del niño, un enano perverso y mentiroso. Mi hija no hacía cosas así. En su pequeña cabeza ni siquiera cabían cosas así. ¿O sí?

Rodolfo la miró y le exigió participar:

—Liliana, dile a tu madre por qué lo hiciste.

Ella se tragó los mocos. Tenía el rostro hinchado y rojo. Respondió:

—Ese chico y yo somos novios. Eso es lo que hacen los novios, ¿no?

Quise decir que no. Que ni siquiera recordaba la última vez que lo habíamos hecho su padre y yo. Que a lo mejor lo hacía con otra, en el baño de un hotel, mientras regañaba a Liliana por hacerlo en su colegio, como hacen todas las familias hipócritas que reprochan a sus hijos los pecados que ellos mismos practican. Pero supuse que no era el lugar ni el momento para esas consideraciones.

—Sube a tu cuarto —dije—. Ya pensaremos qué hacer contigo.

Ella obedeció, y Rodolfo se pasó el resto de la noche refunfuñando. Tuvimos una interrupción a cargo de Patricia, que llegó a casa a medianoche y subió a su cuarto sin decir siquiera «hola». Pero no estábamos de humor para ocuparnos de ella.

—Esto lo sabrán todos los padres —decía Rodolfo—. Vamos a convertirnos en el centro de los chismes de los eventos familiares.

—¿De verdad es eso lo que te preocupa?

Quise añadir: «¿No te preocupa que tu matrimonio se va a la basura? ¿Que estás arruinado y le robas a tu mujer? ¿Que tu hija mayor aparece y desaparece sin que sepas dónde está?».

Habría podido añadir: «¿Y que tu esposa ha sobornado a un juez y ha sido descubierta? ¿Y que vive con el trauma de ser perfecta porque su familia no lo era? ¿Y que todo se derrumba en tus narices mientras tú piensas en el qué dirán?».

Pero no había manera de sacarlo un milímetro de su preocupación de relacionista público. Y no la hubo hasta que su voz se convirtió en un ronquido constante, como el de una morsa pesada y fría durmiendo en mi cama.

¿Sabes qué es lo único bueno de estar aquí?

Que ya no tengo que cuidar una reputación.

Entre ladronas, asesinas, narcotraficantes y estafadoras convictas no llamo la atención. No hace falta ninguna hipocresía moral.

Somos las malas. Y ya está.

Al mundo exterior puede parecerle escandaloso. Pero el mundo exterior está muy lejos.

Descubrí eso cuando vinieron mis hijas a visitarme, ¿recuerdas? Claro que lo recuerdas. Tú me lo enseñaste.

Nunca antes habían venido. Y no las culpo. Soy consciente de que la gente ahí afuera les recuerda a cada minuto lo odiosa que soy. Soy la hija del demonio. Encarno todo lo que su medio social —mi medio social— teme y desprecia.

Las niñas tienen suerte de llevar el apellido de su padre, pero a la vez, eso las expone. A veces, la gente les habla de mí sin saber que son mis hijas. Y ellas tienen que mostrarse escandalizadas y cambiar de tema a la primera oportunidad. Arrastran la vergüenza de haber salido de mi vientre, como si la moral fuese genética.

Mi mayor deseo, por eso, es verlas. Hablarles. Hacerles saber que no soy un monstruo. Que un monstruo no querría a nadie como yo las quiero a ellas.

Tuve que insistirle mucho a Rodolfo para que accediese a una visita. Tuve que recordarle que yo soy la madre de las chicas. Y que tengo derechos. Pero lo más útil fue recordarle que soy abogada. No iba a traerlas a la cárcel por sentido familiar. Solo para ahorrarse complicaciones legales. Me pasé varias llamadas amenazándolo:

—¡Te denunciaré!

Y él se reía de mí:

—¿De verdad? ¿Vas a denunciarme tú a mí? Qué poca vergüenza.

—Siguen siendo mis hijas. ¡No me las puedes quitar!

—No te las he quitado yo. Las has alejado tú misma. Es tu responsabilidad.

Y entonces, yo me dejaba de argumentos familiares y pronunciaba las palabras mágicas:

—Vas a necesitar mi firma para cualquier operación con nuestro patrimonio. Vas a necesitarla hasta para llevarte de viaje a Liliana. Piensa qué quieres hacer.

Solo entonces, cambió de actitud. No por comprensión, ni por entender a una madre, ni por hacer lo mejor para sus propias hijas. Solo por ahorrarse burocracia.

Las trajo un día de visita, pero él se quedó afuera. Mandó decir que no podía mirarme a los ojos. A esas alturas, de todos modos, me daba igual. Lo único que yo quería era tenerlas cerca.

El módulo de alta seguridad no nos permite tocar a nuestras visitas. Apenas podemos dirigirnos a ellas detrás de un cristal, a través de un teléfono. Al parecer, se supone que podríamos hacerles daño. O que ellas podrían traernos armas. Nuestros cuidadores nos tratan como a fieras enjauladas. Nos ponen en la frente un cartel que dice «prohibido alimentar a los animales».

Cuando vi a mis hijas entrar por el pasillo, se me aceleró el pulso. Apenas habían pasado unos meses desde nuestro último encuentro, aquel incidente violento que salió en los periódicos, en el que se cimentó toda mi fama de psicópata salvaje a nivel nacional. Y, sin embargo, en tan poco tiempo, ellas ya habían cambiado.

Te pierdes cinco minutos de un hijo y ya es otra persona. Te has perdido a un hijo que tuviste en ese tiempo. Has saltado a otro.

Patricia se había pintado el pelo de colores: rosado, azul. También se había colocado una pulsera de tiritas raídas. Estaba horrible, la verdad. Concentraba todas sus ganas de llamar la atención en distraer la atención de su pasado, o de la foto de los diarios. Pero seguía siendo mi hija, a su pesar.

Liliana estaba más alta, claro. Y más, digamos, adulta. Algo en su rostro tenía más expresión, más independencia.

Golpeé el cristal del locutorio con los puños. Reí como una loca. Pegué mis palmas a ese vidrio, en espera de que ellas pegasen las suyas. Pero las dos miraron hacia un lado y otro, como temiendo que alguien las reconociese. Y pusieron esa cara que yo conocía bien.

La cara de: «Mamá, no nos avergüences, por favor».

Señalé el teléfono sin dejar de sonreír. Necesitaba escuchar sus voces. Patricia agarró el auricular y se lo llevó al oído.

—¡Hola, cariño! —saludé.

—Hola —respondió con frialdad. Una adolescente puede poner la voz a muchos grados bajo cero.

—¿Te has matriculado en la universidad?

—¿Vas a seguir dándome lecciones? ¿Aún ahora te crees capaz de decirme qué hacer?

Tú no has tenido hijas, ¿verdad? No conoces esa sensación.

La de que cualquier cosa que digas es un error. Toques la nota que toques, produces disonancias con ella, como un dúo con partituras diferentes.

—Cariño, yo no quería…

—No te preocupes, mamá.

«No te preocupes, mamá». Dicho con la misma voz con que habría sonado: «Te odio, perra». Eso es un recurso femenino, ¿verdad? Decir las cosas con el tono, no con las palabras. Como cuando tu novio te pregunta qué te pasa y respondes: «¡Nada!».

Patricia no tardó en desembarazarse del auricular y dejárselo a Liliana, que no sabía bien ni cómo agarrarlo. Se veía nerviosa. Asustada. Insegura. Ya no era —al menos ahí, entre la crema y nata del crimen— la niña displicente de mi casa.

—Hola, mamá…

—¿Cómo estás, mi amor?

—Bien.

—¿Me echas de menos?

—Sí.

—¿Te va bien en el colegio?

—Sí…

—¿Y estás yendo donde la psicóloga?

—No…

—Dile a papá que te lleve, ¿ok? Dile que no se olvide.

—Sí…

Quería que me preguntase algo. Quería que me dijese algo. Pero ella solo atinaba a soltar monosílabos ante cada una de mis frases. Y eso fue todo. Minutos después, terminó el turno de encuentros. Ninguna de las dos —cada una por sus razones— logró decirme adiós.

Me levanté en silencio. Tú habías recibido a un hombre. Tu novio del mundo exterior. Y tu visita había sido más feliz. Mientras yo trataba de arrancar una palabra de la garganta de mis hijas, te había visto con el rabillo del ojo, riendo y coqueteando. Seguías de buen humor cuando él se fue, y te me acercaste con una sonrisa cómplice:

—¿Qué tal? —dijiste.

Era extraño verte tan contenta. Yo solo bajé la cabeza.

Tú te quedaste a mi lado, tan cerca que podía oler el jabón de la cárcel en tu piel.

—Llora —dijiste—. Desahógate. En el locutorio, puedes llorar. Aquí todas lo hacen. Pero mejor que no te vean débil de vuelta en el pabellón.

Era el mejor consejo que nadie me había dado estando aquí.

Bueno, era el único.

Me había convertido en un fantasma. En el bufete, no me llegaban temas nuevos. Ni me llamaban los socios a sus despachos. Ni me invitaban a las reuniones con clientes. Mientras se decidía mi situación, o más bien, mi castigo por el soborno del hotel, mi mundo laboral había dejado de dar vueltas. Y no era más que una sombra.

Hasta que llegó el día de la resolución final:

—Maritza, te llaman de la sala de juntas.

Inés se presentó esa mañana alisándose la falda nerviosamente mientras me miraba con cara de asustada. Le pregunté:

—¿Qué sabes?

Negó con la cabeza. Comprendí que, de haber sabido algo, tampoco me lo habría dicho. No pensaba hacerse responsable de las decisiones de la junta directiva.

—Estoy pasando unos días de mierda —me sinceré.

Ella prestó interés. Al fin y al cabo, era la única en ese lugar que conocía todas mis presiones, o al menos, una parte importante de ellas.

—¿Has sabido algo nuevo de Rodolfo y…, bueno, de ese tema?

Le dije que no. Pero le hablé de la noche anterior, del conflicto con Liliana, de su actitud con ese otro niño, su «novio». Y de la absurda preocupación de mi esposo. No le hablé de mis confesiones a la psicóloga. Eso no. Pero sí saqué una conclusión de ellas en voz alta:

—Yo solo quería una familia perfecta. No la tuve cuando era niña. Traté de comprarme una siendo grande.

Inés me dio un abrazo. ¿Qué más podía hacer? ¿Qué podía yo pedirle más importante que eso?

Echamos a andar por el pasillo, rumbo a la sala de juntas, como si fuéramos en cámara lenta. A nuestro alrededor, los practicantes y secretarias se giraban a verme con ojos de lástima, ya sin disimular que veían a un cadáver arrastrarse hasta su sepulcro.

En la sala nos esperaban los socios y el administrador del despacho. La mesa estaba toda cubierta de papeles. Sus miradas reflejaban una mezcla de incomodidad y decepción.

—Siéntate, Maritza —dijo la mujer.

Nadie dijo «buenos días». Nadie me preguntó cómo estaba. En el aire pesaba su reproche. Eran ellos quienes consideraban que yo debía preocuparme por su estado de ánimo.

Recibí un mensaje por WhatsApp. Sentí la vibración en el teléfono, que llevaba en el bolsillo de la chaqueta, como un toque eléctrico cercano al corazón. Obviamente, no era momento de revisar mis mensajes. Me senté.

¿Estaba demasiado fuerte el aire acondicionado?

¿O era que me corrían escalofríos por la piel?

Tomé la iniciativa. Quizá con la esperanza de que la decisión de la junta no estuviese tomada aún e influir en ella. Quizá para entrar en calor. Quizá solo por nervios.

—Una vez más, quiero expresar mi arrepentimiento por mi conducta de los últimos meses. Sé que no he estado a la altura. Pero me respaldan años de desempeño profesional impecable. Espero que una temporada de problemas personales no borre de un plumazo toda una vida en mi carrera.

A diferencia de nuestras reuniones habituales, esta vez yo me sentaba de un lado de la mesa, y los demás socios, del otro. No se trataba de una junta, sino de un linchamiento.

Uno de los calvos, aquel con quien yo me había acostado tiempo antes, tomó la palabra. No pude evitar recordarlo desnudo en una cama, con el pecho lampiño, como de bebé, y la barriga prominente. Dijo:

—Créeme, Maritza, hemos considerado todo tu currículum. Y hemos tomado una decisión.

Otro de los calvos terció:

—Ha sido la decisión más difícil de esta junta desde la fundación del bufete.

Difícil. Esa palabra no podía inspirarme muchas esperanzas. Inés se había sentado a mi lado, y me tomó de la mano bajo la mesa para darme ánimos.

Mi teléfono volvió a vibrar. Sentí ganas de arrojarlo por la maldita ventana.

Para mi sorpresa, el tercer calvo, que nunca se había llevado bien conmigo, tuvo el único gesto humano hacia mí:

—Comprendemos que estés muy tensa. Quiero que sepas que estaremos a tu disposición para lo que haga falta, desde un apoyo profesional hasta una conversación de amigos. Hace mucho que no tenemos una de esas.

—¿Me están despidiendo? —Me alteré. Inés renovó su apretón de mano. Era una advertencia. Pero ya no me importaba nada. Alcé mucho la voz para aclarar—: ¡No pueden despedirme! ¡No son mis jefes! Aquí todos somos socios.

Fue la mujer quien dio la sentencia definitiva, que cayó sobre mi cabeza como un yunque:

—Vamos a comprar tu parte del bufete. Claro que puedes negarte a vender, pero eso desatará una guerra que solo empeorará las cosas. Si tu video con el juez ha llegado a nuestras manos, es seguro que llegará a otras. Quien sea que te esté chantajeando, no se detendrá hasta hacerte daño. No podemos exponernos al desprestigio que eso representaría para nuestro estudio. Quizá incluso sea mejor para ti cortar esto ahora, antes de que pase a mayores.

—Así que ustedes hacen lo que quiere el chantajista —concluí.

—No somos responsables de tus actos. Y no

creo que quieras continuar esta discusión hasta el final.

—He dedicado toda mi vida profesional a este bufete...

—Te daremos un precio justo por tu parte —añadió mi examante. Volví a imaginarlo en la cama, diciendo esas palabras. Y volvió a sonarme el teléfono, como una tortura china.

La discusión con mis ya exsocios se tornó agria, pero no fue larga. No había marcha atrás. Inés continuó apretándome la mano hasta que comprendí que debía reunir los pedazos restantes de mi dignidad y marcharme de ahí. Y eso hice.

Al salir de la sala de juntas, solo pude ir al baño y vomitar. Todo mi desayuno —y mi carrera— subió por mi esófago y terminó en el drenaje. Al terminar, aún necesitaba guardar las formas. Una cosa es haber caído a lo más hondo. Otra, muy distinta, es que los demás lo noten. Me lavé la cara. Me perfumé. Respiré contando hasta cien dejando pasar la hinchazón de mi cara.

Mi teléfono seguía recibiendo mensajes. Lo abrí.

Tenía ocho imágenes enviadas por Percy Cuadrado. Con tanto sobresalto, me había olvidado de él.

Abrí el WhatsApp.

Las imágenes mostraban a Rodolfo con Inés en la puerta de un edificio. Reconocí el hotel Edén, donde yo misma había pasado horas esperando a que saliesen, como una tonta. En una de las fotos, se besaban. En otra, se reían (de mí, quizá). En otra más, él la abrazaba con las manos en las nalgas, como dos adolescentes en un parque.

Al final, Percy Cuadrado había dejado un mensaje:

«Esta es la persona que buscabas. Estaba esperando vernos, pero he decidido mandarte las fotos. Te deseo lo mejor».

—¿A tu casa?

Inés recibió mi petición por sorpresa.

Pero no podía negarse. En esas circunstancias, no podía negarme nada.

—No quiero estar sola. Los socios no te reprocharán nada. Al contrario, querrán saber cómo estoy y qué pienso hacer.

Un brillo de sospecha relució en sus ojos.

—Pero ¿ahora mismo?

—Por favor, Inés. No te pediré nada más.

Quería verla frente a Rodolfo. Quería contemplar su hipocresía, juntos los dos. Y luego enseñarles sus fotos en el hotel. Ojalá una siempre pudiese pillar las infidelidades así, totalmente documentadas, para cuando su marido dijese «no sé de qué estás hablando».

—No debes preocuparte —dijo Inés mientras subíamos por la avenida Javier Prado—. Con tu parte de los beneficios, saldrás bien respaldada.

Y con tu prestigio, no tardarás en encontrar un nuevo trabajo. ¡Se matarán por contratarte!

Todavía creía que ese era el problema.

No me molestaba tanto la infidelidad. Yo también había cometido una, tiempo atrás, corta, gris y sin consecuencias.

Me molestaba la mentira. Las mentiras. La pistola escondida, el desfalco de mis cuentas, la verdadera vida de Rodolfo, tan lejos de mí.

Y por supuesto, me molestaba que fuera Inés, de entre todas las mujeres del mundo.

—Pasa, por favor.

Ella caminó ante mí. Olía a colonia Nina Ricci. ¿Reconocía yo ese olor de alguna chaqueta de Rodolfo? ¿De alguna llegada tardía tras una «reunión de trabajo»?

Encontramos a mi esposo nada más entrar en la casa, de pie en medio de la sala, con el teléfono en la mano, pálido. Parecía atontado. Yo me permití un sarcasmo. La situación, ahora que estaba bajo mi control por primera vez, resultaba casi divertida.

—Mira quién está aquí, ¡Rodolfo! ¿No has ido a trabajar?

Pude percibir los nervios de Inés. Pude oler su miedo, flotando sobre la alfombra persa. Rodolfo también estaba asustado. Pero al mirarlo mejor, comprendí que no era por Inés. Era otro tipo de pánico. Uno peor.

De hecho, ni siquiera la miró a ella. Me clavó

unos ojos inyectados de sangre, trémulos, acongo-
jados, y me anunció:

—Maritza, no te lo puedes imaginar. Ha pasado algo horrible.

LA DESAPARICIÓN

Volvió el dolor.

Tan fuerte como un hierro candente sobre la piel. Como si me estuvieran lacerando el corazón con un hacha.

Pero sin analgésico posible. Sin olvido al alcance. La única posibilidad de esquivarlo era dormir.

Me tragaba tabletas enteras de pastillas. Despertaba horas después con la cabeza a punto de explotar. Y la realidad seguía ahí. Intacta.

Según la policía, un vecino de Magdalena había llamado a denunciar un coche que estorbaba el tráfico. Era el Audi negro de Rodolfo. Cuando los agentes llegaron, lo encontraron con la puerta abierta y manchas de sangre en el asiento del conductor.

—¿Le prestaste el coche? —pregunté a Rodolfo, una y otra vez, a cada minuto desde entonces—. ¿No te dije que no lo hicieras? ¿Por qué no me escuchas? ¿Por qué?

Él era el padre mimoso. El poli bueno. El contrapeso de esa madre amargada y represora que era yo. Y ahí estaban los resultados.

Vinieron a casa policías, peritos, técnicos. Revisaron el cuarto de Patricia. Sus armarios. Sus cajones. Hicieron preguntas sobre sus hábitos. Sus gustos.

El teniente Carrasco, un tipo alto, vestido de civil y con un bigotito a lo Pedro Infante, se hizo cargo del caso y nos sometió a interrogatorios interminables, como si los secuestradores fuésemos nosotros.

—¿Cuándo vieron a Patricia por última vez? —preguntaba, tomando notas en su teléfono celular.

—Anoche. Atravesó la sala sin saludar y subió a su cuarto.

—¿Sin saludar? ¿Y ustedes no le dijeron nada? ¿No quisieron saber cómo estaba?

—Estábamos discutiendo otro tema con su hermana.

—¿Qué tema?

—¿Eso importa?

—Todo importa, señora, si quiere recuperar a su hija.

—La niña recibió una amonestación por su conducta en el colegio.

—¿Y no subió usted después a saludar a Patricia? ¿A interesarse por ella?

—Oiga, ¿me está usted regañando?

—Perdone. Es que me parece raro. Mi madre siempre pasaba por mi cuarto a darme el beso de las buenas noches. Siempre. Sin importar lo ocupada que anduviese.

—Mi hija y yo… no tenemos una buena relación. ¿Contento?

Él se encogió de hombros. Comprendí la estupidez de mi reacción. A ese hombre le daba igual mi relación con mi hija o mi calidad como madre.

A quien le importaba era a mí. Yo había fracasado. Desde el accidente no paraba de fracasar. Guardar silencio al respecto no iba a cambiar la magnitud de mis errores.

Me consolé pensando que un beso de buenas noches no habría cambiado nada. Patricia me habría respondido con su frialdad habitual, esa que empleaba para herirme. Me habría llamado «madre superiora». Me habría hecho sentir que no entendía nada sobre su vida. Y luego, habría salido en el coche de su padre de madrugada, como hizo finalmente, mientras todos dormíamos en casa.

—El secuestro se produjo antes del amanecer —informó el teniente Carrasco, investido de cierta superioridad moral, quizá debida a su madre ejemplar—. Una hora extraña para dar un paseo.

Luego, me miró. Me acusaba con la mirada. ¿O me lo estaba imaginando yo? Continuó:

—Por eso, no hubo testigos, a pesar de que se trata de una zona urbana y, al parecer, se produjo con violencia. Lo más extraño es que, para llegar hasta Magdalena, Patricia debe haber cruzado la ciudad entera. La pregunta es: ¿por qué?, ¿qué hacía ahí a esa hora?

Magdalena.

El barrio de Iván.

Por un instante, estuve tentada a responder. Pero entonces recordé el incendio del noticiero. El juicio que seguía pendiente contra mí. Recordé las palabras de Iván durante nuestro último encuentro: «Usted ni siquiera conoce a su hija. Soy yo quien la está protegiendo. De usted».

Poner a la policía sobre su pista podía volverse en mi contra.

—Bueno —respondí—, sabemos que ella había estado consumiendo drogas. Quizá…

Me tembló la voz. Se me humedecieron los ojos. Y el teniente Carrasco puso cara de entender.

—Quiero que sea completamente honesta conmigo —dijo—. Lo hago por usted.

Le dije que quizá Patricia tuviese un contacto por ahí cerca, un vendedor. Le dije que ella llevaba un tiempo frecuentando malas compañías. No especifiqué qué compañías.

—¿Hola?

—…

—¿Hola? ¡Dígame!

—…

—¡Por Dios, hable!

Pasé horas, quizá siglos, esperando la llamada. Se supone que después de un secuestro te llaman para pedirte el dinero del rescate.

A no ser…

No quería pensar en otra posibilidad.

La policía esperaba conmigo. No es como en las películas. No están realmente en tu casa, con aparatos enchufados a la línea y auriculares. Tan solo intervienen tus teléfonos —el de casa, los celulares de Rodolfo y el mío— desde algún otro lugar.

No sabes dónde están. Parece que te escuchan a ti.

Pensé en Percy Cuadrado y en Reinaldo Jáuregui. Temí que me llamaran.

La que siempre llamaba o aparecía por casa era Inés. La tenía encima a cada minuto, ofreciéndome café y organizando detalles domésticos con Pascuala. Liliana seguía ahí. Debía ir al colegio y al psicólogo. Inés se ofrecía para hacer todo eso. Quería descargarme, decía. Quería apoyarme. Eso decía.

A veces, también estrujaba mi mano entre las suyas, mirándome fijamente a los ojos, y me preguntaba:

—¿Cómo te sientes?

Yo quería responderle:

—Quiero que te largues de aquí. Y que no vuelvas a mi casa. Ni a mi familia. Pero no me atrevía. Ella interpretaba mi silencio como dolor, no como rechazo. Y entonces, volvía a sonar el teléfono:

—¿Hola?

—…

—¡Por favor! ¡Por favor, dígame algo! No cuelgue, no…

Dos días después del secuestro, decidí salir a

correr. Para ventilarme. Me hice una cola en el pelo. Me lavé la cara. Me puse ropa deportiva. Rodolfo había dicho que me vendría bien. Y corrí como si me persiguiera el diablo, entre las casas elegantes de mi barrio, bordeando muros con alambradas eléctricas y calles sin veredas. Corrí como si quisiera encontrarme un camión viniendo de frente.

No me vino bien. Nada podía venirme bien. En cuanto me detuve a recuperar el aire, la realidad se coló de nuevo en mis pulmones.

De regreso en casa, mi esposo no estaba en la sala, donde lo había dejado esperando la llamada como si fuera a comerse el teléfono:

—Pascuala, ¿Rodolfo fue a comprar?

—No, señora. Está arriba, con la señorita Inés.

Arriba. Con la señorita Inés.

Una corriente eléctrica me atravesó la columna vertebral. Apenas había corrido veinte minutos. Seguro que esperaban que tomase más tiempo. Una hora. Toda la maldita mañana. Seguro que apenas podían contener sus deseos. Que Rodolfo se consolaba mejor entre sus brazos que entre los míos, que apenas lo había mirado desde la desaparición de Patricia. Evidentemente, prefería compartirlo todo con Inés, incluso la pérdida.

Subí las escaleras en silencio, aprovechando las zapatillas de correr. Gotas de sudor caían al suelo a mi paso. No podía saber si por el ejercicio o por la incertidumbre. Me temblaban las rodillas. No sabía si por las agujetas o por el temor de lo que iba a encontrarme.

Oí ruidos en el estudio de Rodolfo. Murmullos. ¿Gemidos? Escuché con atención desde la puerta. Alguien se movía ahí dentro, golpeando cosas a su paso. Sonaban caídas metálicas, golpecitos contra la pared. Una voz femenina dijo:

—¿Crees que se oirá hasta tu habitación?

Una voz masculina respondió con un bufido. Finalmente, entré.

Inés estaba ahí, arrodillada en el suelo. Rodolfo, a su lado, en cuclillas. Ambos se afanaban en un rincón entre las estanterías, como buscando un ratón.

—¿Qué están haciendo? —pregunté.

Rodolfo se dio la vuelta. Llevaba en la mano un auricular. Y algo que parecía un cajetín eléctrico.

—Tratamos de instalar un teléfono en el estudio. Por si llaman al fijo.

Pensé: «¿Por qué no te ayudo yo? ¿Qué tengo de malo? ¿Por qué no podemos sufrir juntos y solos, aunque solo sea eso?».

Pero nada más dije:

—¿Necesitan algo?

Durante el resto del día, la presencia de Inés se volvió una sombra espesa. Apenas se movió de nuestro lado. Durante las horas que pasamos frente al televisor, esperando noticias o solo dejando correr el tiempo, se mantuvo con nosotros, sentada en un sillón, recordándome que mi presencia no bastaba para llenar esa casa.

Cuando alguien llamaba, ella contestaba el teléfono y ofrecía largas explicaciones sobre lo que había ocurrido. La noticia no se había filtrado a la prensa, pero circulaba entre nuestros conocidos como una bala. Rodolfo y yo no teníamos fuerzas para explicársela a todas esas personas, ni para escuchar sus pésames. Así que Inés recibía sus muestras de solidaridad y nos entregaba el informe después de colgar. «Ha llamado tu prima lejana. Te manda un gran abrazo». «Ha llamado tu instructor del gimnasio. Espera que todo salga bien». Nosotros asentíamos, anestesiados por el sufrimiento, y nos hundíamos de nuevo en el abismo entre el televisor y el sofá.

De vez en cuando me levantaba para ir al baño. Sentarme en la taza y esperar era mi máximo esfuerzo físico mientras el tiempo goteaba lentamente.

Durante una de esas excursiones, sorprendí a Inés en una de sus llamadas. Pensé que hablaría con algún amigo mío del club de tenis. O con algún pariente.

Hasta que la escuché mencionar el nombre de uno de los socios del bufete. El calvo mayor. Precisamente, el que siempre se había llevado mal conmigo.

Me acerqué a escuchar detrás de la puerta:

—Ya lo sé —estaba diciendo Inés—, pero Maritza no hace nada raro. Está destrozada. Es normal.

Del otro lado, sentí la vibración de esa voz

bronca, seca, que conocía bien. Pero solo escuchaba a Inés:

—Evidentemente —asintió con vehemencia—, esto debe tener que ver con sus negocios mafiosos. Quizá sea una venganza. Esta gente funciona así. En ese caso, Maritza debe sentirse muy culpable. ¿Te imaginas?

Mis negocios mafiosos. *Mi* culpa. ¿Qué podía saber Inés de culpas, más allá de la suya?

Abrí la puerta. La encaré. Aún recuerdo la palidez de su rostro al verme. Fue un pequeño triunfo.

—¿Qué estás haciendo? —le pregunté, con veneno en cada sílaba—. ¿Estás hablando de mí?

Ella balbuceó. Se atragantó. Tosió. Dijo:

—Tengo que colgar.

—¿Has dicho que yo tengo la culpa de lo de Patricia?

—No, Maritza, no me has entendido…

—¿Has venido a mi casa para contar mentiras sobre mí? ¿Cómo te atreves?

—Maritza, tienes que escucharme, yo…

—¡No tengo que escucharte! ¡No debí hacerlo nunca!

Todo me cayó encima. El accidente. La infidelidad. El despido. El secuestro. Liliana. Rodolfo. Patricia. Todos encima de mí, reclamando una respuesta, una acción, un golpe sobre la mesa.

Salté sobre Inés. La empujé contra la pared. Le arranqué pelos, los mismos pelos largos y rubios que había hallado una vez en la ropa de mi esposo.

En cierto momento, sus gritos dejaron de llegar a mis oídos. Y solo arañaba, pateaba, empujaba, rodeada de un zumbido agudo que me perforaba el cerebro.

—Maritza, ¿qué haces?

Rodolfo vino a arrancarme de mi locura. Tiró de mí, me agarró los brazos desde la espalda y luego se acercó a Inés, que había quedado en el suelo, con el bolso aún en la mano y la mirada atónita.

Rodolfo no había venido a calmarme. Había venido a rescatar a su amante de mí.

—Pero ¿te has vuelto loca? —me hablaba a mí, pero la miraba a ella, ayudándola a levantarse mientras yo me mordía los labios en una esquina del cuarto—. ¿Qué carajo te pasa?

La señalé con el dedo. Había llegado la hora de denunciarla. De denunciarlo a él también. De dejar de fingir.

—Ustedes… Ustedes…

Rodolfo tenía el brazo sobre sus hombros. Debía estar protegiéndome a mí, ¿no crees? Pero estaba protegiéndola a ella, como un lobo a la hembra de su manada.

—Ustedes… —repetí.

Y entonces…

Nos paralizamos. El tiempo se congeló. En un instante, nuestro planeta había cambiado de posición.

Quizá era solo otro amigo preocupado. Quizá un vendedor de tarifas telefónicas. Quizá un número equivocado.

—¿Quién va a contestar? —preguntó Rodolfo.
Eso significaba que no pensaba hacerlo él.

—Lo haré yo —se ofreció Inés. Seguía despeinada como un gato después de una pelea.

—No te acerques a mi teléfono —la amenacé—. No te acerques a mi vida.

Fui hacia el aparato, como si lo hiciera hacia un lagarto hambriento.

Contesté.

—Sí, dígame...

—Maritza...

La voz sonaba deformada, como la de un robot. O de ultratumba.

—¿Quién eres? —pregunté, y me respondí sola—. Eres Iván.

—Patricia está bien.

—Ni se te ocurra tocarla —grité—. Suéltala y no tomaremos represalias. Es la mejor oferta que conseguirás, delincuente.

—¿Sí? ¿Eso crees?

—Iván, no creas que puedes disimular. Estás cometiendo un suicidio.

No respondió. En vez de eso, se puso al teléfono otra voz. Una más familiar.

—¿Mamá?

—¡Patricia!

—Mamá...

—¿Cómo estás, cariño? ¿Te dan de comer? ¿Dónde te encuentras? ¿Estás enferma? ¿Tienes frío?

—… Mamá, ayúdame…

—Claro que sí. Claro que sí. Confía en mí. Yo… ¿Patricia? ¡Patricia! Mi amor…

El teniente Carrasco me sirvió una taza de café. Se trataba de mi propia cafetera y de mi propia casa. Pero yo no tenía fuerzas para atender a las visitas.

—Es normal que se sienta impotente, señora —dijo—. Por eso lo hacen así. Están poniéndola nerviosa porque la quieren débil a la hora de negociar. Debemos estar tratando con gente experimentada.

—Patricia… —murmuré.

Ni siquiera logré seguir. A mi lado, el idiota de mi marido me apretó la mano. Al menos se había marchado Inés. Un problema menos. O solo un problema pospuesto.

El teniente continuó:

—¿Reconoció usted la voz del secuestrador?

La voz. Ese pitido hosco, de villano de dibujos animados. Negué con la cabeza.

Carrasco dio un trago de su café e hizo una raya en su cuaderno, como si tachase una corazonada. Continuó:

—¿Oyó algún ruido conocido? ¿Algo que le sugiriese dónde estaba Patricia?

—Oí a Patricia —murmuré. Una parte de mí ni siquiera se encontraba presente en esa habitación.

Seguía escuchando a mi hija, en algún lugar de la línea telefónica.

El teniente bajó la mirada. Luego volvió a alzarla, en busca de mis ojos, que lo recibieron vidriosos, vacíos. Dijo:

—Estamos haciendo todo lo posible, señora. Créanos.

Yo dejé que mi café y mi esperanza se enfriasen juntos.

Rodolfo intervino, casi por necesidad de fingir que servía para algo:

—¿Tienen ya alguna pista, teniente? ¿Sospechan de alguien?

El policía pareció agradecido con la pregunta, como si la hubiese estado esperando. Se aclaró la garganta y explicó:

—Tengo algunas dudas. Cabos sueltos que debo conectar.

—Quizá podamos ayudarlo. —Se ofreció mi marido.

El policía se animó aún más:

—A decir verdad, sí. Hemos encontrado una denuncia contra la señora Maritza: daño a propiedad privada. El denunciante es un tal Iván Araujo. ¿Le suena?

El nombre de Iván me cayó encima como una piedra arrojada desde lo alto. Yo tenía pocas energías para fingir. Pero la realidad requería más energías aún. Respondí:

—Sí. Patricia tuvo un accidente terrible hace

unos meses. Me dijo que él la había acosado de coche a coche y ella se había salido de la vía. Después…, el chico comenzó a acosarme a mí. Inventó que yo lo había amenazado e incendiado su casa. O algo así. Creo que busca dinero. No es más que un delincuente de poca monta, un traficante de barrio… Nunca lo he tomado muy en serio.

—¿Cuántas veces ha hablado usted con él?

Examiné el aspecto que podía tener mi respuesta. Al fin y al cabo, era yo quien había buscado a Iván en su casa, poco antes del incendio, y luego en un barrio peligroso, en una medianoche de toxicómanos y bares sórdidos. ¿Debía responder eso? ¿O que el mafioso Percy Cuadrado me había mantenido informada de sus movimientos? De repente, me sentí sospechosa. Y al final, respondí:

—Nunca. Creí verlo una vez persiguiendo a mi hija en el hospital. Salí tras él, pero no lo alcancé.

La mirada del policía parecía un cuchillo de hielo, arrancándome los ojos y esculcándome el cerebro por los agujeros. Pasó mucho tiempo así, con su cuaderno en la mano, sin dejar de estudiarme. Al fin, rompió el silencio:

—¿Está usted segura? ¿No se ha encontrado con él ni una sola vez? ¿En ninguna parte?

—Claro.

Yo evadí su mirada y dirigí la mía hacia el suelo, donde correteó como un ratón hasta esconderse en un agujero del rincón. No por eso, dejó de hablarme el policía:

—Qué raro, ¿no? Entonces, ¿por qué la acusaría a usted de incendiar su casa?

—Ya se lo he dicho. Quiere dinero. O quiere acosar a Patricia. Él no piensa como nosotros. Al fin y al cabo, la ha secuestrado, ¿no?

—¿Lo cree usted capaz de un secuestro? ¿Aunque nunca ha hablado con él?

No podía seguir escapándome de sus insinuaciones. Creí que era hora de enfrentarlas. Y negarlas. Antes de quedar atrapada en ellas:

—¿Quién más podría haberlo hecho? ¿Quién más podría llevarse a Patricia?

—Se supone que debía averiguarlo usted, ¿no?

—Y en eso estoy…

—No —me alteré—. Usted me trata como si hubiera sido yo.

—Maritza… —trató de calmarme Rodolfo, como si él tuviera idea de algo.

—¡Cállate!

Sin querer, hice un movimiento brusco y volqué mi taza de café. Pascuala apareció de la nada con un trapo húmedo y limpió el líquido en silencio. Nadie más se movió. Los dos hombres se quedaron mirándome. Peor que mirándome. Acusándome con sus expresiones.

Llevaba mucho tiempo sin entrar en ese lugar.

Había querido borrarlo de mi vida, como un

mal recuerdo. Pero ahora volvía a buscar las cenizas de mi pasado. Las respuestas olvidadas.

Primero, recorrí un laberinto de pasillos carcelarios. O que en ese momento me parecieron carcelarios. Ya sabes. Yo aún no sabía lo que era una cárcel de verdad. La altura de sus paredes. Y la bajura de sus cielos. Ahora mismo, daría un brazo por vivir en un edificio como ese. Por vivir contigo en un lugar como ese.

Al fin, salí a un jardín con una fuente central. La verdad, llevaba años pagando por todo eso. Tenía que haberme presentado antes. Pero me habían mantenido alejada de ahí mis memorias. O quizá el olor a viejo. O la cercanía de la muerte.

Tuve que preguntar a un par de voluntarias vestidas con ropa de calle, hasta dar con el hombre que buscaba. Pero al fin, lo encontré. Estaba sentado en una esquina, sin expresión, mirando un rosal. A lo mejor, en realidad, miraba hacia su interior, como había hecho durante años.

Me acerqué a él. Había una silla a su lado. Me senté en ella. Y pronuncié dos palabras que llevaba años sin decir:

—Hola, papá.

Él murmuró algo. Agachó la cabeza. Luego volvió a levantarla. Tenía el pelo completamente blanco, la pijama llena de manchas de algo que parecía mostaza y la expresión perdida en alguna nube. Me tocaba a mí tomar la iniciativa de cualquier comunicación:

—¿Estás bien? Seguro que te tratan bien. Escogí el lugar más caro. Quería que estuvieses..., bueno, bien.

Enarcó los ojos. Pareció enfocar la mirada, como si yo fuera muy muy pequeña y le costase distinguirme en el jardín. Tosió.

—Yo... He tardado mucho en venir a verte. Lo siento. Pero he pagado las cuotas puntualmente, ¿sabes? Me he ocupado de todo...

De todo menos de lo importante, supongo. Había repartido dinero entre toda mi familia. Les había pagado todo lo que necesitaban. Y a todos les faltaban las cosas más básicas.

De repente, él hizo un gesto de reconocimiento. Su boca sin dientes formó algo que parecía una sonrisa:

—¿Has visto a tu madre? —preguntó.

Sentí que las lágrimas pujaban por derramarse de mis ojos. Recordé a mi madre bailando por el salón, contenta, acompañada por sus cigarrillos y sus canciones: «Dos gardenias para ti, con ellas quiero decir: te quiero, te adoro, mi vida...». A mi alrededor sonaron sus risitas. Y las de sus amigas.

Una enfermera se nos acercó. Llevaba una bandeja con medicamentos y pequeños vasos de agua. Sacó un par de pastillas, que le administró a mi padre, y luego siguió su camino.

—¿Sabes, papá? He estado pensando mucho en mamá.

—Mamá lleva un vestido de flores —contestó él—. Y se ha puesto una diadema. Está preciosa.

Yo volví a lo mío:

—¿Recuerdas el día que se..., el día que murió?

—Viene a verme todos los días —me informó él, lo que no dejaba de ser una respuesta. Una negación de lo que yo había dicho. La realidad, al parecer, sí llegaba a algún rincón de su mente. Pero filtrada por un tamiz. O remezclada en un caleidoscopio.

—Yo había olvidado ese día. ¿Puedes creerlo? Lo había borrado de mi memoria. Bueno, supongo que es normal. Tú has borrado de la tuya un montón de cosas desagradables.

En el fondo del jardín, un anciano se vino abajo. Un corpulento enfermero se acercó corriendo a ayudarlo mientras una vieja se reía. Más allá, otra mujer intentaba caminar con un andador. Cada paso le costaba un esfuerzo agotador. Tardaba minutos enteros en recorrer veinte centímetros.

—No sé bien por qué he venido —continué—. Bueno, sí lo sé. He venido a hacerte una pregunta. Aunque, claro, no vas a contestarla.

De repente, la imagen de mi madre colgando de una viga estaba por todas partes. Su cuerpo inerte caía de los techos, de las ventanas, de las ramas de los árboles, multiplicadas por la presencia del cuerpo consumido de mi papá.

—Siempre trae bombones —dijo él—. De licor. Con ron y pasas.

—¿Te sentiste culpable, papá?

—Yo prefiero los de almendra. Son los mejores. Pero ella insiste.

—¿Te sentiste culpable por lo que pasó? ¿Quizá podrías haber hecho algo para evitarlo? ¿Quizá no le dejaste más remedio?

—Hoy hace fresco…

—Yo sí me siento culpable. De eso. De lo de Patricia. De todo.

—Hace fresco cuando ella está cerca…

Él continuó divagando por la enredadera de sus pensamientos.

Pero yo tenía clara una cosa.

No iba a terminar como él, perdida en una nube de olvido, viviendo entre fantasmas y muertos en vida.

Si yo tenía la culpa de la desaparición de Patricia, por error, por descuido, por negligencia o por lo que fuera, yo misma iba a resolver el problema.

Cerdos. Nunca había visto tantos juntos. Y tampoco sabía que hacían ese sonido tan raro, como de papagayos gigantes.

Para mi encuentro con Percy, esta vez, sus hombres extremaron las medidas de seguridad. Dejé mi auto en un estacionamiento de la avenida Benavides, y ahí mismo subí en un Porsche

Cayenne de cristales tintados. Los guardaespaldas incluso me registraron para saber si llevaba armas.

—¿A dónde vamos? —pregunté.

—No podemos decírselo, señora.

Atravesamos enormes barrios a medio construir. La ciudad fue desintegrándose a nuestras espaldas, convertida primero en un villorrio miserable y luego en una desértica zona rural. Tras un rato de carretera, nos internamos por caminos de tierra. Avanzamos un trecho flanqueados por chozas hasta llegar a un alto muro con un portal, donde el vehículo se identificó.

Creí que entraríamos en un almacén de drogas, o en el cuartel de un ejército secreto. En el interior descansaban cuatro o cinco vehículos más, la mayoría de ellos, enormes suburbans negras, al cuidado de hombres de lentes oscuros y aspecto malhumorado. Pero al bajar del coche y entrar en las instalaciones, no encontré armas. Ni laboratorios. Ni paquetes sospechosos.

Ahí solo había cerdos.

Un guardaespaldas me señaló con el mentón que siguiese un pasillo rodeado de corrales. Eché a caminar entre tiernos lechones que chillaban, como llamando a sus madres.

Percy se encontraba en un corral, al final de todo, junto a tres enormes marranos encerrados en jaulas individuales. Ni siquiera llegaban a jaulas. Eran cajas con barrotes, en las que los animales apenas cabían apretados.

—Son las hembras —explicó Percy, después de saludarme levantando las cejas—. Tenemos que tenerlas enjauladas para que no se vuelvan locas.

No entendí nada. Para mí, un animal de granja era un bicho tan exótico como un hipopótamo o un pterodáctilo. Percy reconoció mi gesto de incomprensión y trató de corregir mi ignorancia.

—¿Sabe usted cómo se reproducen los cerdos de granja? Negué con la cabeza. A él pareció divertido explicarlo:

—Paseamos por delante de ellas con un macho semental. Y las que están en celo, se ponen a chillar como… como… ¡como cerdas! Se sacuden, saltan, tratan de tirársele encima.

Echó a reír. Yo no le veía la gracia. Él continuó:

—Cuando sabemos cuáles se encuentran en el momento de reproducirse, un trabajador viene con una jeringa y les introduce la simiente.

—O sea que nunca… —No supe cómo decir que nunca hacían el amor. El amor no parecía una palabra para cerdos.

—Nunca se aparean —completó mi frase Percy—. Aquí no hay lugar para cariñitos.

—Es triste, si lo piensa bien.

Percy se rio. Una risa expansiva, una risa de cerveza y domingo. Concluyó:

—¿Y la de problemas que se ahorran? El dinero y el sexo son muy ricos, pero solo traen líos.

Quizá por influjo del lugar, algo en el tono de nuestras conversaciones estaba cambiando.

Entrábamos en un nuevo nivel de relación. Él me invitó a seguirlo edificio adentro, por una zona mejor construida, más sólida que los corrales, a salvo de las moscas y los mosquitos que invadían el aire.

—Perdone por recibirla aquí, doctora. Han pasado muchas cosas estos días. Es mejor que no esté localizado fácilmente.

—¿Más problemas judiciales?

—Ojalá fueran judiciales.

Como cliente mío, tenía que explicarle que ya no trabajaba en el despacho. Pero en ese momento, mi situación laboral me parecía una bobada sin importancia.

Llegamos a un cuarto de paredes desnudas con un colchón en el suelo. No parecía que su familia estuviese por ahí. No había un solo adorno o un juego infantil. Tan solo, en un rincón, una mesa de madera sin barnizar, más parecida a un taburete, flanqueada por dos sillas desvencijadas. Y sobre la mesa, una jarra eléctrica, café instantáneo y bolsitas de té.

—¿Le puedo ofrecer algo de beber? Acepté el té.

Después de servirme, se sentó en una de las sillas y me dejó la otra. Él no se había servido nada. Cerró los ojos, como si se hubiese quedado dormido, pero entendí que me estaba escuchando. Solo estaba más parco que de costumbre, menos expansivo. Así que fui al grano:

—Iván ha secuestrado a Patricia.

Percy soltó un gruñido, entre la desaprobación y el simple cansancio.

—Ya sabía que ese chico no tenía remedio. Mire que intenté razonar con él. Pero…

No terminó la frase.

—¿De dónde lo conoce usted, exactamente? —quise saber. Aunque la pregunta era imprudente, no podía dejar de hacerla. Si no, reventaría.

Él abrió el ojo izquierdo y lo apuntó hacia mí, estudiándome:

—Del trabajo —se limitó a decir—. Reparte mercancías para nosotros. Por eso Jáuregui nos puso en contacto a usted y a mí. Cuando el incendio salió en las noticias, yo protesté. Era un ataque directo de la gente de Jáuregui a mi gente. Y no teníamos buenas relaciones. Pero Jáuregui quería firmar la paz. Me dijo que se disculpaba. Me explicó la situación. Es más, me ayudaría con mi tema judicial. Me presentaría a una abogada muy buena. La mejor. Y sobre todo, dijo él, más respetable que los *malaspectosos* que me representaban. Tenía razón.

La última frase la dijo con una leve sonrisa. Yo debía sentirme halagada. Sonreí también, como una tonta.

—Jáuregui es un hijo de puta —concluyó Percy—. Pero no se puede negar que tiene clase. En nuestro negocio, la mayoría somos más feos que él.

—Pensé que eran amigos —dije, como una tonta.

Pero él solo hizo un gesto con la mano, como quien espanta una mosca. Quizá efectivamente espantó una.

—¿En qué puedo ayudarla, doctora?

—¿No se lo imagina? Quiero a mi hija de vuelta.

—Los hijos —rumió él, como en una meditación para sí mismo—. Hacemos todo por ellos, ¿verdad?

—No veo a los suyos por acá.

—He tenido que mandarlos lejos, donde estén seguros. A usted le secuestran a la niña. Yo tengo que secuestrar a mis propios niños.

De repente, uno de sus hombres entró. Tenía una cicatriz antigua cortándole el rostro, y el borde de un tatuaje asomaba por el cuello de su camisa.

—Jefe, hay problemas.

Percy no se puso nervioso. Al contrario: suspiró pesadamente. Ese día, parecía ver las cosas con cierto tono filosófico y nostálgico. Se puso de pie.

—¿Qué está pasando? —pregunté.

—Nada que deba inquietarla. Mi amigo la llevará a su transporte. Gracias por la visita.

—¿Y qué pasa con Iván? ¿Y mi hija?

Percy se detuvo un instante en la puerta, como para tomar una decisión. Se volteó hacia mí y sentenció:

—Veré qué puedo hacer.

Luego me dejó con mi chofer y se marchó. Los chillidos de los cerdos, en el corral del fondo, se hicieron más fuertes. Venían desde el cielo y el suelo, desde los costados, como si fuesen a saltar sobre mí.

Había un automóvil en el jardín de mi casa, un Toyota azul y desvencijado, destrozando las gardenias con sus llantas negras. No había sido capaz de quedarse en la zona de estacionamiento. Al acercarme, vi que llevaba en el interior una sirena y una radio. Era un vehículo policial.

Si su conductor ni siquiera distinguía un *parking* de un área verde, no sé qué tipo de investigación se le podía confiar. Aunque quizá no era eso. Quizá solo estaba acostumbrado a arrollar todo lo vivo.

Tenía ganas de quitarme los zapatos, de darme una ducha, de tirarme en una cama. Las cosas más sencillas se habían convertido en retos inalcanzables.

El teniente Carrasco me esperaba en mi sala, frente a un vaso de agua. Rodolfo estaba sentado a su lado.

—Hola —saludé, pero ninguno de los dos contestó. Ni siquiera me miraron.

Mi marido se levantó del sillón, como recordando algo muy importante que hacer. Algo que ocurría muy lejos de mí.

—Les dejo para que conversen —dijo mientras subía las escaleras. Ni siquiera me había ofrecido un vaso de agua.

—¿Qué pasa? —pregunté.

Pero una vez más, no recibí respuesta. Me había convertido en un mueble de la sala. En un fantasma. Insistí:

—¿Ha llamado el secuestrador? ¿Qué ha dicho?

El policía hojeó sus notas. Se rascó la cabeza. Finalmente, como si acabase de notar mi presencia, pidió suavemente:

—Siéntese, Maritza, por favor.

Al fin, sus ojos se enfrentaron a los míos. No tenía una mirada suspicaz, sino triste. Casi graciosamente triste, como la de un basset hound.

—¿Patricia está bien? —Fue mi primera pregunta, mi primer miedo.

Pero tenía más miedos en el repertorio. Y él estaba a punto de ventilar algunos de ellos. Carraspeó, revisó sus notas una vez más y me dijo:

—Maritza, ¿conoce usted a un hombre llamado Percy Cuadrado?

Varias preguntas pasaron por mi cabeza. ¿Me habrían seguido a la granja de los cerdos? Calculé que no, por todo el dispositivo de seguridad de los hombres de Cuadrado. Bueno, no lo *calculé*. Lo *aposté*. Y debía tomar otras decisiones. ¿Tenía que dar mucha información? Al fin y al cabo, ese policía estaba buscando a mi hija. Pero ¿confiaba yo en que la encontrara?

La verdad, no. Me inspiraba más confianza Percy Cuadrado. Dije:

—Cuadrado es mi cliente. Lo represento en un

juicio. Un tema de aduanas. El teniente se rio, inesperadamente:

—¿Ah, sí? ¿De aduanas?

Sin querer, yo me había ido arrastrando por la pared, como un gusano, y terminé sentándome en el sofá, lejos de él, casi con repulsión.

—¿Esto tiene algo que ver con Patricia? —Quise saber.

—Dígamelo usted.

Ahora, su gesto se había vuelto desafiante. Me estaba retando. Me negué a aceptar ese juego:

—Hágame el favor, Carrasco. Esto es muy serio para venir con…

—¿Usted sabe qué tipo de cosas hace Cuadrado?

—¿Me está sacando información para denunciarlo?

Carrasco no se iba a dejar distraer, ni amedrentar. En realidad, había venido a amedrentarme a mí. Y venía armado con una historia:

—Hace poco —dijo—, una de las amantes de Cuadrado apareció tirada en un lodazal junto al río Rímac. Más bien, en varios lodazales. Su cuerpo estaba troceado en cinco partes.

Traté de mantenerme fuerte. No había llevado muchos casos penales. Pero conocía el tipo de técnicas de la policía para sacar información de sus sospechosos. Y me sentía sospechosa. Era como sentirme sucia.

—Si cree que fue él, denúncielo, pues. Y nos veremos en los tribunales.

Carrasco dejó escapar un suspiro. Había previsto mi reacción, y tenía su respuesta preparada. Dijo:

—¿En serio? ¿Y esta vez también comprará usted al juez?

Me puse furiosa. Ese policía lo estaba entendiendo todo al revés. Y se lo hice saber:

—¿Me está acusando, teniente? Creo que no se da cuenta de quién es la víctima aquí. ¡Han secuestrado a mi hija! ¿Cómo se le ocurre, cómo se atreve a acusarme a mí?

—Señora...

—¡Lárguese de mi casa! ¡Fuera, carajo!

El teniente alzó las manos y se encogió de hombros. Recogió su libreta y se la metió en un bolsillo. Echó a andar hacia la puerta. Antes de salir, se dio la vuelta para decir algo. Pero se arrepintió y se marchó directamente.

Sentí alivio al escuchar su carro abandonar mi jardín. Pero ahora me tocaba enfrentar a otro potencial enemigo.

Mi esposo Rodolfo.

—Mamá, ¿tú y papá se van a divorciar?

Liliana estaba en su cama, hecha un ovillo. Desde la desaparición de su hermana, parecía querer desaparecer ella también: se escondía en las esquinas de la casa, temblando y hablando consigo misma.

Le pregunté:

—¿De dónde has sacado eso?

—Los papás de mi amiga Claudia se enojaban mucho y luego el papá se fue de la casa y se divorciaron.

—¿Sabes qué es divorciarse?

Liliana se chupó un dedo, como si volviese a ser bebé:

—Divorciarse es que viven con otros papás y otras mamás.

—No, cariño. Eso no va a pasar.

Acaricié su pequeño rostro. La abracé. Y luego hice algo extraño, pero que en ese momento resultó increíblemente natural: la senté frente al espejo de su cuarto y la peiné. Había algo reconfortante en los movimientos suaves y repetitivos del peinado. Algo tan sencillo y normal que yo lo necesitaba más que ella.

—¿Extrañas a tu hermana?

Ella asintió con la cabeza.

—Pronto volverá. Haremos que vuelva.

La besé y la dejé en la cama, más tranquila, jugando con unas muñecas con forma de bebé. Las acunaba, las amamantaba, las quería.

Continué por el pasillo hacia mi dormitorio, con la esperanza de encontrarme con Rodolfo, pero escuché su voz antes de llegar. Casi un murmullo furtivo, proveniente del estudio.

Pegué la oreja a la puerta entreabierta y lo escuché hablar, con una dulzura que a mí no me había dedicado en años.

—Ya lo sé, cariño. Yo también quiero estar contigo ahora… Pero no me hagas hablar. Es peligroso.

No hacía falta preguntarme a quién se lo decía. Pero me intrigó saber qué le estaba contando. Durante unos minutos, hizo comentarios sobre números de cuenta y registros financieros. Recordé que estaba desviando dinero de nuestra cuenta común. En el torbellino de decepciones de los últimos días, lo había olvidado. Pero por lo visto, lo hacía para una cuenta que controlaba con Inés. La misma Inés lo había denunciado en su momento, cuando mi hija aún estaba en el hospital. Ella me había hablado de las oscuras operaciones financieras de mi esposo en quiebra.

¿Por qué lo había hecho, si ella era cómplice?

Fácil: para precipitar una pelea conyugal. Para separarme de él. Ella había comenzado esta guerra mucho antes de que yo supiese que había una guerra.

A continuación, la conversación exploró nuevos temas. Algunos que yo no entendía. Y otros que me tocaban dolorosamente:

—Sí…, sí…, el teniente me lo dijo. Todo es muy raro. Me ha hablado de traficantes, de atentados, de sobornos judiciales… No sé en qué anda metida Maritza. No quiero saberlo tampoco…

Estaba hablando de mí. Estaba diciéndole a esa bruja cosas sobre mí que no me diría a mí.

Seguí mi camino hasta el dormitorio. Y un poco más, hasta el baño. Me sentía ingrávida, como caminando sobre nubes. No sabía cómo reaccionar. Ni qué pensar. Demasiados frentes abiertos. Demasiadas batallas por ganar. Tantas que se cruzaban entre ellas, en una guerra difusa y sorda.

Me quité la ropa y me puse bajo el chorro caliente de la ducha, sintiendo la resistencia de mis músculos a relajarse.

Mis lágrimas se confundieron con el agua y el vapor. Me repetí el diálogo que había sostenido con Liliana:

—Divorciarse es que viven con otros papás y otras mamás.

—No, cariño. Eso no va a pasar.

Reinaldo Jáuregui me recibió en su nave industrial de La Victoria, aquel edificio gastado y sucio. Solo que esta vez, no estaba tranquilo. Una tensión diferente cargaba el aire.

Desde que bajé del auto en el estacionamiento, sentí el movimiento de hombres —solo hombres— que cruzaban de un lado a otro. Algunos llevaban armamento grande, como fusiles y ametralladoras. La mayoría no tenían armas a la vista, pero debían llevarlas ocultas, porque formaban parte del zafarrancho de combate. Cuatro de ellos se agrupaban en torno a una camioneta enorme, revistiendo su blindaje. Otros seis arrastraban pesadas cajas metálicas hacia un vehículo de carga. Al pasar, todos ellos se me quedaban mirando. Pero yo iba con un vigilante, y rápidamente volvían a sus tareas.

—¿Qué están haciendo? —pregunté.

—Ya se lo dirá don Reinaldo —contestó mi escolta. Fue lo único que dijo en todo el camino.

Terminamos en un despacho del segundo piso, un agujero sin ventanas, lleno de cajas de todos los tamaños. En medio había una simple mesa de metal. Reinaldo se sentaba frente a ella, revisando la pantalla de una computadora.

—¡Maritza!

Sonrió al verme. Una sonrisa en ese lugar era como una flor en un búnker.

Me senté en una caja muy grande, temiendo estar poniendo el trasero sobre un montón de granadas o algo así.

—¿Qué está pasando? —pregunté.

Jáuregui apagó su buen humor. Su semblante se nubló. Sacudió la cabeza con decepción.

—Las cosas se han puesto complicadas.

No supe si profundizar en sus complicaciones o cambiar de tema. Él mismo pareció dudar si debía contarme más o guardar silencio. Tamborileó con los dedos sobre el brazo de su silla de ruedas y preguntó:

—¿Ha visto a Percy últimamente?

Recordé a Percy, encerrado en su corral de cerdos. Sin duda, el nerviosismo que lo rodeaba era el mismo que yo tenía aquí ante mis ojos, dos frentes de la misma guerra. Una voz interior me sugirió no responder la pregunta de Reinaldo. Y obedecí a esa voz. Respondí con una pregunta:

—¿Ha habido algún problema?

Él alzó las cejas. Se encogió de hombros. Alzó las palmas de las manos, como quien se las lava de culpa.

—Este es un negocio difícil. A veces, las cosas se tuercen. Y el hierro no se puede enderezar sin fuego, ¿sabe? Le sugiero que se mantenga alejada de Percy un tiempo. Su compañía puede resultar… insegura.

—Comprendo —dije, aunque en realidad, no terminaba de comprender. Las cosas ocurrían en algún lugar fuera de mi vista. En una realidad paralela.

Y de todos modos, yo no había ido hasta ahí para eso.

—Ni siquiera le he ofrecido un café —dijo él—. Aquí todo está hecho un caos.

—Gracias. No me quedaré mucho.

—Lástima. La vida sería mejor con más gente como usted alrededor. Ojalá yo hubiese tenido esa opción. Ojalá hubiese tenido cualquier opción.

Se le notaban las ganas de conversar. No supe darle gusto. No tenía capacidad para hacer vida social o para filosofar. Yo tampoco tenía opción.

Una hora después, de vuelta en mi coche, antes de arrancar, coloqué el maletín que me había dado Reinaldo en el asiento del copiloto.

«Aquí no», pensé. «Mejor bajo el asiento». Y volví a acomodarlo, más bien a esconderlo, en el suelo del carro.

En esta ciudad, siempre existe el riesgo de que alguien te rompa los cristales del coche y te arrebate lo que vea. Reinaldo no me perdonaría perder su maletín. Estaba poniendo una enorme responsabilidad sobre mis hombros.

Pero sin duda, yo había puesto una igual sobre los suyos. Le había pedido arreglar por las malas lo que yo no había podido cuidar por las buenas.

Mientras conducía de vuelta a mi barrio de jardines y muebles de diseño, a mi mundo de gente educada, a mi familia de veinte mil dólares al mes, pensé en los ojos tristes de Reinaldo Jáuregui. La pena es lo más democrático del mundo: el dolor no sabe de fronteras, de clases sociales ni de profesiones. Merodea en torno a nosotros sin preguntar por nuestra cuenta de ingresos, se cuela en nuestras habitaciones sin preguntar quién duerme en ellas.

Reinaldo Jáuregui habría querido mi vida, una vida que yo sentía náufraga, cuando no directamente ficticia. Mientras yo avanzaba por la Vía Expresa, a mi alrededor las fachadas recuperaban el color y las marcas de los vehículos subían de precio. Pero nadie sabía lo que esas casas y esos coches llevaban dentro.

Quién lo habría dicho: Reinaldo era la primera persona con la que yo había hablado de Inés. La primera que conocía mi frustración. La única. Me había sincerado con él, porque era la única manera de pedirle lo que necesitaba.

Mientras le contaba mi rabia por el engaño de mi esposo, yo misma me había sorprendido de las palabras que salían de mi boca.

«Esa zorra», había dicho. «Esa traidora mentirosa».

Nunca antes había recurrido a un vocabulario así. Supongo que necesitaba descargar esas palabras para que no se me pudrieran dentro. Quizá era eso lo más importante. Desahogar mi frustración con alguien. Sentir que alguien me escuchaba a mí, en vez de sostener conversaciones furtivas en el teléfono. Sentir que alguien me escucharía sin necesidad de pagarle la consulta. Y me daría la razón.

Al fin y al cabo, yo no quería hacerle daño físico a Inés. No me interesaba romperle las piernas o mandarla al hospital. Eso lo dejé claro. Se lo dije más de una vez a Reinaldo.

Solo un susto.

Un tipo malencarado en medio de la noche. O un par de tipos en la oscuridad de un estacionamiento. Un mensaje corto y claro.

«Aléjate de Rodolfo. Quítate de en medio. La próxima vez, no seremos tan amables».

Yo no pedía nada más.

Recuperar a mi marido y a mi hija. Buscar un nuevo trabajo. Volver a empezar.

Como si volviera a nacer.

Reinaldo lo había entendido. Se había acercado a mí haciendo rechinar su silla de ruedas y me había ofrecido su ayuda, su protección, su apoyo.

—Si eso es lo que quieres de verdad, lo tendrás —había añadido—, pero tú sí tienes opción.

—No quiero una opción —le respondí—, quiero a mi familia.

Creo que ese corto diálogo selló todo lo que ocurriría después, y fue la razón de que ahora esté yo aquí, contándote todo esto. Creo que en esas pocas palabras se resumieron todos mis errores de esta historia. Pero ¿cómo sabes que algo es un error si no es hasta que lo has cometido?

Antes de marcharme del despacho de Reinaldo, él extrajo de entre las cajas un maletín de cuero negro y revejido. Se lo colocó entre las rodillas de espaldas a mí y examinó su contenido sin mostrármelo. A continuación, se dio la vuelta y se me acercó.

—Estoy buscando dónde guardar esto —dijo—. Un lugar donde nadie pueda encontrarlo. Creo que puedo confiar en usted, Maritza.

Recibí el maletín. Lo apreté entre mis brazos. Pesaba más de lo que parecía, pero no tanto como para llevar armas. Mi mayor preocupación era cargar con algo que pudiese estallar.

—¿Eso es todo? —pregunté—. ¿Ese es el precio?

—No es un precio —dijo él—. Los amigos nos hacemos favores.

Dos horas después, tras recorrer toda la ciudad, desde las zonas más feas a las más bonitas, llegué a mi casa. Me aseguré de que el coche de Rodolfo no se encontraba en el estacionamiento antes de salir del mío. Extraje el maletín del asiento y cerré la puerta suavemente, como si Pascuala fuese a descubrirme en medio de un crimen. Lentamente, tratando de no hacer ruido, entré.

Subí las escaleras, pero no me dirigí hacia mi habitación, sino a la de mi hija Patricia. Desde las paredes, Justin Bieber y Gael García Bernal me clavaron miradas suspicaces. Coloqué el maletín en el suelo, bajo la cama de mi hija ausente, y sentí el impulso de abrirlo para descubrir su contenido. El maletín parecía sonreírme provocativamente.

Luego, empujé el maletín de una patadita hacia el centro del colchón y abandoné el cuarto.

Las horas pasaban sin una nueva llamada del secuestrador. Podía ser una buena noticia. O una mala. Pero la ausencia de noticias ya era mala de por sí.

Rodolfo apenas decía palabra. Andaba por los rincones como ausente, disculpándose si me tocaba por casualidad. Yo, de todos modos, no respondía a sus disculpas. El tercer día sin Patricia mandamos a Liliana a dormir con su abuela, para mantenerla alejada de nuestra angustia. Las paredes de nuestra enorme casa se nos venían encima, sin nada que decirnos, revolcándonos en el silencio como cerdos en el lodo.

Por las mañanas, yo salía a correr. Cada día más rápido, como perseguida por un asesino. Trataba de cansarme hasta detener mi corazón.

El cuarto día sin Patricia hice ocho kilómetros en cuarenta minutos. Avanzaba inundada en sudor, con las piernas adoloridas y la respiración a punto de explotar.

Casi al final del camino, se alzaba un antiguo centro comercial abandonado. Lo habían inaugurado con la esperanza de que el barrio creciese en esa dirección, pero los caprichos del urbanismo le habían fallado, y ahora yacía en su esquina, la cáscara vacía de un error de cálculo. Yo solía llegar ahí antes de emprender el regreso. Esta vez, sin embargo, había un vehículo aparcado.

Era raro. Ahí nunca había nadie.

Conforme bajaba la velocidad, me fijé mejor: una Land Rover negra y enorme, de cristales oscuros. Al lado de ella, un tipo fumaba un cigarrillo en silencio, mirando cómo me acercaba.

No supe si seguir hasta él o regresar corriendo. Podía tener información para mí. Esperé a que mi corazón se calmase un poco. Era una empresa imposible, porque mi pecho latió más fuerte aún. Pero ya había corrido suficientes riesgos para detenerme a estas alturas. Comencé a caminar en su dirección.

Él no se movía. Debía haber alguien más dentro de la camioneta. Los hombres como él no solían desplazarse solos.

A lo mejor tenían a mi hija ahí adentro. A lo mejor, a Iván. O su cadáver.

Sentí otro vehículo a mis espaldas. Durante un segundo, pensé que había caído en una trampa o algo así. Que yo sería la siguiente secuestrada. Busqué posibles escapes, pero me encontraba sitiada, entre el centro comercial vacío, la Land Rover y el carro que venía por detrás. Yo sola me había metido en la boca de un lobo hambriento.

Una voz a mis espaldas sonó familiar:

—¡Maritza!

No era una voz que me agradase escuchar. Pero en esas circunstancias, parecía casi un alivio.

Era el teniente Carrasco. Me detuve hasta que llegó a mi lado su Toyota azul, lleno de arañazos en la carrocería. Llevaba el coche en primera. Y no lo apagó mientras me hablaba.

—¿Qué hace usted aquí?

—Iba a buscarla a su casa, Maritza. Pero la vi salir y me permití acompañarla, para que no le pase nada.

—¿Me está siguiendo, teniente?

Él se rio. Era una risa de tenerlo todo bajo control. Dijo:

—Solo necesito intercambiar unas palabras

con usted. Seré rápido. Y luego usted seguirá haciendo su ejercicio tranquilamente. ¿Quiere subir?

Miré hacia adelante. La Land Rover seguía ahí, como a cien metros, aunque el fumador había desaparecido. Seguramente se había metido en ella, y ahora nos observaba desde detrás del cristal ahumado. Me acerqué a la ventanilla de Carrasco esperando distraerlo. Él llevaba lentes oscuros. Resultaba imposible saber hacia dónde miraba.

—¿Qué quiere? —le dije con impaciencia.

—Buenos días, ¿no?

—¿Ha venido a hacer vida social?

El motor seguía encendido. Carrasco no se quitó los lentes. En ese momento, más de una persona me observaba oculta tras vidrios negros. Él soltó su primer mordisco, lleno de veneno:

—¿Por qué no? ¿No fue ayer usted a hacer vida social hasta La Victoria? Un lugar peculiar para una señora de buena familia, ¿no? Pero seguro que tiene usted ahí algún primo o un pariente.

Se me revolvió el estómago. Sentí enrojecer mi rostro. La sangre subía hasta mi cabeza, como intentando destaparla y escapar.

—No tengo que darle explicaciones de a dónde voy. Ni siquiera tengo que hablar con usted, aquí, en medio de la nada.

Él apagó el motor. Se encontraba en medio de la calle, pero nadie pasaba por esa zona. Al fondo, oí encenderse el motor de la Land Rover. Pero me concentré en el teniente Carrasco. Su respuesta permaneció una eternidad agazapada tras los lentes oscuros antes de salir:

—Maritza, ¿sabe usted lo que hacen las madres de hijas secuestradas? Al menos hasta donde yo he visto. Lloran. Se paralizan. Se encierran en sus casas. Nos suplican que resolvamos los casos… En cambio, ¿sabe lo que hace usted? Frecuenta lugares peligrosos, se enfrenta contra la policía y nos oculta información. Raro, ¿no? ¿No le parecería raro a usted?

—No confío mucho en los policías…

—No somos tan sobornables como otros de sus amigos…

—Si va a empezar con eso, mejor ahórreselo. Tengo que volver a casa.

Me di la vuelta para continuar. Pero él aún guardaba una bala en la recámara.

Cuando ya me apartaba de su auto, soltó:

—¿Le dice algo el nombre de Reinaldo Jáuregui? Seguro que sí. —Ahora sí, me enfadé:

—¡Oiga, yo estoy buscando a mi hija! ¡Haré lo que haga falta para encontrarla! ¿Qué está haciendo usted? Porque si sospecha de mí por algo, adelante, denúncieme, pero mientras tanto, mándeme a un policía que quiera encontrar a mi hija.

Por toda respuesta, él sacó su libreta de notas. Llevaba encajado en ella un sobre, que extrajo y abrió con la mayor calma del mundo. Miré hacia el fondo. Quizá la Land Rover, fuese de quien fuese, había aparecido para protegerme. Pero ya no estaba ahí.

—Sus amigos están en guerra —dijo el teniente Carrasco, sacando unas fotos del sobre—. Ya sabe: Percy Cuadrado y Reinaldo Jáuregui. Sí, seguro que usted ya lo sabe. Seguro que usted, o su hija, forman parte de la guerra.

—No sé de qué habla. Ni siquiera usted mismo sabe de qué habla.

Él me ofreció las fotos. Yo ya estaba a la altura del cofre, y tuve que volver a acercarme para recibirlas. Al hacerlo, por casualidad, toqué su mano con la mía. La sentí fría, húmeda, como un pescado muerto. Dijo:

—No sé cuál es su papel en todo esto, Maritza. Pero me parece que se le está escapando de las manos.

Miré las fotos. En ellas aparecía la última persona que yo esperaba ver. Eran fotos de Inés.

Inés con los ojos cerrados.

Inés, mi enemiga, con el rostro morado, comprimido en una mueca de dolor.

Inés con una elegante blusa, como siempre, pero esta vez, manchada de sangre.

EL RESCATE

¿Recuerdas nuestra primera pelea?

Quizá la hayas borrado de tu mente. Fue muy tonta. Por eso justamente la recuerdo yo.

Fue hace como un año. Tú estabas muy nerviosa en esos días. Tu novio ya no te visitaba. Te sentías abandonada. Pensabas que habías aceptado los cargos e ingresado en prisión por protegerlo, y ahora que se sentía a salvo, él ya ni te hablaba. Sospechabas que tenía otra pareja, una tal Milena, y rabiabas al imaginarlo con ella, burlándose de ti entre los dos mientras salían a discotecas o fiestas.

Odiabas pensar en eso, pero no podías evitarlo.

Y cuando te asaltaban esos pensamientos, me los contabas a mí.

Me hablabas de todo eso y desfogabas tu rabia con una facilidad que me sorprendía. Incluso me ofendía. A fin de cuentas, yo ya era tu novia. O algo así. No sabía —aún no sé— cómo se llama lo nuestro exactamente. Hasta mi llegada aquí, mi vocabulario de relaciones se limitaba a categorías tradicionales: novios, esposos, esposas, acaso amantes. Tu capacidad para estar conmigo y echar de menos a ese hombre chocaba contra mi experiencia y mis costumbres. Pero a ti te resultaba tan natural que yo ni siquiera tenía claro con qué palabras enfadarme.

Siempre que te ponías a renegar, fumabas. Un cigarrillo tras otro. Apestabas a tabaco, y yo era especialmente sensible a eso. En mi casa, debido al recuerdo de mi madre y a mi propia repulsión contra todo lo sucio, había prohibido fumar durante años. A pesar de todo, me gustaba el movimiento de tus labios al fumar. Lo hacías como una mujer fatal, inhalando el humo con un gesto elegante y exhalando con altivez.

Un día, perdiste tus cigarrillos. Quizá alguien te los robó. Ya sabemos que este lugar, aunque se llame de «máxima seguridad», es el más inseguro del mundo. Quizá simplemente los dejaste en el patio. O los mandaste a la lavandería en el bolsillo de algún uniforme sucio.

Por Dios, cómo te pusiste ese día.

Primero, me preguntaste por tus cigarrillos. Frenéticamente. Parecía que hablabas de una droga más dura. A continuación, me reprochaste que no te ayudase a buscarlos. Dijiste que yo nunca te ayudaba en nada. Que no me importabas. Ante esas primeras acusaciones, ni siquiera respondí.

En respuesta a mi silencio, decidiste que yo te había robado los cigarrillos. Me acusaste de conspirar en tu contra. Acabaste gritando que no podías confiar en nadie, que yo era igual que tu novio ese, que siempre te acercabas a la peor gente. Me pegaste. Incluso soporté eso. Lo que realmente me dolió fue lo siguiente.

Repetiste todas las cosas que decía la prensa de mí. «Psicópata», me llamaste. «Asesina», «puta». Lo hiciste porque sabías que eso me lastimaría. Porque son las cosas que piensa el mundo de mí. Incluida mi propia familia.

Entonces reaccioné. Te dije que bien abandonada estabas, porque eras una malagradecida y una zorra. Me lancé sobre ti. Te arranqué mechones de pelo. Tuvieron que venir las guardias a separarnos.

Sí lo recuerdas. Mis arañazos se te quedaron marcados durante días en la cara y en el cuello.

Pero ¿sabes qué? La disfruté.

Ya sé que es difícil de entender. Te parecerá una tontería. Pero el simple hecho de pelear por unos cigarrillos me pareció un lujo.

Hasta entonces, sobre todo durante los últimos meses con Rodolfo, mis peleas de pareja habían sido mucho más trágicas, más intensas, más desgarradoras. Y esa palabra siempre había sonado más agresiva, no como un insulto pillado al viento, casi al azar, sino como un reproche más herido, más dolido. Era la palabra que más daño me hacía.

«Asesina».

Según el informe forense, el ataque contra Inés ocurrió durante la noche de un miércoles, para ser precisos, entre las doce y las doce y veinte.

Se había quedado en la oficina hasta la medianoche —solía trabajar demasiado, sobre todo desde que yo no iba al bufete— y partió sola a buscar su vehículo, que siempre dejaba en un estacionamiento de la zona. A esa hora nada más se encontraba en la caseta un vigilante, que posteriormente no recordó haber visto nada sospechoso. El vigilante fue despedido.

Como de costumbre, Inés tenía el vehículo en el segundo piso, donde las plazas son más amplias. Las llaves del coche se encontraron al día siguiente aún puestas en la puerta, de modo que el ataque se debió producir ahí mismo. Junto a la llanta delantera del lado del conductor también se encontró su bolso. Existe una grabación de seguridad de las 00:06 que la muestra llegar a la segunda planta y acercarse a su plaza. Al final, en el fondo de la imagen, se aprecia la llegada de una sombra y un rápido forcejeo, pero apenas se entiende nada. Un par de minutos después, una suv negra con cristales tintados abandona el estacionamiento pasando por la caseta del vigilante inútil.

¿Por qué ocurrió eso?

¿En qué punto se transmitió mal la orden?

Yo se lo había dicho con claridad a Jáuregui: solo un susto. Solo sacarla de mi vida, para que mi esposo estuviese más pendiente de mi hija, de mi familia, que de esa mujer. Pero no quería un secuestro. Necesitaba que Inés se alejase de nosotros por su propio pie.

A partir de aquí, la policía solo tenía especulaciones. No había sangre en el estacionamiento, de modo que Inés debía haber salido de ahí ilesa. Pero tampoco la llevaron a un descampado o a un vertedero, así que quizá no estaba previsto hacerle lo que le hicieron. A partir de la evidencia disponible, lo más probable es que la situación se hubiese salido de control.

Eso sugerían, por ejemplo, los golpes en la cara: puñetazos, surcos, mechones de pelo arrancados. Eran desordenados, erráticos. No correspondían a una tortura premeditada, sino a una reacción desesperada. No eran los que le harías a una víctima atada a una silla, sino a una histérica incontrolable que se arroja sobre el conductor, o pretende saltar del vehículo en marcha. Aunque de todos modos, era difícil distinguirlos con claridad de los golpes posteriores, los más fuertes.

No había señales de ataduras, pero las raspaduras en sus muñecas sugerían que sí trataron de inmovilizarla o, al menos, la sostuvieron con las manos en la espalda. Es posible que se hubiese resistido precisamente entonces y que sus captores no hubiesen sabido reaccionar. Con frecuencia, los hechos más terribles no se deben al complot siniestro, sino a la más elemental ineptitud.

Lo más elocuente era la pólvora en las manos

de Inés. Coincidía con la prueba balística de haber hecho fuego con un arma corta, quizá una pistola de 9 mm. Para la policía, eso es indicio de que consiguió arrebatarle la pistola a alguno de sus atacantes y disparó en el interior de la SUV. Eso habría desatado el caos. Y sellado su destino.

A las 00:17 de la noche, apenas nueve minutos después de salir del estacionamiento, la SUV circulaba por la Vía Expresa. Detrás de ella, un taxista conducía un Kia negro para recoger a un pasajero. El taxista afirma que las puertas de la SUV se abrieron de repente, sin bajar la velocidad ni nada, y un cuerpo salió disparado hacia el capó de su taxi. Consiguió frenar un poco, lo justo para no recibir a Inés en el parabrisas, pero no para esquivarla. La defensa impactó directamente en el cráneo de la víctima antes de estrellarse contra los laterales de la carretera.

El taxista fue diligente y llamó a la policía de inmediato. Pero debido a la violencia de la situación, no consiguió retener la matrícula de la SUV.

«¿Dónde estaba usted anoche?».

«¿Cuándo vio a la señorita Inés por última vez?».

«¿Por qué peleó con ella?».

«¿Niega que hayan peleado? Su esposo nos lo ha contado».

«¿Ha mentido él?».

«¿Por qué lo haría?».

El teniente Carrasco preguntaba una y otra vez. Y cada golpe parecía una estocada. Era increíblemente injusto. Como siempre, yo trataba de explicarle que era mi hija la que había desaparecido. Y mi amiga la que había muerto. Yo era la víctima, ¿verdad?

Pero él no escuchaba. Solo intentaba exasperarme, arrancarme un error, una palabra inconveniente, una confesión. «¿Tiene algo que ver Inés con el secuestro de Patricia?». «¿O sospecha usted que lo tiene?». «¿Está usted metida en una guerra de mafias?».

—No. No sé de qué habla, teniente. No.

Mientras Carrasco formulaba preguntas y lanzaba venenosas indirectas, Rodolfo estaba sentado en un sillón frente a mí. Pero no conmigo. Me miraba de un modo extraño. Como se mira a una desconocida.

—Rodolfo, ¿no vas a decir nada? —pregunté—. ¡Este hombre me está acusando!

Rodolfo masculló una respuesta. Un balbuceo apenas audible. Las paredes de mi propia casa parecían alejarse de mí, dejándome sola en medio de un terreno baldío y espinoso.

El teniente Carrasco cambió de tono para ofrecer una especie de trato:

—Maritza, dígame lo que sabe. Confíe en mí. Necesito su ayuda. Estoy tratando de recuperar a su hija.

No pude más. Mi respuesta fue un grito de desesperación:

—¿Y usted cree que yo no?

No solo trataba de recuperar a mi hija, sino a toda mi familia. Pero él no perdió la calma. Evidentemente, estaba acostumbrado a formular interrogatorios, a manipular a sospechosos, como yo. Bajó el tono aún más. Ahora sonaba casi cómplice, como un confidente, un amigo de siempre:

—Creo que usted está metida en algo que no puede controlar. Que ni siquiera entiende hasta dónde llega este lío. Esto es como un pantano: mientras más se mueve, más se hunde. Yo estoy extendiendo la mano para sacarla. Trato de rescatarla, antes de que sea tarde. Pero usted se sigue moviendo.

Miré a Rodolfo. Él bajó la mirada. Por un momento, pensé en soltarlo todo. Hablar de Jáuregui y de Percy y de Iván. Contar toda la maldita historia. Librarme de ella de una vez y dejarla en manos de ese policía.

Pero justo entonces, sonó el teléfono.

—Mamá, ayúdame…

—¡Patricia! ¿Dónde estás? ¿Con quién estás? ¿Te han hecho daño?

—Quiero salir de aquí…

—Resiste, mi amor. Estamos yendo por ti. Es

cuestión de horas. Te prometo que no te abandonaré. Te lo prometo…

—Dales lo que quieren, por favor…

—Patricia…

Sonaron interferencias, ruidos raros, pitidos y silbidos de la línea. Yo solo quería seguir escuchando a mi hija. Mientras ella continuase hablando, estaría viva. El teniente Carrasco y mi esposo me miraban con los ojos muy abiertos. Carrasco tenía un equipo localizando la llamada, y me hacía señas para que continuara hablando. Por supuesto que yo pensaba continuar hablando. Quería meterme en el teléfono, salir por el otro lado y abrazar a mi pequeña. Quería pedirle perdón por lo que fuera que yo le hubiese hecho. En algún lugar de mi corazón, pensaba que todo era culpa mía.

—Patricia… Patricia, ¿estás ahí?

Entonces, sonó la otra voz. Un ruido seco. Desagradable. Casi un graznido de urraca. O de buitre.

—Deja de buscarla.

—¿Iván? ¿Eres tú? Por favor, deja a mi hija en paz. Lo olvidaré todo. Te dejaré en paz. Podrás salir con ella si quieres. Pero no hagas esto. Te estás haciendo daño a ti mismo.

—Si vuelves a mandar a alguien, la mataré.

El teniente Carrasco me miró con curiosidad. Rodolfo, no. Él se encontraba sobrepasado, aturdido, incapacitado para reaccionar. Yo misma sentía que el suelo se movía bajo mis pies. Que el aire se llenaba de plomo.

La voz dijo:

—Medio millón de dólares. No negociaré. No lo bajaré. Sé que puedes conseguirlos en cinco minutos.

—Déjala ir, Iván. Hazlo por tu propio bien. Piénsalo.

—No estoy negociando. He dicho medio millón.

—¿Qué vas a hacer con ese dinero? ¿A dónde vas a ir? Por favor, no te condenes a ti mismo a…

—Vuelve a hablarme así y le cortaré una oreja y te la mandaré en un sobre, ¿me oyes?

La voz sonaba monocorde, sin expresión, como si resolviese un trámite o pidiese comida a domicilio. Carrasco extendió un pulgar hacia arriba. Habían geolocalizado el teléfono. Volvió a hacerme gestos para mantener la conversación. Lo intenté.

—Entiendo, pero, por favor… No le hagas daño.

—Reúnelo… Te diré dónde dejarlo.

De fondo, sonó un ruido que podía ser un grito. O un golpe de viento. O el sonido de mis esperanzas estrellándose contra el suelo y haciéndose añicos. Luego, nada.

Miré a Carrasco. Ahora, él hablaba por teléfono. Daba órdenes, se excitaba, gritaba a alguien del otro lado que se moviese. El aire se había cargado de electricidad. Y de posibilidades.

Después de colgar, el policía me miró con emoción. Incluso me sonrió. Y dijo:

—Lo tenemos. ¡Lo tenemos!

Cerré los ojos. Recé. Llevaba muchos años sin hacerlo. Ya no recordaba cómo. Pero me repetí en silencio ruegos a Dios o al destino o a nadie en particular. Pasaron diez minutos que parecieron diez siglos. Carrasco miraba su teléfono. Mandaba mensajes. Sus ojos saltaban de la pantalla a Rodolfo, y de ahí a mí. Al fin, recibió una llamada. Fue rápida. Como una luz apagándose.

Y luego, dijo:

—Nada. Era un teléfono robado. Se lo quitaron a un *skater* en un parque, lo amenazaron para que les diera la clave, hicieron la llamada y tiraron el aparato desde un puente a la carretera.

Carrasco soltó un suspiro como si se estuviera desinflando. Pude oír el bajón de los latidos de nuestros pechos. Y a continuación, las últimas palabras del policía, como si firmase una sentencia:

—No tenemos nada.

Llamé a Jáuregui para saber qué había ocurrido con Inés. Mientras marcaba cada número, el rostro de mi antigua compañera de trabajo se me aparecía en *flashes*. Su ansioso taconeo en el despacho, cuando obedecía mis órdenes, su eficiente actitud de estar solucionando problemas. En esas circunstancias, no recordé nuestra pelea final, o su relación con Rodolfo. Solo los momentos cotidianos. La culpa te hace sentir mal y enfatiza los buenos recuerdos.

La llamada no entraba.

También tenía que llamar a Percy Cuadrado. El secuestrador había dicho en el teléfono: «Deja de buscar a Patricia. Si vuelves a mandar a alguien, la mataré». ¿O sea que habían llegado los enviados de Cuadrado? ¿O también eran de Jáuregui? ¿Estaba admitiendo con esas palabras ser Iván? De repente, se me acumulaban los frentes de batalla.

Empecé a marcar el número de Cuadrado. Luego, me detuve. La policía tenía intervenido el teléfono de mi casa. Quizá también estudiaba mi celular. El teniente Carrasco tenía acceso a todos mis movimientos. Y estaba convencido de mi implicación en el secuestro… y en muchas cosas más.

Subí a mi coche. Me dirigí hacia La Victoria, a buscar a Jáuregui. Conduje como una loca, metiéndome contra el tráfico, invadiendo carriles, atravesando semáforos en rojo. Estuve a punto de estrellarme tres veces. Quizá, una parte de mí quería acabar en un hospital, sedada, inconsciente.

A medio camino, descubrí que llevaba un auto detrás. Un Nissan negro. Podía estar alterada, pero me sentía lo suficientemente paranoica para notar su presencia, pegada a mi cola durante tres kilómetros. Di tres vueltas seguidas a la manzana. Y el Nissan seguía ahí. Me detuve en una esquina, en doble fila, y puse las luces de emergencia. Él se detuvo detrás de mí. Pasamos así unos minutos que parecieron horas.

Tuve que contener un brote de risa histérica. Había por lo menos tres organizaciones que podían estar siguiéndome. Me había convertido en un personaje de *Misión imposible*.

El conductor del coche se bajó. Iba de civil, pero antes de abandonar el vehículo, sacó una sirena y la colocó en el techo. No activó el sonido más que un segundo, pero un resplandor naranja y blanco chisporroteó a su alrededor como una luz de bengala. Tenía que ser policía. Pero eso no garantizaba que no trabajase *también* para Jáuregui o Cuadrado.

—Buenos días, señorita. ¿Tiene algún problema con su motor? —No pude evitar sonreír. Mi motor era el menor de mis problemas.

—No, solo quería saber por qué me está siguiendo.

El policía llevaba lentes oscuros. No pude descifrar su cara ante mis palabras.

Su tono de voz mantuvo la neutralidad.

—La policía siempre está donde haga falta para proteger a los ciudadanos —recitó, como si fuese un poema escolar.

—No necesito que venga usted conmigo a todas partes.

—Yo solo estoy aquí. Más bien es usted la que se encuentra mal estacionada. Tengo que pedirle que circule, por favor.

—¡Dígale a Carrasco que me deje en paz! —exploté.

Ni siquiera respondió. Me hizo un saludo policial y regresó a su patrulla.

Yo puse el coche en marcha. Di la vuelta. Y regresé a mi casa directamente, ahora conduciendo con más prudencia. Al meterme en el estacionamiento, el Nissan negro seguía detrás de mí, más cerca que nunca, y su conductor me dijo adiós con la mano.

Encontré a Rodolfo en la cocina. Llorando.

Me acerqué a él. Lo abracé por la espalda. Le acaricié la cabeza. Noté que, hasta entonces, no habíamos tenido un segundo para hacer lo que toda pareja hace: compartir el dolor.

En otros tiempos, habíamos estado siempre juntos. No sé si habíamos tenido una relación demasiado apasionada. Pero habíamos sido compañeros. Desde el accidente de Patricia, esto se había ido deteriorando. Vivíamos en planetas separados. Cada uno en su propia órbita, sin tocarnos.

—Ya va a pasar —le dije—. Patricia volverá.

Él se tragó las lágrimas. Intentó contenerse. A pesar de la gravedad del momento, no quería que yo lo viese llorar. Es una característica muy masculina. La mayoría de los hombres que conozco intentan parecer fuertes mientras se derrumban. Creen que sus barcos se hunden sin hacerse notar. O peor aún: que no se hunden.

—¿Cuándo perdimos el control de todo? —preguntó—. Éramos perfectos, ¿recuerdas? Éramos la envidia de todo el mundo.

Volví a abrazarlo. Sentí el olor a alcohol que flotaba alrededor de su boca y su piel, como un perfume ácido.

—Volveremos a serlo —dije, y lo pensaba de verdad—. Solo estamos pasando un bache. Debemos tener los amortiguadores fuertes, y después, todo será como antes.

Tragó saliva. Carraspeó. Intentó recomponerse. Pero necesitó otro vaso de *whisky*, que se sirvió. Mientras sacaba hielo del congelador, me fijé en la piel hinchada bajo sus ojos, y la palidez que ahora pintaba su rostro de miedo.

—Ha salido la autopsia de Inés —anunció.

Me molestó la mención a Inés. Habría preferido que mencionase antes a Patricia. O que preguntase por Liliana. Yo no tenía claro que se hubiese fijado en su ausencia. En cambio, Inés permanecía entre nosotros. Como una familiar demasiado cercana.

—No es momento de pensar en ella —respondí, sirviéndome yo misma un *whisky*—. Lo que le pasó fue una desgracia más. Pero no tiene que ver con nosotros. Y ya tenemos suficiente por ahora. Debemos concentrarnos en la niña. En las niñas.

Bebí un trago. Sentí el ardor del líquido en la garganta, y de inmediato, una corriente de alivio circulando por mis venas.

—Pero era tu amiga —me reprochó.

Yo guardé silencio. No tenía ganas de seguir

por ese camino. No quería comentar de quién era amiga o enemiga Inés. Él continuó:

—Hay… cosas que no sabíamos —insistió él—. He hablado con la policía.

En mi interior, se encendieron las alarmas. Recién comprendí un detalle: si Jáuregui y Cuadrado estaban en guerra, y yo trataba con los dos, cualquiera de ellos podría traicionarme. Cualquiera de los dos estaría encantado de hacerlo, de hecho.

—¿Qué tipo de cosas? —pregunté con precaución.

A Rodolfo se le humedecieron los ojos. Le tembló la voz. El temblor se le extendió por el resto del cuerpo. Balbuceó unas palabras que no entendí. Algo como «estaba amenazada».

—Eso supongo —comenté—. Así son las mafias. Se supone que te amenazan antes de matarte. Pero no sé en qué podía estar metida.

Me sorprendió mi propia capacidad de mentir. Me sonrojé, pero el rubor del *whisky* hizo pasar desapercibido mi sonrojo. Él se extrañó:

—No me has oído bien —corrigió—. He dicho que estaba embarazada. Iba a ser madre. Había un niño en su vientre.

Un silencio cayó entre nosotros como una piedra.

Solo entonces entendí que no lloraba por nuestra familia. Lloraba por otra familia. La que había perdido.

Hacer la compra parecía una frivolidad. Las necesidades cotidianas son una ofensa contra la tragedia.

Y, sin embargo, en los momentos más tristes e inciertos, tu cuerpo sigue reclamando atención: agua, pan, papel higiénico. Nunca dejas de ser un cuerpo. O bueno, cuando dejas de serlo, ya no queda un recipiente para el sufrimiento que cuidar.

Yo deambulaba por los pasillos del supermercado estudiando a los clientes, sorprendida por toda esa gente a la que no le pasaba nada, atónita porque pudieran vivir así, en la ignorancia. Como si no se estuviese cayendo el mundo.

Queso, pizzas congeladas, *whisky*. Mucho *whisky*.

Al principio, ni siquiera reparé en el hombre de lentes oscuros que estaba de pie en la sección de carnes. La gente no suele quedarse de pie en los supermercados. No es lugar para pararse a observar el paisaje. Debí confundir a ese tipo con una estatua, con una de esas publicidades con forma humana, con un repartidor de muestras gratis.

Pero al acercarme, no parecía nada de eso. Era alguien que yo había visto antes, aunque tuve que llegar muy cerca de él para saber dónde.

Era el hombre de la Land Rover. El que había estado en el centro comercial el día que el teniente Carrasco me informó de la muerte de Inés. Yo había estado cerca de él, sudando, con mi ropa de correr. Y él se había marchado.

—¿La señora Fontana? —preguntó ahora. Tenía una voz ronca, aguardentosa, como si hubiera bebido toda la noche.

—¿Quién es usted?

—Alguien quiere hablar con usted.

Miré a mi alrededor. Una parte de mí esperaba encontrar a algún patrullero con su sirena, circulando entre los pasillos del supermercado. Por un instante, me parecieron espías todos: el ama de casa que trataba de controlar a su pequeño, el *hipster* que compraba *packs* de cerveza artesanal, la anciana que examinaba los embutidos con mirada desconfiada…

—Vamos —respondí. Y abandoné mi carrito en medio del pasillo.

Salimos por una puerta lateral. Con paso firme, atravesamos un largo depósito con olor a carne congelada, pero no vimos congeladores, solo cajas y cajas de todo tipo de productos. Nos cruzamos un par de veces con empleados que no nos detuvieron, como si ya conocieran a mi guía. Salimos a un sucio patio de descargas. Restos de cajas de cartón se apilaban por las esquinas entre desechos orgánicos.

Mi guía tocó la puerta de un camión de carga blanco. Nos abrieron desde el interior. Alguien extendió su brazo para ayudarme a subir.

Era Percy Cuadrado.

Se encontraba un poco más demacrado que la última vez. Su ropa arrugada incluso olía un poco a humanidad. Pero al menos, no olía a cerdo, como aquella vez en la granja. Supuse que huía de un lugar a otro, sin tiempo para pensar en el glamur.

—Quería llamarle —le dije—. Pero no sabía cómo.

El interior del camión tenía algunas cajas de cartón. Percy se sentó en una de ellas y me invitó sin ironía a hacer lo mismo. Acepté, sintiendo que me acomodaba sobre un mundo empaquetado, listo para mudarse a otro sitio.

—Es mejor que no me llame, Maritza —musitó él. Había algo triste en su voz, algo ausente—. Deje que yo la busque. Será más seguro así.

Recordé su casa. El andar apacible de su mujer. Las risas cristalinas de los niños.

—¿Dónde está su familia? —pregunté.

—A salvo. Pero demasiado lejos. Ahora mismo, estoy demasiado lejos de todo lo que me importa.

La parte superior de mi caja cedió un poco y tuve que ponerme de pie de nuevo. Él permaneció sentado. Desde mi posición ahí arriba, percibí las entradas en su pelo, como si se cayese a mechones.

—¿Por qué le persigue Jáuregui? —Tenía que preguntárselo. Me había perdido algún movimiento en este drama. Y yo misma era uno de los personajes, así que necesitaba saberlo.

Él movió la mano en el aire:

—A estas alturas, puede ser cualquier cosa. Porque le debo dinero. Porque perdí un cargamento. Porque no le gusta mi cara. Jáuregui manifiesta su poder cada cierto tiempo. Lo hace solo para mostrar que lo tiene. Uno o dos traficantes muertos al año es un precio bajo por evitar las conspiraciones de todos los demás. Así que cada vez hace falta un chivo expiatorio. Me ha tocado a mí.

—Me está mintiendo, Percy. Él no puede ser así.

De no haber tenido ese aire de derrota, el gesto que hizo Percy se habría parecido a una sonrisa. La sonrisa melancólica de quien sorprende a una ingenua, pero ya no tiene capacidad siquiera para burlarse de ella. Dio unas palmaditas sobre mis zapatos, como caricias a un gato. O a una niña de preescolar. Dijo:

—Yo mandé incendiar la casa de Iván, Maritza.

De repente, mi cabeza se llenó de fuego, de la sonrisa sarcástica de Iván, de titulares de noticias en el televisor:

—¿Lo ordenó Jáuregui? —le pregunté.

Él asintió con la cabeza. Se veía demasiado cansado incluso para hablar.

—¿Por qué me está contando esto ahora, Percy? Porque no ha sido capaz de encontrar a Iván, ¿verdad? Usted no sabe dónde está mi hija.

—Sé con quiénes está. Más o menos.

—Percy, no estoy para acertijos. Si tiene algo que decir, hágalo de una vez. Si me ha llamado para darme información, adelante. Le estoy escuchando. Pero si no, no me meta en su guerra. Ya tengo mis propias guerras.

Él suspiró. Me hizo señas de sentarme. Aunque me estaba impacientando, obedecí. Él ni siquiera me miró a los ojos. Tenía la vista clavada en las cajas, en el techo del camión, en el suelo manchado de grasa. Al fin, anunció:

—Solo hay una guerra. Todas las guerras son la misma.

—¿Es un juego de palabras? ¿Está poético ahora?

—Iván buscó su venganza en un nivel más alto. Para él, el culpable no fue Jáuregui. Fui yo. Ha buscado a mis rivales, ha encontrado información. Ha sobornado a los jueces que yo soborné para comprarles datos sobre mis operaciones. Y ha terminado haciendo llegar esa información a Jáuregui. Iván me ha jodido.

A esas alturas, no resultaba fácil saber quién decía la verdad. Ni siquiera tenía claro si la decía yo. Solo me quedaba una certeza: no quería enredarme en el combate entre esos dos mafiosos. No tenía nada que ganar ahí. Y sí mucho que perder. Se lo advertí a Cuadrado:

—No me metan en sus guerras.

Él sacudió la cabeza, como sorprendido porque yo no entendiese nada, y respondió:

—Como le digo, Maritza, solo hay una guerra. Y no puede permanecer al margen. La declaró usted.

De vuelta en casa, no encontré a nadie.

Bueno, estaba Rodolfo, sentado en su estudio, con la mirada perdida entre sus libros contables. Pero era como si no hubiese nadie.

Solo se escuchaba el sonido de los hielos entrechocándose en su vaso de *whisky*.

Pasé de largo frente a su puerta. Estoy segura de que ni lo notó.

Alguien tenía que resolver el secuestro de Patricia. Y no iba a ser Percy Cuadrado. Ni el teniente Carrasco. Ni, por supuesto, Rodolfo.

Solo quedaba yo.

Había una salida. ¿El secuestrador no quería dinero, acaso? Quizá yo tenía de eso.

Me acerqué a la habitación de mi hija. Me arrodillé ante su cama.

Medio millón, había dicho él.

Metí las manos bajo la base del colchón y jalé.

El maletín que me había dado Reinaldo Jáuregui emergió de su escondite. La esperanza me hizo verlo más reluciente que antes. Su viejo cuero usado parecía ahora repujado y brillante.

Tuve que bajar a la cocina a buscar unos alicates para el candado. Jamás había sabido dónde estaban las herramientas en mi casa. Arranqué los cajones. Revolví las alacenas. Decenas de tenedores y cuchillos se esparcieron por el suelo.

A continuación, lo intenté en el garaje.

Medio millón. ¿De dónde iba a salir medio millón de dólares?

Finalmente, hallé una caja de herramientas en un armario del sótano. Encontré alicates de tres tamaños diferentes. Los subí todos.

El candado del maletín cedió con el primero de ellos. Abrí los broches, presa de la angustia, temiendo encontrarme con dos kilos de cocaína. Un problema más.

Pero no. Ahí había billetes. Fajos de cien dólares. La solución a los problemas. Me eché a contar. Había treinta y cinco de ellos. Con un par de movidas financieras más, podía comprar la libertad de Patricia.

¡Podía recuperar a mi hija!

Y empezar de nuevo.

Ahora mismo.

En mi mano.

No podía hacerlo.

No podía disponer del dinero de Jáuregui como si tal cosa.

Eso habría sido traicionarlo. Y por lo tanto, meterme de lleno en su guerra. Por otro lado, si él estaba protegiendo a Iván, quizá él me había traicionado a mí.

Debía hablar con él.

Tenía que preguntarle por Inés, por Iván, por Percy Cuadrado, por el dinero. Era imposible salir a buscarlo como si tal cosa. No podía dirigirme a su casa como una visita social. Pero quizá había otras maneras. Al fin y al cabo, Cuadrado había conseguido burlar su vigilancia. Yo podría burlar la mía. Estaba aprendiendo rápido a escabullirme de los guardianes.

Como una delincuente.

Concebí un plan. Era sencillo, en realidad. Llamé a la Clínica Americana y pedí cita urgente con uno de los dermatólogos. Me aseguré de repetir varias veces la hora. También expliqué con todo detalle, aunque no hacía falta, la extraña erupción cutánea que me estaba afectando, sin duda, por el estrés. Si alguien me intervenía el teléfono, seguro que se convenció de mi problema epidérmico.

A la hora convenida, salí en mi coche. Me aseguré de ir lenta, aunque el tráfico de la capital lo ponía fácil: me pasaba más tiempo parada que en movimiento. Aquí, millones de personas se atascan a cada momento.

Cada cinco minutos, miraba por el retrovisor y me aseguraba de que mi espía seguía detrás de mí. Esta vez, era un Hyundai de un horrible azul metálico, conducido por un gordo de bigote con un traje pasado de moda. Pensé que con ese aspecto, solo se podía ser sabueso de la policía.

Dejé el carro en el estacionamiento de la clínica. Entré en el edificio de los consultorios. Como preveía, él no vino detrás de mí. Le bastaba tenerme localizada. No necesitaba acosarme.

En el edificio, me pasé al pabellón de internamientos, crucé hasta el otro extremo, donde se encuentra la cafetería, y salí por la calle lateral. Tomé nota mental para cambiar de dermatólogo cuando tuviese un verdadero problema. Suelen ofenderse cuando te ausentas de las citas.

Al taxista le extrañó la dirección que le di. No le encajaba con mi aspecto de señora distinguida. Pero mi aspecto no era más que una máscara. A esas alturas, yo llevaba mucho tiempo sin ser la de antes.

—Espéreme aquí —le dije al bajar del vehículo frente al muro gris e impenetrable.

El taxista sacudió la cabeza con vehemencia.

—Señora, yo aquí no me quedo. Y usted tampoco debería.

Miré a mi alrededor. Las veces anteriores, había ingresado directamente en coche, de modo que no había tenido tiempo de apreciar el detalle de la calle. A ambos lados se alzaban muros impenetrables. Tipos malencarados circulaban por las veredas mirando hacia todos lados, entre bolsas de plástico y otras basuras que correteaban empujadas por el viento. En la esquina, un Volkswagen sin llantas yacía sostenido por ladrillos.

—Váyase, pues —lo despaché.

Toqué el intercomunicador. Una vez. Y otra. Y otra más. Golpeé la puerta, un pedazo de lata que sonaba como un trueno.

Me abrió un chico como de doce años. Se notaba que había estado durmiendo.

Y quería seguir así.

—Señora, está cerrado —dijo simplemente.

Yo no estaba para negociaciones. Lo empujé y me metí.

—¡Señora! —se quejó—. ¡Señora!

No pensé hasta mucho después que estaba entrando en la boca del lobo poniéndome prepotente contra los dientes de la bestia. En esos días, no pensaba mucho.

En el estacionamiento, solo encontré papeles viejos, cajas vacías, basura acumulada. Restos de una huida precipitada y definitiva.

Ingresé en el edificio. Y ahí no había ni eso.

Nada de muebles, ni mesas. Ni rastro de los lugartenientes de Jáuregui. No había nadie, de hecho. Ni nada más que marcas de mesas desaparecidas y rayones en las paredes, y manchas de humedad y pedazos de linóleo rotos.

Era el lugar más vacío que había visto en mi vida.

—¡Maritza, Maritza, es horrible!

La voz de mi suegra nunca me había gustado. Sonaba como un lamento constante, como si el mundo no estuviese a la altura de una mujer como ella. Que si los obreros nunca dejaban bien pintada su casa de playa. Que si su amiga Maricucha se había casado demasiado pronto después de enviudar. Que si los políticos eran unos impresentables.

Pero incluso para su tono de queja habitual, esta vez sonaba diferente en el teléfono.

Esta vez sonaba grave *de verdad*.

Al parecer, mi hija Liliana había sido un suplicio desde su llegada a la casa de la abuela. Se negaba a comer y a recibir ningún tipo de orden. Hacía interminables berrinches frente a las visitas. Arrojaba cosas —lámparas, espejos— desde la ventana de su cuarto a la calle. No tengo claro cuánta información al respecto tenía mi suegra. Sus empleados tenían órdenes de no importunarla con malas noticias.

Quizá el malestar de la niña era culpa nuestra: mía y de Rodolfo. No éramos unos padres ideales. Apenas la habíamos visto desde que la dejamos con su abuela. Agobiados por toda la vida que se derrumbaba a nuestro alrededor, apenas habíamos tenido tiempo de pensar en la vida que nos quedaba. Esa niña era —de momento— lo único que nos convertía en una familia.

Y para ella, en casa de la estirada de su abuela, el único contacto humano era el ejército de servidumbre doméstica: mayordomos, camareras, limpiadoras, choferes. Al parecer, la abuela no hacía nada por sí misma. Tenía un sirviente para cada posible necesidad.

La mañana en que las cosas se salieron de control empezó como todas: la abuela trabajaba en el jardín con su entrenador personal, practicando una mezcla de *eccentrics* y pilates diseñada especialmente para tonificar sus músculos estimulando la circulación. En la cocina, los empleados se ocupaban de exprimir naranjas para el jugo. Los jardineros posaban los geranios para que estuvieran perfectos. La vida milimétricamente diseñada de la casa funcionaba con cada engranaje en su lugar.

Cuando mi suegra terminó sus ejercicios, encontró a Liliana en el comedor, refunfuñando frente a la jarra de café:

—Quiero irme a casa —dijo la niña.

—Esta es tu casa, cariño —respondió la abuela—. ¿Por qué no aprovechas el jacuzzi? ¿O la sala del televisor?

—Extrañó a mis papás.

—No te preocupes. Esta noche vendrán invitados. Te distraerás con ellos.

Ahora comprendo que Liliana no conseguía comunicarse con esa abuela. No hablaba el mismo idioma que ella. En realidad, mi suegra tenía un idioma propio, a salvo de las preocupaciones de los demás, que estaba incapacitada para compartir. Y por eso mismo, no vio lo que se venía.

Por la noche, la abuela recibió a sus invitados con un menú a base de mariscos y una selección de licores italianos. Como de costumbre, la decoración fue finamente cuidada: los manteles de encaje favorecían que las orquídeas de las mesas destacasen. Y el toque de la casa: había velas por todas partes. Candelabros en las paredes, y un camino de cirios que llevaba de la sala a la terraza.

Como siempre, la cena fue un éxito. Pero lo de las velas fue mala idea. Sobre todo con una niña como Liliana, insatisfecha y frustrada.

Y con todos esos manteles y cortinas. Y los muebles.

Objetos hermosos, sin duda.

Pero mucho más inflamables de lo que una habría creído. Prendían como petróleo.

Supe quién era desde antes de contestar. Pude sentirlo. Con la certeza de una migraña.

—¿Hola?

—Mamá, mamá ayúdame…

—¡Patricia!

—No dejes que me hagan daño…

—¿Dónde estás?

—Por favor…

—Patricia… ¡Patricia!

Entonces, el silencio. Luego, unos ruidos. Quizá de interferencia. Quizá de mar.

O viento.

—Patricia, ¡háblame!

—Ya te dijo todo lo que debía decirte.

—Suéltala, hijo de puta.

—Guarda la compostura, Maritza. Una dama de tu condición no usa ese vocabulario.

—A cada minuto estás más metido en la mierda. ¿Te das cuenta? Todos sabemos quién eres. Y quiénes te protegen.

—No te distraigas, querida. ¿Tienes el medio millón?

Me tragué las lágrimas, porque no quería que me oyese llorar. Pero sí los tenía. Podía vender acciones y participaciones. Podía echar mano de mis propiedades. Y tenía el maletín de Jáuregui, que por lo visto, él ya no pensaba recuperar. El dinero, en mi vida, era lo único que nunca había sido un problema. Lo único confiable y seguro. Lo único que podía recibir a cambio de una tarjeta o de un papel firmado.

Ojalá hubiese ocurrido lo mismo con otras cosas. Cosas más importantes.

En cualquier caso, no podía admitir que pagaría el rescate. Quizá alguien de la policía me escuchaba. *Se suponía* que me escuchaban. ¿No era ese su trabajo? Quizá no. Quizá su trabajo solo era seguirme por todas partes.

—¿Qué se siente? —pregunté.

Del otro lado, solo me respondieron los clics y el ruido blanco. Insistí:

—¿Qué se siente al hacer tanto daño? ¿Qué se siente al causar dolor? ¿Lo disfrutas? ¿Te remuerde la conciencia de vez en cuando? ¿Te enorgulleces?

La respuesta tardó en llegar. Pero cuando finalmente lo hizo, me laceró los tímpanos.

—Eso mismo se pregunta tu hija de ti.

Y los golpes siguieron y siguieron. Como puñaladas en la sien.

—Tú y tu éxito. Tú y tu trabajo. Tú y tu hotel. Tú y tú. Nunca ella. Siempre intentando que ella sea una extensión de ti. No sé por qué te enojas tanto, Maritza. Tú la has enviado a donde está. Aunque supongo que la culpas a ella, como siempre.

—Delincuente de mierda…

—Por favor, mantén la compostura. Ahora, estamos hablando de negocios. Voy a darte el número de una cuenta en Andorra. Anota con cuidado. No vayas a depositarle todo ese dinero por error a algún pequeño exportador de espárragos.

Su risa sonó como el bufido de un cerdo revolcándose en el fango. Luego empezó a decir los números. IBAN. Código SWIFT. Dígito de control. Decenas de números que ocuparon toda una página de mi libreta. Tras terminar la lista, remató:

—Hazlo ahora. —Y colgó.

No podía hacer eso sola. Necesitaba a Rodolfo.

Yo estaba llevando toda esa carga a solas mientras él se lamentaba por otra mujer. No era justo. Ni siquiera era lógico. Tenía que subir a exigirle que me acompañase, que estuviese con su familia, que compartiese la responsabilidad de lo que estábamos a punto de hacer. Llamé:

—¡Rodolfo!

Nadie contestó. Una buena metáfora de lo que era nuestra relación.

Subí las escaleras encendida de rabia y frustración, marcando cada paso con un pisotón furioso.

—¡Rodolfo!

Debía estar bebiendo en su estudio, como todo el día, pensando en lo que había perdido, en vez de pensar en nosotras. Ni siquiera se había enterado del incendio de Liliana. Ni siquiera por eso había bajado a nuestro planeta.

—¡Rodolfo!

Abrí la puerta.

Pero él no estaba bebiendo. Ya no.

No se puede beber si la botella está tumbada sobre una silla, con su contenido derramado por el suelo.

No se puede beber tirado en el suelo, con espuma saliendo de la boca.

Traté de pensar que Rodolfo sufría. Que todo esto era demasiado para él.

Pero solo pude pensar: «Me está dejando sola. Me abandona para que yo resuelva las cosas. Como siempre».

Traté de pensar que lo hacía por el dolor del secuestro de *nuestra* hija. Pero solo conseguí pensar: «No es por nuestra hija. Es por Inés. Y ese otro hijo. Es por la familia que nosotros no supimos ser. Porque a nosotros ya nos da por perdidos».

Y, sin embargo, durante todo el camino al hospital, sentada a su lado en la ambulancia, sostuve su mano. Era lo único que podía sostener.

Pasé horas en la misma sala de espera donde había conocido a Reinaldo Jáuregui. Recordé esas noches, mientras Patricia se debatía entre la vida y la muerte, después del accidente. Había corrido un río de lágrimas desde entonces. Yo había entrado en caída libre. Y aún no había tocado fondo. Mi vida parecía comenzar y terminar en esas baldosas azules, esterilizadas a prueba de dolor.

—¿Señora Fontana?

Alcé la cabeza. Frente a mí, encontré a un médico joven. Imberbe. Casi un niño.

—Soy yo —suspiré.

El médico niño comenzó a hablar, inexpresivo, como si no se refiriese a una persona, sino al motor de un coche.

—Su esposo mezcló una dosis muy alta de alcohol con tranquilizantes. Muchos de ellos: Valium, Lexotan, diazepam. No parece un suicidio planeado. Simplemente, tuvo un mal momento y tragó todo lo que encontró en el botiquín.

Pensé: «Solo eso te faltaba, Rodolfo. Demasiado desorganizado y caótico, incluso para matarte. Incapaz de asumir el control de tu propia vida. Menos aún, el de tu muerte». Pero solo dije:

—Comprendo.

—Le hemos practicado un lavado intestinal. Se recuperará en unas horas. Mañana estará de vuelta en casa. Prescribiré un medicamento para las secuelas estomacales. Fuera de eso, creo que es mejor alejar los psicoactivos de su alcance. Y asistir a una terapia psiquiátrica mientras supera su depresión.

He ahí a un joven. Un hombre que piensa que todo se resuelve con pastillas, recetas, prescripciones colegiadas. Un hombre que no sabe un carajo de la vida.

—Gracias, doctor.

—Hola.

—Hola.

Tirado en la cama, con la tez pálida y una sonda alimentándolo por vía intravenosa, Rodolfo parecía un cachorro de venado. ¿Has visto los ojos de los venados? ¿La pena que dan cuando te miran? La naturaleza los ha dotado con esos ojos para que los cazadores no tengan los ánimos de dispararles.

Pues algo así.

—¿Cuánto tiempo he dormido?

—Un día entero.

Miraba a todas partes como si volviese a reconocer cada cosa, como si volviese a apropiarse del mundo. Y después de reconectar con el entorno físico, reconectó con su propia vida.

—¿Qué ha pasado con Patricia?

Sentí la tentación de decírselo. Pero él no estaba en condiciones de compartir la responsabilidad. Yo tenía que cargar sobre mis espaldas esta historia.

—Nada —respondí—. Seguimos esperando.

—Le dirás a la policía todo lo que ocurra, ¿verdad?

—Claro.

No confiaba en mí. Pero no le quedaba más remedio.

—¿Y Liliana?

—Ella está bien. Tiene ganas de volver a casa.

Él asintió. Cerró los ojos, como para volver a dormir.

—Yo… no quería ver nada más, ¿comprendes? No quería pensar en nada más. Me atormentaba estar despierto. La cabeza me zumbaba como una sirena de ambulancia.

Asentí. Yo también me había sentido así muchas veces en los últimos días. Aún me siento así.

Tras un lapso de silencio, para mi sorpresa, él se echó a llorar.

—No he sido un buen esposo, Maritza. No he hecho todo lo que debo. No he estado a la altura.

A mí me tembló la mandíbula. Se me derramaron las lágrimas. Rodolfo estaba volviendo. Y yo tenía ganas de recibirlo de nuevo. Aunque yo me ocupase de todo. Necesitaba hacerlo con él cerca. Necesitaba hacerlo para él.

—No te preocupes, cariño. Ya pasó.

Me senté a su lado. Acaricié su pelo. En otro tiempo, había tenido una mata de pelo fuerte como una crin de caballo. Ahora, comenzaba a ralear en la parte de arriba. Quise estar con Rodolfo hasta que no le quedase ni un pelo. Hasta que los dos estuviésemos arrugados, sentados en sillas de ruedas.

—Yo también he hecho cosas que no sabes —le

dije—. Ya no importa. Ya nada de lo pasado importa.

Tomé su mano. Se aferró a la mía como a una soga en el abismo. Comprendí que llevaba años esperando que él me agarrase así. Con convicción. Incluso con desesperación. Y entonces, él pronunció justo las palabras que yo necesitaba, como si las hubiera ensayado para hacerme feliz.

—Quiero que volvamos a empezar.

—Claro que sí.

—Quiero que nos vayamos lejos. Tú, las niñas y yo. Y que tengamos una casita en la playa o algo así. Una vida sencilla. Sin pasado.

Esos mismos eran mis sueños. A esas alturas, yo me deshacía en lágrimas.

—Saldremos de esta —le dije—. Recuperaremos a Patricia. Y volveremos a ser una familia, ¿ok? Ya nunca nos volveremos a alejar.

—¿Me lo prometes?

—Te lo prometo.

Volvió a estrechar mi mano con mucha fuerza.

Yo no me di cuenta, en ese momento, de que acababa de hacerme responsable a título personal de nuestro éxito familiar.

Otra vez era yo la que debía hacerlo todo.

—Te lo prometo.

El empleado bancario tenía todo el aspecto de no haber hecho en su vida nada más que mover el di-

nero ajeno. Corbata de funcionario. Modales rela-
midos. Sonrisa de prestamista. Prácticamente, una
caricatura de sí mismo.

—Está usted pidiendo una operación muy
grande —dijo, casi sudando o llorando ante la cantidad que se despedía de su entidad—. Permítame
preguntarle: ¿Hay alguna razón para que cambie
de banco?

—No creo que sea de su incumbencia.

Estrujó sus manos. Se acomodó la corbata. Se
aclaró la garganta. Claramente, era de su incumbencia. Por eso tenía una oficina propia en un piso
alto del banco, y no una ventanilla para clientes
pobres.

—Verá usted —me informó—, esta transfe-
rencia se realiza hacia una zona bancaria más opa-
ca que la nuestra… Y tenemos que justificarla de
algún modo. Supongo que se debe a razones tribu-
tarias. En Andorra se pagan menos impuestos por
estos conceptos…

No me importaba la opinión de la agencia tri-
butaria. Me daban igual las multas o las desgrava-
ciones. Yo quería salvar a mi hija. Y no quería
ofrecerle explicaciones a un tipo que luego se las
podía trasladar a la policía. Ya no confiaba en
nadie.

—Tengo que realizar un pago —mentí—. Un
apartamento.

El hombre puso la sonrisa más adulona y re-
pugnante que he visto en mi vida.

—Debe ser un apartamento muy bonito. Por medio millón de dólares… —Definitivamente, era un imbécil.

—¿Le interesa la decoración?

—No, yo realmente…

—Está en Barcelona. En el centro histórico. No es muy grande. Lo tendré como inversión. Para alquilarlo a turistas y eso.

—Una excelente inversión, sin duda. Si necesita usted repatriar el dinero de los alquileres, sabe que puede contar con nosotros…

—Es un tema que no he pensado todavía.

Él volvió a sonreír. Ante la perspectiva de cerrar un negocio, se peinó con las manos y todo. Me pregunté si tendría familia. Si alguien podría querer a un hombre así, tan miserable que solo tenía dinero. Tecleó en su computadora y su rostro fue mutando, de las miradas de interés a las dudas o las sonrisas, según las cifras de las cuentas cuadraban con la operación en curso. Al fin, sentenció:

—Bien, prácticamente hemos cerrado sus carteras de inversión. ¿Está segura de que desea deshacerse de todos sus bonos y acciones? Algunos tienen excelentes perspectivas. Y nosotros podríamos ofrecerle un préstamo que al final se pagaría con los beneficios bursátiles…

A ese hombre había que callarlo. Me imaginé cosiéndole la boca con hilo de pescar. Le dije secamente:

—Ya tengo clara mi inversión. Pero gracias por su consejo.

—Comprendo.

Un tanto decepcionado, volvió a sumergirse en los números de la pantalla, checándolos como un médico revisa un corazón. Hasta que llegó a la conclusión que yo preveía:

—Aun vendiendo todo eso, tenemos un descubierto de trescientos cincuenta mil dólares para esta operación. ¿Hay alguna otra cuenta que desee revisar?

Saqué el maletín de Jáuregui. Lo abrí. El cuero viejo rechinó mientras yo soltaba sus cerrojos. Volqué su contenido sobre el escritorio.

El bancario vio caer esa cascada de billetes con ansia. Se le dilataron las pupilas. Salivó. Tuvo una erección. Pero a continuación, como en un *coitus interruptus,* recordó las normas y se le torció el gesto:

—Lo siento —dijo con dolor—, pero no podemos aceptar todo ese dinero sin consignar su origen bancario. Son normas antilavado de activos. No nos gustan, pero tenemos que aceptarlas.

—En ese caso, tendré que hacer la operación desde otro banco. Y todas mis demás operaciones.

Como un niño ante una travesura, el hombre del banco dudó. Apretó los puños.

Se mordió los labios.

—Discúlpeme un segundo.

Abandonó el despacho dejándome ahí, frente a mi montaña de dinero. Tardó en volver como diez minutos. En mi paranoia, temí que volvería con el teniente Carrasco, y que me acusarían ahora de blanquear dinero. Solo me faltaba añadir eso a mi prontuario personal. Pero cuando el bancario volvió, estaba solo y se veía aliviado, como si hubiera ido al baño. Se sentó pomposamente en su sitio y anunció:

—He persuadido a mis superiores de hacer una excepción con usted, considerando que es una clienta ejemplar y una persona intachable. Ya organizaré yo el papeleo justificativo. Solo necesito que me firme usted el cheque de gerencia.

A partir de ahí, solo fue un trámite. Toda mi liquidez, el maletín de Jáuregui, mi colchón financiero, no eran más que números en una pantalla. Las cifras abandonaban una columna y pasaban a otra como si nada de eso tuviera que ver con mi vida. Unos minutos. Unos papeles. Unas firmas y unos sellos. Y el rescate estaba pagado.

—Felicidades, señora Fontana. Ya tiene usted un apartamento nuevo.

Cuando salí del banco, la calle parecía un lugar nuevo. Diferente. Más acogedor.

Me sentía como si hubiera hecho mis tareas. Ahora solo debía esperar mi buena nota.

Esperar a Patricia.

Y volver a empezar a vivir.

Lo dejaríamos todo atrás. Lo tenía decidido.

Nos mudaríamos a alguna ciudad de provincias, donde atender un pequeño negocio y pasar más tiempo en familia. Mi fantasía incluía parques de atracciones y tardes de cine.

Después de unos quince minutos, noté que me seguía un coche. Esta vez, un no muy llamativo Nissan azul. Como el que tendría un bodeguero o un administrador de local de McDonald's. Para verificar que iba tras de mí, di una vuelta a la manzana. En efecto, ahí seguía, pegado a mis espaldas. Ni siquiera intentaba ocultarse.

La policía llegando tarde, con su eficiencia habitual.

Espiando mis movimientos, cuando yo ya había terminado de moverme.

Me pareció casi divertido tener a ese coche ahí. Lo dejé seguirme sin chistar. Casi hasta lo invito a estacionarse en casa. Al entrar en ella, percibí que lo ocupaban dos hombres. Por supuesto, ninguno de los dos de buen aspecto.

Mientras bajaba del coche, sonó el timbre. Sonreí ante la necesidad de seguir a alguien por toda la ciudad para después simplemente tocar el timbre de su casa. «Podían haber ahorrado gasolina», pensé.

Cuando abrí la puerta, ahí estaban los dos caballeros. Tenían peor cara de frente que en el espejo retrovisor.

Pero la peor cara sería la mía, después de escucharlos.

—Buenos días —dijo uno—, venimos de parte del señor Reinaldo Jáuregui. Nos ha pedido que recojamos un maletín de cuero. Tenemos que llevárselo.

Debieron haber visto mi tez pálida, mis ojos fuera de las órbitas, porque el segundo especificó:

—Tenemos que hacerlo ahora mismo.

LA PERSECUCIÓN

—Le pediremos por favor que se dé prisa con el maletín. No tenemos mucho tiempo.

Uno de los hombres parecía el jefe: más alto, más grande, hablaba más. Usaba un bigotito menudo, como los antiguos actores de Hollywood, que le daba un airecillo ridículo. Quizá para contrarrestar ese efecto, llevaba una cazadora ajustada, en la que su arma hacía mucho bulto. Nadie se habría atrevido a reírse de él.

El otro, más pequeño, casi enano, llevaba el pelo largo y capucha, de modo que apenas se veía su rostro. Además, movía el pie nerviosamente, como a punto de saltar. En realidad, ese daba más miedo.

—Pensé que Jáuregui ya no quería saber más de mí —les dije—. Le pedí un trabajo y lo hizo mal. Luego lo busqué y desapareció.

El hombre más menudo miró a un lado y a otro, como asegurándose de que nadie nos observase, lo cual, en realidad, resultaba casi imposible en mi calle sin peatones. Pensé que debía haberlos atendido por el intercomunicador, para verlos solo desde la seguridad de una pantalla. En cualquier caso, no los invitaría a pasar.

—Escuche, señora —advirtió el pequeño—, no hemos venido a preguntar por sus relaciones con el jefe. No son nuestro problema.

Hablaba mirando al suelo. Realmente, se trataba de un hombre acostumbrado a esconderse a cada minuto. Ni siquiera se ocultaba por necesidad, sino por hábito.

—Le estoy transmitiendo un mensaje para él.

—Tampoco hemos venido a recoger un mensaje. Hemos venido a recoger un maletín.

Recordé que hasta el maletín mismo lo había dejado en la oficina del banco.

De un modo simbólico, había roto ahí mi vínculo con Reinaldo Jáuregui.

Pero él no había roto el suyo conmigo.

—Necesito tiempo.

—¿Necesita qué? —casi gritó el pequeño, que ahora se notaba claramente alterado.

El otro lo calmó con un gesto y me dirigió unas palabras más sosegadas:

—Lamentablemente, no podemos darle eso. Porque no lo tenemos. Por favor, denos lo que hemos venido a buscar y nos marcharemos. Usted y el señor Jáuregui arreglarán sus problemas en otro momento.

Miré hacia el suelo. Los dedos de los pies de los dos hombres ya invadían el interior de mi propiedad. Si intentaba cerrarles la puerta en la cara, me empujarían hacia el interior, ya liberados de las obligaciones de cortesía. Tenía que ganar tiempo.

—No tengo el maletín aquí. Lo guardé… en un lugar seguro. No tenía instrucciones de cuándo lo recogerían. Vuelvan en cuarenta y ocho horas y les entregaré lo que quieren.

El hombre más bajito soltó una especie de bufido. El del bigotito, hizo más bien un gesto triste, casi melancólico, como si se sintiese genuinamente decepcionado. Y entonces dijo:

—Vamos a tener que entrar.

—No puedo dejarles entrar.

—Señora, estamos tratando de mantener la tranquilidad. Pero usted no lo pone fácil.

El otro intervino:

—No quieres vernos enfadados, preciosa. No te conviene. Y fue justo entonces cuando ocurrió el milagro.

Un milagro en forma de Toyota azul. Un milagro arañado, con la carrocería hecha polvo y la capacidad para arreglarla de un sueldo de policía.

Fue la primera vez en mi vida que me sentía contenta de ver al teniente Carrasco. De hecho, lo saludé con una alegría por completo incoherente con la tensa situación, y en mi grito de saludo, enfaticé su grado:

—¡Teniente Carrasco, qué gusto!

El teniente estacionó frente al garaje, justo al lado de los dos matones. Instintivamente, los dos dieron un paso atrás. Mientras apagaba el motor, el teniente los observó con curiosidad.

—¿Tiene visita, señora?

No pude reprimir una sonrisa al responder:

—Los señores ya se iban, ¿verdad?

—¿Tiene algo que contarme, Maritza?

Ya en el interior de la casa, entre las marcas y objetos de mi vida, y sin matones amenazantes con capucha, el teniente Carrasco recuperaba su aire inquietante. Aunque me había sentido aliviada de perder de vista a los hombres de Jáuregui, ahora volví a ponerme alerta. La libreta de Carrasco y su mirada de buitre me recordaban que también debía cuidarme de él.

—No sé de qué habla, teniente. ¿Puede ser más específico?

Serví una cucharada de azúcar en mi café y otra en el suyo. Olvidé preguntarle si quería azúcar, quizá por los nervios, quizá por la expectativa absurda de endulzar un poco a ese hombre.

—Hemos detectado una llamada extraña en su teléfono —dijo, golpeando su libreta con el borrador de un lápiz—. No pudimos intervenir su contenido, pero no es uno de sus números habituales. De hecho, es un número codificado que parece salir de una central en Australia.

—Puede haber sido cualquier teleoperador para venderme una tarifa telefónica.

—Por eso decidí venir aquí y preguntarle a usted qué ocurre. Y me encontré con dos tipos amenazándola en la puerta. He visto a esos tipos. Tienen antecedentes penales. ¿Me va a decir que eran testigos de Jehová? ¿Me va a decir algo, Maritza?

¿O prefiere que lo averigüe por mí mismo?

Ese momento fue como una partida de póker. Cada uno de los dos jugaba sin saber lo que el otro sabía exactamente. Y decidía a ciegas.

Yo examiné mi situación: acababa de pagar un rescate sin garantías, y ahora tendría encima a Reinaldo Jáuregui exigiéndome su dinero. Mi protector natural debía ser Percy Cuadrado, pero no podía contar con él. Ni siquiera podía localizarlo. Decidí abrir mis cartas un poco. Lo justo para contar con la policía. Que supiesen que sí les daría información, pero demandaba protección a cambio. Escogí las palabras con cuidado y las solté:

—El secuestrador... Iván...

—Aún no sabemos si es Iván...

—¡Yo sí lo sé!

Soné tan exaltada que el policía se disculpó con un gesto y pude seguir hablando:

—Iván tiene socios que trabajan para un mafioso llamado Reinaldo Jáuregui. No tengo claros sus negocios, pero...

El teniente Carrasco soltó una carcajada.

—¿No tiene claros los negocios de Jáuregui? ¿Del Padrino Jáuregui? Pues tome nota: narcotráfico, extorsión, corrupción, asesinato, robo, alzamiento de bienes, secuestro agravado... Mi libreta entera no bastaría para hacer la lista. Pero eso no garantiza que Iván sea el secuestrador de Patricia. Ni mucho menos que trabaje para él.

—No trabaja para él. Pero sí con gente cercana a él. Ha movido sus piezas para que se declare una guerra entre él y otro mafioso.

Carrasco posó en mí sus ojos de depredador. A veces, yo no sabía si quería interrogarme o desayunarme. Dijo:

—Ok, digamos que acepto esa teoría. Digamos que Iván puede hacer todo eso. ¿Por qué querría ese chico una guerra entre peces gordos?

Yo no podía responder a esa pregunta sin meterme en campo minado. ¿Debía admitir que Iván quería destruir a Cuadrado por el incendio? ¿O que al distraer a Jáuregui me dejaba sin protección? Eso era confesar más de lo debido. Más de lo seguro. Me limité a encoger los hombros y beber un trago de mi café. Carrasco ni siquiera había tocado el suyo. Como seguía mirándome, me sentí obligada a decir algo:

—Ya sabe, así son los criminales. Quizá pensó que así ganaría poder en alguno de los dos bandos..., yo qué sé.

—Ya. Usted no sabe nada, ¿verdad? Pero yo sí sé quién le ha metido esa idea en la cabeza. Y sé que le mienten. Maritza, le están poniendo la soga al cuello. Y usted sola está jalando de ella.

Dueño de la situación, el teniente se echó hacia atrás en el asiento. Cruzó las piernas. Abrió los brazos. Saboreó mi desconcierto. Y cuando me tuvo completamente atenta, se levantó:

—No voy a hacerle más preguntas, Maritza. No voy a presionarla más. Ni siquiera vendré a su casa. Cuando esté lista para decirme la verdad, búsqueme. La ayudaré. Hasta entonces, toda conversación es una pérdida de tiempo.

Y se marchó. Hasta el último segundo, intenté decírselo todo. Pero cuando cerró la puerta a sus espaldas, yo aún no había comenzado a hablar.

El tipo del banco parecía esta vez tan esclavo del dinero como en nuestro encuentro anterior. Con una sola diferencia. Esta vez, yo no venía a traer dinero, sino a retirarlo. No traía una maleta llena de billetes. Pretendía salir con una.

Eso cambia las cosas.

—Señora Fontana, aquí estamos para servirla —me saludó, y añadió con tono de comercial de televisión—: Nuestra principal preocupación es usted.

En respuesta, hice lo único que podía hacer: mentí. De repente, de mi boca salían más mentiras que verdades. A este paso, llegaría un momento en que no supiese ya la diferencia entre ambas.

—Ha salido una nueva posibilidad de negocio —dije—. Y necesito una inversión fuerte. Tampoco tanto como el piso de Barcelona. Con trescientos cincuenta mil será suficiente.

Él se relamió:

—Es un gusto disfrutar de su olfato para los negocios. ¿De qué se trata, si se puede saber?

No tenía ganas de inventar algo muy sofisticado. Él podía conocer el sector y hacer preguntas difíciles. Así que solo hice un guiño coqueto:

—Una dama debe tener secretos, ¿verdad?

Él puso la sonrisa más lambiscona que he visto en mi vida:

—Por supuesto. Déjeme revisar sus cuentas.

El dinero son solo números en una pantalla. Nunca ves más de cien dólares en metálico. Solo llevas un pedazo de plástico y aprietas unos botones. O firmas unos papeles. Y entonces, te dan cosas. El dinero no es más que la promesa de un pago, la creencia en el otro, un acto de fe.

Y mi fe se estaba agotando.

—Querida Maritza —anunció el del banco, con la sonrisa congelándose en su rostro como un animal muerto—, debe haber un error. Aquí me figuran todas sus cuentas en rojo.

Sonreí. A ver si mi sonrisa reanimaba a la suya, esa señal de obediencia y subordinación que él se ponía en la cara cuando todo iba bien.

—Debe haber un error. Sí que retiré efectivo… para el negocio de Barcelona… Pero quedaba efectivo. Y está mi cartera de inversión, ¿verdad?

—Déjeme revisarlo.

El golpeteo en su tablero comenzaba a hacerse insoportable, como un goteo constante en mi nuca, una tortura china que me perforaba el cráneo, indolora pero constante. Y cuando terminó, el hombre estaba pálido:

—Señora, no hay nada.

—No... no me diga que...

—No es solo usted. Aquí consta que su esposo, que también es titular de estas cuentas, vendió las acciones hace un par de semanas y las transfirió a una cuenta de ahorros en otro banco. Lo vendió todo, Maritza. Como si fuese a hacer la inversión de su vida. O más bien, como si estuviese desesperado...

Hacía un par de semanas. Justo antes del secuestro de Patricia. Vendió nuestra vida en común. Canceló nuestro futuro. Y lo invirtió en otra parte.

—¡Hijo de puta!

Echado en la cama, Rodolfo no parecía frágil y vulnerable. Solo indolente, como un emperador romano tumbado en su diván mientras la ciudad se incendia.

—Maritza, puedo explicarlo. Es un malentendido...

—¿Ah, sí? ¿Qué cosa entiendo mal, imbécil? Me quitaste todo. Llevabas tiempo desfalcándome. ¡Pero ahora, te lo llevaste todo!

Cuando nos casamos, y aún era él quien tenía

dinero, Rodolfo se había negado a firmar una separación de bienes. Había abierto cuentas bancarias mancomunadas para compartirlo todo. En esa época, yo lo había considerado una señal de confianza y amor. Pero eso había ocurrido en otra vida. Un aspecto de nuestra relación original que nadie recordó cambiar mientras todo se pudría entre nosotros.

—Tenía en mente un gran negocio —insistió un Rodolfo que sonaba a cada segundo más fuera de la realidad—. Te lo voy a contar…

—¡No me mientas! ¿Cómo se te ocurre que puedo creerte? ¿De verdad me respetas tan poco? ¿De verdad me crees estúpida?

No se atrevió a decir más. Su silencio lo incriminaba. Y me lastimaba. Tuve que exigir los detalles yo. Humillándome, pregunté:

—Te ibas a marchar con Inés, ¿verdad?

—Querida, no tiene sentido…

—¡No me digas «querida»! —grité, tan fuerte que el hospital entero se convirtió en un agujero negro de silencio—. ¿Cómo te atreves?

Rodolfo se incorporó en la cama. Aún recibía alimento mediante una sonda fijada en su brazo. En ese momento, yo se la habría clavado en la garganta. Dijo:

—Tú ya ni siquiera hacías el amor conmigo. Para ti, yo llevaba mucho tiempo viviendo en otro lugar. En un lugar oscuro. Lejano.

—Podías habérmelo dicho.

De repente, era él el indignado:

—¿Dónde? ¿Cuándo? ¿Durante la presentación de tu nuevo hotel? ¿En la reunión para la ampliación de capital de tu estudio? A ti no te interesaba nada que no fueras tú. Y tu carrera. Y tu éxito. Yo era demasiado poca cosa.

Ahora miraba hacia su propio ombligo, como un perro regañado. Sus palabras me daban tanta rabia que me nublaban la vista. Respondí:

—Y entonces decidiste llevarte tu corazón roto y, de paso, todo mi dinero, ¿verdad? Pobre hombre con el alma herida.

—Te lo iba a devolver. Ya sé que estuvo mal. Pero no habrías tenido nada sin mí. Fue mi dinero el que invertiste en tus negocios. Pensé que me tocaba invertirlo en mí. Comenzar una nueva vida. Con nuevas ilusiones.

Recordé a Inés, trabajando sin parar en el estudio. La imaginé cayendo del vehículo en marcha. Golpeándose la nuca contra un parachoques. Desapareciendo del mundo de Rodolfo… junto al hijo de los dos.

—No te bastaba nuestra familia, tampoco —le dije. Ya no estaba gritando. Mi voz solo constataba mi derrota—. Ibas a cambiarnos a todas.

—Eso no es verdad, Maritza. Yo…

Le pedí que se callara con un gesto. No estaba en condiciones de decirme qué era verdad. Ni siquiera tenía derecho a usar esa palabra.

Si por un instante conseguía apartar de mi

mente su traición, asomaba en ella el inconveniente práctico. Inés estaba muerta. Poner nuestro capital en sus cuentas había implicado tirarlo a la basura. Quemar billetes. Enterrar un cofre con el tesoro y perder el mapa.

Y en mi caso, el mapa era lo único que podía mantenerme viva.

La casa de mi suegra era una mansión victoriana en pleno olivar de San Isidro: un edificio blanco con columnas, último vestigio de un pasado próspero pero muy lejano. La verdad, ella y yo nunca nos habíamos llevado bien. Al principio, ella me consideraba una advenediza que iba detrás del dinero de su hijo. Luego, como no era capaz de admitir la ineptitud de Rodolfo, me acusó de anularlo con mi prepotencia.

Cuchicheaba en mi contra. Malmetía.

Pero aun así, era la única que podía quedarse con Liliana. No teníamos a nadie más.

—Hola, Maritza —me saludó con una voz gélida desde la cumbre de su desprecio. No me ofreció un café. Ni siquiera un vaso de agua.

Desde el pasillo del ala oeste, mi hija apareció gritando y se me lanzó encima para abrazarme.

—¡Mamá!

—¡Mi amor!

Yo sabía que debía mostrarme dura con mi hija por lo que había hecho en la casa. Pero no me salía regañarla. No me quedaban muchos apoyos en la vida. Me sentía feliz de tenerla al menos a ella, por pirómana que fuese.

Mi suegra nos dirigió una mirada fría. Luego, se miró las uñas, con más aprecio que el que mostraba por mí. A la izquierda, se veía la salida al jardín que Liliana había quemado. Los muebles carbonizados habían sido retirados, pero quedaban las paredes negras y el suelo, que parecía un agujero hasta el infierno.

—Te pagaremos esos destrozos —le dije.

—Claro que lo harás —respondió ella.

No quise profundizar en el cambio de mi «nosotros» a su «yo». Tan solo quería irme de ahí. Pero me correspondía mostrar algo de preocupación por su tema.

—¿Por qué hiciste eso, Liliana? ¿Por qué quemaste la sala?

Ella se echó a llorar, primero con pucheros contenidos, luego sin tapujos.

—Lo siento —dijo—. No quería que fuese así.

Ojalá todo en la vida se solucionase con un «lo siento». Yo tendría miles para repartir, para regalar a cada persona, para salvarme de mis errores.

Como mi suegra ni siquiera me había invitado a sentarme, asumí que la visita había terminado.

—Bueno —dije—, creo que es mejor que me lleve a Liliana.

Mi suegra se endureció. Adquirió un aspecto pétreo. Como una gárgola.

—Liliana, déjanos hablar a solas, por favor.

—Anda, hija, recoge tu maleta y luego vienes.

Liliana me apretó muy fuerte entre sus brazos y sentí que me devolvía la vida.

Pero al quedarnos solas, la atmósfera se convirtió en un ring de pelea. Mi suegra llevaba un albornoz de seda que, de repente, se parecía mucho al que llevan los boxeadores al subir al cuadrilátero.

—Acabo de hablar con Rodolfo —dijo secamente.

—Ajá.

—Y estoy preocupada por Liliana.

—¿Temes que te queme otra sala? ¿Un dormitorio?

—Temo que no tenga… —Mi suegra buscó la palabra cuidadosamente en algún lugar de su peinado caro, hasta que la encontró— la estabilidad que necesita.

—Estabilidad.

—Querida, no me dirás que en estos momentos tú eres quien puede ofrecerle los valores más sólidos.

Pasé por alto lo ofensivo de su actitud, las mentiras que implicaba y su negación del desfalco y la infidelidad de su hijo, que seguramente desconocía. Pasé por alto también su decisión automática de que todos los problemas de mi familia caían bajo mi responsabilidad. Lo que no podía pasar por alto es que ella no tenía ninguna autoridad en este tema:

—No quiero discutir, ¿ok? Me llevo a mi hija.

—Ella no volverá.

Lo dijo así, no con tono de imposición autoritaria, sino de hecho obvio. Y acompañando sus palabras, su chofer ingresó en la sala y se colocó detrás de ella, solícito, con las manos entrelazadas al frente y actitud de perro guardián.

—¿Qué dices? —me rebelé—. Tú no puedes...

—Hasta que Rodolfo no esté en condiciones de participar en la decisión, esa niña se queda aquí, donde está segura.

Apreté los dientes. Se me aceleró el corazón. Aun así, traté de no gritar.

—Hace un día querías que se largase...

—Lo que quiero es que tenga una familia decente. Y la educación que corresponde a su apellido y su posición. Tú no puedes garantizar nada de eso.

Ahora sí grité:

—¡Liliana!

—No servirá de nada...

—¡Liliana!

Desde el fondo de la casa, detrás de puertas, ventanas y candados, me llegó un grito ya amortiguado en susurro:

—Mamá...

—¡Hija, estoy aquí!

—Mamá...

Y luego, el silencio. En su dirección, solo mi suegra y su mastín cuidando la puerta.

—No hagas un escándalo, Maritza. En cuanto Rodolfo tenga el alta, todo se arreglará. Pero no quiero que tomes esta decisión sin su presencia. Debo velar por sus derechos y los de mi nieta.

Y así se quedó, tan ancha, tan majestuosa, tan convencida de su propia bondad, mientras su chofer, convertido en carcelero, me enseñaba la puerta.

Mientras abandonaba esa casa, pasaron por mi memoria todas las fiestas familiares de Rodolfo. Todas las bodas, bautizos y comuniones celebrados en ese jardín. Los arreglos florales y los canapés servidos a cientos de personas. Los ritos de consagración de nuestros lazos sociales. Era un mundo agradable pero falso, hipócrita. Me preguntaba si volvería a él en caso de poder. Si, de salir de todos los problemas que me agobiaban, regresaría a esas fiestas y a esa casa como un cachorro que se ha escapado en el parque.

Comprendí que yo no tenía otro lugar a dónde regresar. Había vivido refugiada en el castillo que ahora los bárbaros demolían sin piedad. Y por momentos, tenía ganas de largarme con ellos.

No tuve mucho tiempo para reflexiones existenciales, sin embargo.

Al doblar la primera esquina en el carro, sentí que me seguían.

Había aprendido a detectar a los perseguidores y a reconocer los vehículos: enormes camionetas oscuras con cristales negros, como carrozas fúnebres colectivas. La que tenía atrás era una Land Rover, y tampoco era difícil percatarse de ella, porque no hacía el menor esfuerzo por disimularse. Al contrario, cuando nos detuvimos ante un semáforo, pisó el acelerador en punto muerto, para anunciar su presencia con los rugidos del motor.

«Hola, no creas que nos hemos olvidado de ti».

En cuanto el semáforo cambió de color, permanecí en el mismo lugar. Las bocinas no tardaron en torturarme con sus chillidos. Ya estaban sonando desde que se puso el verde, porque la gente es muy impaciente. Pero conforme pasaba el tiempo y yo me quedaba inmóvil, la impaciencia de toda la fila se iba convirtiendo en gritos, en insultos, en claxonazos sin fin.

Yo ni me moví. Observé en el retrovisor a mi perseguidor, o más bien, a su cristal opaco, esa máscara sin ojos. Y decidí comunicarle que no tenía miedo. Era mentira. Estaba aterrada. Pero comenzaba a entender que mostrar mi temor solo era el primer paso para perder. Así que soporté los insultos de los conductores. «Muévete, estúpida». «¿Qué te pasa, loca?». «Mujer tenías que ser».

Y cuando el semáforo se puso en rojo, en un instante, pisé el acelerador. Pensé que con eso bastaría para alejarme. Que me quitaría de encima a la Land Rover. Que me reiría viéndola desaparecer en el espejo.

La subestimé.

Mi perseguidor aceleró detrás de mí. Ni siquiera pareció sorprenderse por mi jugada. Avanzó casi pegado a mi parachoques. Los carros de la transversal ya habían comenzado a acelerar, y tuvieron que detenerse ante su empuje. Casi se organiza un choque múltiple.

Acababa de meterme en un juego que me quedaba grande. Ya no me quedaba más remedio que acelerar, tratando de mantener la delantera sobre la Land Rover. Por suerte, encontré el siguiente semáforo en verde, pero el subsiguiente volvía a estar en rojo. Mientras me acercaba, miré los autos cruzar frente a mí. Tenía delante una prueba de puntería, a ver si conseguía cruzar por el agujero entre dos de ellos.

Atiné a girar al llegar al semáforo, tratando de cerrarme contra la esquina. Del otro lado venía un Hyundai plateado, que apretó el claxon como una orquesta de mariachis. Se desvió a tiempo de esquivarme, pero invadió su carril izquierdo y rozó la carrocería contra otro.

La única que siguió firmemente en su camino fue la Land Rover. Se quitó de encima con la cola a un pobre Volkswagen desprevenido y ya estaba ahí de nuevo, sorda a las protestas de la calle, terca en su persecución.

Intenté salir a una carretera donde pudiese correr más. Imaginé que si me detenía, bajarían de la Land Rover un par de sicarios, se colocarían a mis costados y me vaciarían las cacerinas en la cabeza. Mientras corría hacia delante, me invadieron pensamientos absurdos, como la imagen de mis sesos repartidos por la calzada. Y sobre todo, me pregunté quién liberaría a Patricia si yo no estaba. Tuve claro que Rodolfo no tendría la fuerza necesaria. Me sentí culpable con mi hija por estar a punto de morir.

Detrás de mí, la Land Rover avanzaba como un bisonte, arrasando lo que encontraba a su paso: carros y peatones se apartaban o eran devorados. No desaceleraba ante nada. Encontré una vía de salida y la tomé. Tres kilómetros más adelante, llegaría a una carretera y tendría una oportunidad. No conté con que a esa hora se acumulaban los carros que intentaban salir de la ciudad. Delante de mí, los autos cada vez avanzaban más lentamente.

Golpeé el volante. Lloré.

Grité:

—¡Por favor!

Como si alguien fuese a escucharme.

Ya ni siquiera miraba hacia atrás cuando sentí el golpe que destrozó la parte posterior de mi coche, como si fuera de cartón.

El primer tiro me salió torcido. Se suponía que debía darle a la higuera, pero le di al olmo.

—¡Mierda! —me quejé.

El segundo fue demasiado arriba. La bala debió

haber atravesado la pared y acabado en algún jardín vecino.

Lo bueno de mi enorme jardín, con sus rosaledas y sus arbustos, es que podía ponerme a disparar en el medio sin que los vecinos escuchasen demasiado. Y si no, daba igual. Prefería alterar la paz del vecindario que morir sin defenderme. O que morir, a secas.

La Land Rover había empotrado mi carro con la fuerza de un violador, empujándolo contra el muro de la vía, aplastándolo como un acordeón conmigo dentro. Por un momento, yo había creído que moriría ahí mismo. Después, cuando se detuvo, pensé que dos matones descenderían a darme el tiro de gracia, o a llevarme raptada donde Jáuregui para que le diese su dinero.

Su maldito dinero.

Atrapada entre fierros retorcidos, llegué a arrepentirme de haber conocido a ese hombre. De haber intimado con él en un hospital empujada por mi soledad y mi necesidad de contacto. De haber aceptado su venganza contra Iván. Y de haber cubierto sus necesidades legales. Un «no» en el momento adecuado, pensé, un rechazo a tiempo, y ahora sobreviviría.

Pero sobreviví.

Inesperadamente, la Land Rover dejó de embestir.

Y nadie bajó de ella.

Se quedó mirándome. Tenía el parachoques

abollado, como una sonrisa metálica y retorcida. Y los faros rotos parecían los ojos de un enajenado.

La miré en el retrovisor, a través de las lágrimas. Me despedí del mundo. Pero la Land Rover retrocedió.

Incluso en ese momento, chocó con la parte trasera a un Audi que venía desprevenido. Lo hizo al descuido, como un borrachín descuidado. A continuación, retomó la vía, aceleró y enfiló hacia la carretera. En cuestión de segundos, había desaparecido.

Me podría haber permitido un ataque de histeria. Podría haberme echado a chillar y gritar. Podría haber salido del auto en busca de ayuda. O llamado a la policía. A mi lado, el Audi chocado se estacionó. De él, bajó un señor con saco y corbata. No estaba magullado. Se acercó a mí caminando y empezó a golpearme la ventanilla:

—¿Está usted bien? ¿Quiere que llame a una ambulancia?

Ese hombre se encontraba en otra dimensión. De repente, los ruidos de la calle, las sirenas que comenzaban a acercarse, mi propio carro destrozado, eran cosas irreales, etéreas, lejanas.

Lo único concreto era el aviso.

Los hombres de Jáuregui me habían advertido que recobrase el dinero. La próxima vez, no serían tan amables.

Volví a mi casa en una ambulancia después de un examen médico. Patricia no había vuelto.

Liliana seguía en casa de su abuela. Rodolfo seguía siendo un traidor. Pero yo ya no era la misma persona. Ya no lo podía seguir siendo.

Recordé la pistola de mi esposo. Subí a buscarla. Y me propuse aprender a defenderme.

Pero ahora mismo, en el jardín, seguía disparando y disparando sin acertarle a nada.

El teniente Carrasco disimuló su sorpresa al verme. No me esperaba ahí.

Y la verdad, yo tampoco esperaba pasar por ese despacho. Total, ¿quién confía en un policía? Si estuviese entre un guardia y un asaltante, me iría con el asaltante.

Pero ahora, el asaltante había tratado de aplastarme contra un muro. Y yo no sabía qué hacer. Carrasco no podía ser peor, ¿verdad?

¿Verdad?

—Maritza… Buenos días… ¿Le pido un café?

Entré en esa oficina arrastrando los pies. Me desplomé sobre el asiento para los pacientes, o clientes, o como se llamen los que se sientan ahí. Me encogí de hombros para mostrarle mi impotencia. Y me eché a llorar.

Estaba dejando caer mis barreras. No tenía más remedio.

Me había pasado la tarde disparando como una loca, solo para llenar el muro de balas incrustadas. No había conseguido acertar una sola. No había nacido para esto. Había vivido sentada detrás de una computadora, cerrando tratos con personas de manos perfectas y cutículas recortadas. Si algún criminal de verdad me atacaba, yo pegaría tiros al aire, como ridículos fuegos artificiales, antes de recibir un tiro entre los ojos.

El teniente me acercó una caja de clínex:

—Por favor, cálmese. Estoy aquí para ayudarla. Siempre lo he estado. Es hora de que confíe en mí. Será lo mejor para usted misma.

—Solo quiero saber qué está pasando. ¿Por qué me pasa todo esto? ¿Por qué se ha ido todo a la mierda?

Carrasco se levantó de su silla y fue a cerrar la puerta. Volvió a su lugar. Se sentó frente a mí y me clavó en los ojos una mirada de compasión. Entonces, comenzó a explicarme, como si yo fuera una niña indefensa:

—Verá, Maritza, no sé qué información maneja usted. Le diré lo que nosotros hemos averiguado. Y créame: tenemos fuentes confiables.

Asentí, como si la policía necesitase mi aprobación para investigar.

El teniente Carrasco continuó:

—Durante casi dos décadas, Reinaldo Jáuregui ha dominado casi la mitad del tráfico de drogas de la capital. Empezó como un microcomerciante, pero poco a poco, fue eliminando a algunos competidores, amenazando a otros y pactando con los últimos, hasta convertirse en el rey de este territorio. Permitía a los demás trabajar, pero dentro de ciertos límites. Controlaba precios, distribuidores, cantidades. Pues bien, Percy Cuadrado se cansó de los límites.

—Pero —traté de hablar con aplomo, no como una adolescente llorosa— fue Jáuregui quien me mandó proteger a Percy. Él lo apreciaba.

—Él lo trataba como a un inferior. Hasta su protección era paternalista. Jáuregui repartía favores y contactos entre sus subalternos, como migajas. Y Cuadrado es ambicioso. Quería más poder. Quería más territorio y…, bueno, quería escoger a sus propios abogados. Jáuregui la impuso a usted para su defensa. Y él nunca consideró que fuese la persona correcta.

—¡Percy y yo nos llevábamos bien!

Carrasco se asomó a su puerta y pidió dos cafés. Yo hundí la cabeza entre las manos, como si fuera a entender mejor todo rascándome una y otra vez el pelo. El policía volvió a mi lado. Esta vez, jaló una silla y se sentó conmigo, frente al escritorio:

—Maritza: Cuadrado no podía decirle a usted que no la quería como abogada. Usted se lo habría dicho a Jáuregui. Lo que sí podía hacer es llevarla al lado oscuro. Buscar sus puntos débiles. Tratar de hacerle daño a Jáuregui a través de usted.

Recordé las conversaciones con Cuadrado en su casa, incluso con sus hijos. Sus confesiones desesperadas en el camión de carga. Pero también recordé el soborno al juez. Cómo me había convertido en una de ellos.

—¿Por qué no simplemente me rechazó? ¿Por qué no habló con Jáuregui?

—Esta gente no negocia, Maritza. Cuando quiere algo, pelea hasta conseguirlo.

—¿Y yo? ¿Qué tengo que ver yo con todo eso? ¿Por qué se han llevado a mi hija? ¿Por qué quieren matarme? He pagado, carajo. Les he dado lo que quieren.

Llegaron los cafés. Una secretaria colocó un vaso de cartón humeante frente a cada uno de nosotros. Bebí un trago y me quemé la garganta. Es lo que llevaba tiempo haciendo, quemándome a mí misma con mis propias acciones.

El teniente Carrasco esperó a que devolviese el vaso a la mesa y respondió mi pregunta. Su respuesta también me quemó la garganta:

—Maritza, Jáuregui se sentía… atraído por usted.

—¿Qué?

—No se le acercan muchas mujeres elegantes e inteligentes. Él quería hacerla a usted feliz. Usted mejoraba su mundo.

—Y entonces Cuadrado…

—Vio abrirse un frente de ataque.

Me estaba mareando. Las ideas no encajaban unas con otras. Rebotaban, chocaban, se destruían entre sí. Traté de resistirme al mundo tal como lo describía el teniente:

—Eso no es posible. Cuadrado trataba de protegerme. Me ayudó a buscar a Iván. Fue él quien descubrió que Iván trabajaba con gente de Jáuregui...

Esta vez, Carrasco me tomó la mano. Habría sido un gesto inapropiado..., de no haber sido una muestra de compasión. Sabía que lo que diría iba a dolerme:

—Maritza... Nos consta que Iván trabaja para Percy Cuadrado. Siempre lo ha hecho. Cuando Jáuregui le mandó a usted a Percy como cliente, no sabía que había mandado incendiar la casa de uno de sus hombres. Pronto, los dos ataron cabos y entendieron que podían beneficiarse de la situación, cada uno con sus objetivos. Iván estaría más cerca de Patricia. Y Cuadrado podría desestabilizar a Jáuregui.

Todo el mundo me mentía. Mi esposo, mi hija, mis clientes, mis protectores. Yo no vivía en una realidad, sino en un escenario, un decorado de fiesta infantil, hecho de cartón piedra, pintado con brocha gorda y escarcha.

—Les he dado el dinero —murmuré—. Le he dado el dinero de Jáuregui, y el mío, a esa gente. A Iván y sus socios. Y no me devolverán a mi hija.

Carrasco dio un largo trago de su taza ardiente. Parecía no hacerse daño con nada. Invulnerable. Después de pasar el café, volvió a tomarme la mano, pero ahora como un tío a su sobrina, con superioridad, casi con piedad.

—Aún podemos recuperar a Patricia —anunció, con el rostro serio y una duda en los ojos—. Pero ahora, usted tiene que ayudarme. ¿Está dispuesta?

Era imposible. La propuesta del teniente Carrasco iba más allá de lo razonable.

Aunque yo ya no vivía en un planeta razonable.

Salí de la comisaría con la cabeza golpeando como un bombo.

¿Debía arriesgarlo todo por salvar a mi hija?

¿Y acaso me quedaba algo relevante que arriesgar?

Entré en mi carro y permanecí sentada en el asiento, mordiéndome las uñas, aferrándome al volante, tratando de tomar una decisión.

Apenas escuché cuándo sonó el teléfono.

Y cuando contesté, sí escuché lo que me decían del otro lado. Pero no lo quise creer.

No había entrado en ese hospital muchas veces. No tantas como habría debido. Había preferido dejar a mi padre marchitarse a solas, igual que él dejó morir a mi madre.

Era lo que correspondía, ¿no? Era lo que él se había ganado.

Pero ahora me preguntaba si un hijo debe cobrarles todas las culpas a sus padres. No sé si debemos esperar que nuestros progenitores sean perfectos, ideales, ejemplares. Quizá debemos saber que son humanos. E intentar sobrellevar su imperfección.

Pero, claro, esto lo pensaba ahora que yo me había vuelto tan imperfecta. El mío no era un pensamiento alimentado por la grandeza espiritual, sino por el remordimiento.

—¿Señora Fontana? Mi sentido pésame. Por aquí, por favor.

La enfermera que me recibió tenía maneras suaves y una voz casi inaudible. Sus pies no parecían tocar el suelo. Quise que mi padre hubiese pasado los últimos años así, rodeado de gente ingrávida.

Con modales exquisitos, la enfermera me condujo por un largo pasillo hasta el dormitorio. Por lo visto, lo habían dejado ahí, tal como lo habían encontrado. Se trataba de una institución médica, aunque fuese psiquiátrica, así que podían examinarlo ahí mismo, extender el certificado de defunción y llevarlo directamente a un agujero en algún lugar. Solo necesitaban un familiar para hacerse cargo del papeleo.

Cuando llegué a su habitación, lo encontré tumbado boca arriba. Ya le habían cerrado los ojos. Y parecía más feliz que nunca antes. Me pregunté si habría pensado en mamá al morir. O en mí. O en algo. No tenía idea de cómo funcionaba su cerebro: si era una pantalla apagada o más bien un caleidoscopio hiperactivo lleno de imágenes fantasmagóricas, sin sentido.

Toqué su rostro.

Estaba duro y frío como el mármol.

Era la primera vez que tocaba un muerto.

—Adiós, papá —susurré a su oído inmóvil—. No eras tan malo.

Me pasé la tarde rellenando papeles: identificación del cadáver, cancelación de cuentas finales, gastos del sepelio. Ya había un empleado de la funeraria ahí. Aunque todos se comportaban con la mayor educación, sentí que tenían prisa por desocupar la cama.

Esa misma noche, casi sin notarlo, ya me encontraba en un tanatorio, sentada junto a un ataúd, velando a mi padre. La ocasión me dio mucho tiempo para pensar, sobre mi pasado y mis decisiones futuras.

Nadie más vino en toda la noche. Al día siguiente, lo enterré.

Pasé dos horas en la comisaría, con el teniente Carrasco y dos mujeres de la división contra el crimen organizado. Ellas me explicaron cómo funcionaría la operación. Yo asentía y trataba de memorizar sus instrucciones. «No perder la calma». «Hablar con claridad». Sentía que esas palabras no se dirigían a mí. Que sonaban en alguna dimensión lejana.

Después, me pidieron desnudarme de cintura para arriba.

—Teniente, vamos a pedirle que se dé la vuelta, por favor.

El teniente me dio la espalda mientras me quitaba la camisa. Las policías arrancaron largos pedazos de cinta adhesiva.

—¿Está usted nerviosa? —preguntó el teniente.

—No —respondí con sarcasmo—. Hago esto todos los días.

Las dos mujeres colocaron un micrófono entre mis pechos. Era pequeño y regordete, como un borrador escolar.

—Todo va a salir bien —siguió diciendo el teniente de espaldas—. Recuerde que la estaremos protegiendo. Ante cualquier sobresalto, intervendremos.

Descubrí que estaba perdiendo pelo en la coronilla. Saberle un defecto, por bobo que fuese, resultaba en cierto modo reconfortante. Como tener una carta más en la mano.

—¿Y si no? —pregunté—. ¿Y si algo sale mal?

Las policías acababan de verificar la firmeza del aparato y el pegamento de la cinta. Me autorizaron a ponerme la camisa. Ya abrochaba el último botón cuando llegó la respuesta:

—Ya no podemos permitirnos que algo más salga mal. Ni usted ni nosotros. ¿Está lista?

Él se volteó. Yo palpé el micrófono en mi cuerpo. Tuve la certeza de que me descubrirían, de que todo saldría mal y acabarían ejecutando a mi hija.

—Sí —mentí.

Todavía no sé cómo lo encontraron. Supongo que esta gente tiene sus contactos y sus soplones. Gente ruin dispuesta a denunciar a sus compinches a cambio de una propina, o de que les dejen pasar algunos pequeños delitos. Quizá infiltrados. En todo caso, me llevaron hasta él.

Yo esperaba llegar a alguno de los extraños escondites donde había visto a Cuadrado: el camión de carga, por ejemplo, o la granja de cerdos. En vez de eso, para mi sorpresa, me depositaron en una cancha de fútbol municipal.

Pasé media hora ahí, sentada a solas en la grada, presenciando un entrenamiento de niños de diez años. Ellos corrían de un lado a otro, dribleaban la pelota en una línea de postes, se daban pases, y yo me preguntaba qué ocurría.

Solo cuando el entrenamiento terminó, me fijé en el entrenador que daba instrucciones a esos niños. Parecía un tipo entrañable, acaso el padre de alguno de ellos, pendiente del equipo y promotor de la vida sana. Cuando se quedó solo en medio de la cancha, guardando sus cosas en un maletín deportivo, fui reconociéndolo por partes.

Los lentes oscuros de quien esconde la mirada.

La voz aguardentosa que me había guiado en el supermercado, a través de la trastienda hasta el estacionamiento.

El porte de guardaespaldas de la Land Rover, junto al centro comercial.

Mientras se pasaba un peine por el pelo sudado y cargaba su mochila, no parecía un sicario, el guardaespaldas de un capo. Parecía hasta más pequeño que las otras veces, y nada amenazante. Sin embargo, no había perdido la perspicacia. Él sí me había reconocido a mí, desde el principio.

Al pasar a mi lado, soltó, sin dejar de caminar y casi con los labios pegados, una sola palabra:

—Venga.

Me levanté y eché a andar a su lado. Él rumió, siempre con la boca semicerrada:

—No se me pegue. Camine más atrás.

Obedecí. Ese hombre parecía entrenado para pasar desapercibido al caminar.

Ese debía ser su trabajo principal.

Llegó a una puerta metálica a espaldas de la grada y la abrió con unas llaves herrumbrosas. Ahí, abajo de los asientos para los espectadores, se hallaba un desván de equipos deportivos: un cuarto oscuro y caluroso como un sauna, lleno de pelotas, redes y conos, pestilente de sudor y masculinidad. Él soltó en el suelo su maletín deportivo, y aunque encendió una luz de neón tembloroso, no se quitó los lentes oscuros.

—¿Qué hace usted aquí?

—Quiero a mi hija.

—¿Y qué? No sé dónde está.

—Pero puedes saberlo.

Para grabar la conversación, yo me estaba acercando mucho a él, con los botones del escote abiertos para mejorar la calidad de recepción del micrófono. De repente, noté que podía parecer una provocación. Me retiré un poco y me llevé la mano al pecho pudorosamente.

Era imposible saber qué pensaba detrás de esos lentes oscuros. Sudaba en la frente y debajo de la nariz.

—No sé de qué me habla —dijo.

—Sí lo sabes. Sé que la tiene Percy Cuadrado. No hace falta que me mientas más.

Se rio suavemente, con un sonido que parecía más una respiración que una risa.

—¿Sabe a dónde ha venido a meterse?

De repente, comprendí que él me había dejado pasar al fondo del desván y se había quedado atrás, bloqueando la única salida. El calor aumentó, como en un horno.

—No quiero hacerle daño a nadie —dije—. Solo quiero a mi hija.

—Eso no es asunto mío.

Dio un paso adelante. Su proximidad subió aún más la temperatura. Y aumentó el olor a humanidad. Me pregunté cuánto tardaría ese hombre en retorcerme el cuello y matarme. Me pregunté si le daría tiempo a la policía de impedirlo, o solo de detenerlo y acusarlo de asesinato.

A lo mejor hasta negociaban con él una rebaja de pena a cambio de información. A lo mejor, yo solo era la carnada.

—¿Eres padre? —le pregunté—. Si eres padre, entenderás cómo me siento.

Él vaciló. Yo debía haber acertado. Es más, él debía ser padre de una niña. Si algo era yo capaz de entender de esta gente, es que solo consideraban humanas a sus madres y sus hijas. Pero a ellas, las adoraban. Continué hablando:

—Tu jefe me ha engañado, se ha aprovechado de mí para tratar de dañar a Jáuregui. Y se ha aliado con el secuestrador de Patricia...

Él intentó interrumpirme. Se lo impedí:

—¡No lo niegues! Sabes que es verdad. Sabes que lo sé. Lo único que te pido es el paradero de Patricia. Un dato. Una dirección. Nadie sabrá que tú la filtraste. Ni siquiera me interesa vengarme de Cuadrado. Ni de Iván. Ya te lo he dicho: solo estoy pensando en mi hija. Es lo que harías tú también.

La luz parpadeó. Por un instante, fue como si una tormenta relampaguease en el interior del desván.

—Yo solo sé lo que no haría —explicó su voz cascada—. No traicionaría a Percy. Y menos en medio de su guerra contra Jáuregui. Él me buscaría. Me encontraría. Y me arrancaría los huevos.

Noté que los bordes del cuello de su camiseta estaban anegados en sudor. Mi camisa también. De hecho, la cinta adhesiva comenzaba a resbalarse. No podríamos sobrevivir ahí dentro demasiado tiempo. Disparé mi última bala:

—Puedo pagarte —dije—. Mucho dinero. Suficiente para que te vayas muy lejos de aquí. Tú y tu familia.

Él se quedó quieto. Por lo menos, ya no avanzaba hacia mí.

Rodolfo tenía mejor aspecto. No mejor que en el hospital: mejor que en los últimos años. Color en las mejillas. El andar, seguro. La mirada, limpia. Una nube negra había desaparecido de su vida, al parecer.

Y esa nube era yo.

Él había propuesto recibirme en casa de su madre, pero yo había preferido encontrarlo en una cafetería de Miraflores. No quería visitar a mi hija como en el locutorio de una cárcel. Esa era una de las cosas que quería negociar en esa reunión.

—¿Cómo está Liliana? —pregunté, sin preguntarle por él mismo, sin besarlo, sentándome bruscamente en la mesa donde me esperaba bebiendo un agua mineral.

—¿Quieres un vino blanco? —ofreció él—. Siempre recuerdo lo mucho que te gusta.

—Quiero un café.

Rodolfo llamó a la camarera y pidió. De repente, se veía cargado de aplomo e iniciativa. Dueño de la situación. ¿Sería yo la que le había pisado la cabeza contra el suelo hasta ese día?

Como fuese, él alzó su vaso haciendo sonar los hielos y me ofreció un brindis en el aire. Se veía de demasiado buen humor para tener una hija secuestrada por una banda de criminales.

—Liliana está muy bien —afirmó—. Te echa de menos. Si luego quieres ir a casa…

Percibí que llamaba «casa» a la de mi suegra. Quizá su buen aspecto se debía a eso: había vuelto a ser un niño. Había vuelto a esconderse bajo las faldas de su madre. Nos trajeron el café y guardamos silencio mientras lo servían, como quien carga munición. En cuanto la camarera se marchó, yo disparé:

—¿Por qué, Rodolfo?

Él alzó las cejas, como preguntándose de qué le hablaba. Me irritaba su aire de tranquilidad y sorpresa ante mi ánimo alterado. Era obligatorio encontrarnos alterados. Pero no me dejé arrastrar por mi mal humor y terminé mi pregunta:

—¿Por qué apartas a mi hija de mí?

Hizo un mohín de comprensión, siempre con una mirada petulante, de superioridad. Pero ahora, respondió:

—No eres una buena influencia. Por favor, sé todo lo del despido del bufete. ¡Hasta la policía ha estado investigándote!

Lo primero, lo dijo dando a entender que Inés lo mantenía al tanto de mis conflictos con los socios. No esperaba menos. Lo último, lo dijo en voz baja, avergonzado de mí. De mí, la que lo había mantenido a flote durante casi dos décadas, a salvo de sí mismo, de su abulia y de su ineptitud, la que le había dado una familia y un maldito lugar en el mundo.

Lo que él necesitaba era una mujer ancla, que lo atase al suelo. Me había cambiado por Inés para eso. Y ahora tenía a su madre.

Pero yo no estaba ahí para pelear:

—Tienes razón —admití—. Ya no tengo trabajo. Ni familia. Ni dinero. Lo del dinero lo sabes porque te lo llevaste tú. Ya no tengo nada. Me persiguen un montón de delincuentes. Y hasta que esto no termine, ni siquiera me atrevo a tener a Liliana cerca. Pero ¿sabes qué? Soy la que puede salvar a Patricia.

Su aspecto de perfecto control se tambaleó un poco. Recuperó el aplomo, pero mantuvo el silencio. Yo seguí hablando:

—Tenemos un soplón cerca del secuestrador. Podemos llegar a Patricia y sacarla de donde la tienen. Podemos salvarla. Pero nuestro contacto pide dinero.

Rodolfo se escandalizó con la mirada:

—Por Dios, Maritza... No te reconozco.

—Puedes consultarlo con el teniente Carrasco. Estoy trabajando en coordinación con él. Si no me crees, llámalo. Él te explicará que la policía no pone dinero para estas cosas. Somos... —traté de recordar las palabras exactas del teniente— «una operación en los límites de la ley».

Pareció recobrar la calma al oír la mención al teniente. Supe que lo llamaría en cuanto volviese a su casa, seguramente con su madre escuchando en otro teléfono, en espera de preguntarle qué debía hacer.

—Te equivocas conmigo, Maritza —murmuró—. Yo no tengo dinero. Lo pasé todo a las cuentas de Inés, ¿recuerdas? Está atrapado ahí. No me queda un céntimo.

—Ya sé que tú no tienes nada, estúpido… —Dejé que mi insulto calase su piel, se colase en su torrente sanguíneo, circulase hasta su corazón—. Pero tu mamá, sí. A lo mejor es hora de que mi suegra sirva de algo.

Un parque de atracciones. El último lugar que uno habría pensado para nuestro encuentro.

El guardaespaldas de Percy Cuadrado me había citado al lado de la casa de los horrores, quién sabe si por alguna razón de seguridad o un fino sentido de la ironía. Lo esperé ahí durante veinte minutos, entre niños gritones y parejas adolescentes. Y cuando ya estaba a punto de marcharme, lo vi cruzar frente a mí, alejándose en dirección a los juegos mecánicos.

—¡Oiga! ¡Oiga!

Él se volteó y se llevó el dedo índice a los labios. Yo obedecí. Como un perrito faldero.

Atravesamos platillos voladores que subían y bajaban llenos de familias excitadas. La lanzadera, donde los participantes descendían en caída libre casi hasta el suelo. Los autos de choque, que se estrellaban unos contra otros entre carcajadas y helados derramados. Tanta alegría me agobiaba.

El guardaespaldas de Percy estaba a punto de marcharse de la feria, pero se detuvo ante la última atracción: la rueda de la fortuna. Como se quedó ahí, de espaldas, yo me limité a ponerme de pie detrás de él. Y acabamos los dos metidos en la misma cabina.

La cabina tenía espacio para dos personas más. Pero los siguientes de la cola fueron embarcados en otra. Supuse que el empleado de la rueda era amigo de mi nuevo compañero de diversión.

Comenzamos a ascender, peldaño a peldaño, mientras se llenaban las cabinas.

—Espero que no le den miedo las alturas —me dijo.

—Hay cosas que me dan más miedo.

Un peldaño más.

—Mi padre trabajaba en una feria de estas —explicó él—. Era maquinista. Llevaba el martillo, ese juego que se mueve de un lado a otro y uno siente todo el tiempo que se va a caer. Para mí, mi papá era muy listo. Tenía el mejor trabajo del mundo. Y luego, ya me ve.

—No he venido a preguntarle por su vida familiar —aclaré.

—Ya lo sé. Esto lo hago gratis. —Sonrió.

Yo no le devolví la sonrisa. Pero igual dijo lo que quería decir. Tenía todo el tiempo del mundo:

—A mis hijos les preguntan en el colegio qué

hacen sus padres. Ellos dicen que soy agente de seguridad. Supongo que en realidad soy agente de inseguridad, ¿verdad?

Volvió a sonreír solo. La rueda de la fortuna comenzó un movimiento regular. A nuestros pies, la ciudad era una colmena gigante que se perdía en el infinito, llena de abejas que iban y venían sin poder salir nunca de ahí.

Saqué el sobre con el dinero. Ya habíamos tenido suficiente intimidad, maldita sea. Se lo entregué. Él no lo abrió para contarlo. Lo guardó en una mochila negra, que cerró rápidamente. De otro bolsillo, sacó un papel doblado, que me pasó. Yo sí eché un vistazo a lo que me entregaba. Era un mapa.

—Deme veinticuatro horas —pidió—. De todos modos, es lo que necesitará la policía para organizar el operativo. En ese tiempo, yo desaparezco. Salgo del país con mi familia… y me compro una máquina en una feria. Es hora de cambiar de sector.

No tuve dudas con el mapa. Reconocía la zona. Nada de camiones de carga ni granjas de cerdos. Era una casa con jardín en un barrio de lujo, no muy lejos del mío. Decenas de viejas amigas vivían en ese vecindario, aunque de repente, esas amigas parecían mucho más viejas aún, de una vida anterior.

—¿Ahí? ¿Ahí ha estado todo el tiempo?

—La vida te da sorpresas.

Él se encogió de hombros. La rueda de la fortuna volvió a la velocidad de cabina por cabina, ahora para devolvernos a tierra. Paso a paso, nos íbamos acercando al suelo. Diez, nueve, ocho…

—Veinticuatro horas —acepté.

—Y tenga cuidado —me recomendó él.

Siete, seis, cinco…

—¿Que tenga cuidado? ¿Usted cree que me pueden pasar más cosas?

Cuatro, tres…

—Ahora, usted cree que puede confiar en Carrasco. Como antes creyó que podía confiar en Cuadrado. Como antes creyó que podía confiar en Jáuregui.

Dos, uno…

—Pero no puede confiar en nadie —concluyó él.

Cero.

—Diez, ocho, comando. ¿Todos en posición?

De madrugada, en ese barrio tranquilo, frente al muro, el seto y la cerca electrificada de la casa, cada sonido se amplificaba. Sentí que el susurro de la radio podía despertar a todos los vecinos.

—En posición. Esperando confirmación de todos los equipos.

Contra su voluntad, el teniente Carrasco había tenido que permitirme acompañarlo en el carro que dirigía el operativo, un Hyundai oscuro sin distintivos policiales. Otros dos equipos debían apostarse en los extremos de la calle. Y desde ahí, diez guardias se acercarían a la puerta principal para el asalto.

Yo no tenía claro que fuesen suficientes.

—Diez, ocho, confirmados los equipos.

Carrasco había pedido también un helicóptero, pero esa misma noche se había declarado un incendio en el centro. Todas las unidades disponibles se habían desplazado hacia allá. El operativo había estado a punto de suspenderse, pero en cuestión de horas, los secuestradores podían desplazarse hacia otro refugio. Y en ese caso, lo habríamos perdido todo.

Aunque quizá ya lo habíamos perdido. No lo sabríamos hasta entrar.

—Aún puede marcharse y dejarnos actuar —advirtió Carrasco—. No es seguro que usted esté aquí.

—Ni hablar —le dije.

—Teniente, todos los equipos esperando la orden para entrar.

El teniente agarró la radio y se la llevó a la boca, pero no apretó el botón para hablar. Antes de eso, me dijo:

—No podemos garantizar lo que haya dentro. Ni qué ocurrirá con nuestra entrada. ¿Está claro?

Yo asentí. Él apretó el botón.

—Adelante —ordenó.

Y entonces, todo empezó.

CÓMO ME HICE FAMOSA

Lo primero que sonó fue la mecha. Como un siseo. O un murmullo.

Lo segundo, los zapatos de los guardias, alejándose de la puerta. No mucho.

Solo lo suficiente para alejarse de las esquirlas.

Y luego, la explosión. Eso no sonó demasiado. Ya me habían explicado que el explosivo plástico hace menos ruido que la dinamita. La explicación se había guardado en mi cabeza, entre toda la información inútil que rodeaba al único dato importante, que era el paradero de Patricia.

Lo que sí sonó fue la puerta al estrellarse contra su propio marco, astillándose y haciéndose añicos.

Una columna de humo salió de la puerta. Los guardias se internaron a través de ella. Llevaban cascos y chalecos antibalas. Por la radio de Carrasco, comenzaron a sucederse los sonidos.

Carrasco preguntó:

—Sargento, informe.

—Primer jardín, despejado, señor… Entrando en la sala… ¡Quietos, carajo!… Aquí tenemos a dos… Hombre y mujer… No han presentado resistencia… No van armados… Dos columnas se han dividido… Ahora están entrando en las habitaciones… Primer cuarto, vacío… Segundo cuarto, vacío… En el último, hay alguien… Voy para allá…

Y aquí empezó la parte horrible. Gritos de mujer. Gritos de chica. De Patricia. Le dije a Carrasco:

—Van a matarla.

—No podemos interferir. Es peligroso.

—Van a matarla para no entregarla.

—Señora, haga el favor de calm…

No podía pedirme que me detuviese. No podía pedirme que pensase. Abrí la puerta y me lancé a la calle. Ni siquiera sentí el humo de la puerta al atravesar la nube. Había quedado un policía cuidando la salida, pero no tenía previsto mirar a la entrada, y no reaccionó a tiempo de impedir el paso. Lo sentí correr a mis espaldas, y luego, más atrás, la voz de Carrasco:

—¡Déjala! Quédate en la puerta. Ya me ocupo yo.

Atravesé una enorme sala entre dos guardias que rastrillaron sus armas al verme. Habrían podido disparar ahí mismo, pero se contuvieron. Me daba igual. Yo llevaba el arma de Rodolfo en el bolso. Podía ponerme a disparar ahí mismo si no veía a mi hija.

Ya en el interior, comencé a escuchar los gritos de Patricia.

—¡Suéltenlo! —decía—. ¡No se acerquen! —O algo así.

Carrasco me agarró por la espalda y el cuello. Yo solo conseguí gritar.

—Tiene que salir de aquí —exigió.

—¡Quiero verla!

Le mordí la mano. De repente, los guardias no sabían si saltar sobre mí o esperar órdenes. Yo solo oía a mi hija rugir en la habitación del fondo. Las imágenes se me presentaban a cámara lenta. El mobiliario, bastante moderno y funcional, con muebles cromados y mesas bajas. Una mujer, mayor que Patricia, arrodillada con un guardia detrás, mirando al suelo. Más adelante, entre las paredes de modernos colores verdes, estaba Iván. ¡Iván!

Me detuve frente a él un instante. También lo tenían arrodillado y cabizbajo, pero alzó la mirada al sentir mi presencia.

Quise abofetearlo. Quise quitarle el arma al guardia y dispararle.

Pero seguí adelante. En la última habitación, Patricia continuaba gritando, y pensé que trataba de librarse de sus captores. Quise creer que luchaba por su libertad. ¿Qué más podía estar haciendo?

Crucé el umbral. Era el último umbral.

¿Le habrían dado de comer? ¿La tendrían sujeta a la pared? ¿Le estarían apuntando con un arma?

Ahí estaba.

Al fin.

No estaba amarrada. Ni drogada. No tenía cicatrices ni llagas. No se veía desesperada, moralmente destruida, ni siquiera alterada; al menos, no antes de la llegada de la policía. Llevaba una camiseta limpia y de marca, y el pelo lavado con champú, bien peinado, anudado en un lazo.

—¿Qué te han hecho, cariño? ¿Estás bien?

—No. ¿Qué le han hecho los guardias a Iván? ¡Diles que no le peguen!

Tardé un poco en escuchar las palabras que salían de su boca. Primero, la abracé. Su cuerpo me pareció firme y sano. Incluso había ganado peso.

—¿Has estado aquí todo el tiempo? ¿Te han hecho daño?

Solo entonces reparé en el lugar donde estaba. Su celda. Su guarida. El pequeño espacio que la había mantenido alejada del mundo. Tenía demasiado buen aspecto. Había un televisor en una esquina. Y vista al enorme jardín. De las paredes, colgaban afiches de cantantes. Beyoncé. Justin Timberlake. Rihanna.

Un policía se me acercó. Con el casco y el chaleco antibalas parecía un robot. O un astronauta.

—Señora, por favor, tiene que dejarnos trabajar.

—¡No, usted tiene que dejarme con mi hija!

Volví a abrazarla. Temía que si la soltaba, desapareciese en el aire, por arte de magia.

Creo que, entonces, una parte de mí comenzó a comprender lo que significaba ese lugar. Y su actitud. Lo extraño que resultaba todo para tratarse de una persona que había estado retenida contra su voluntad.

—¿Qué te han hecho?

—He estado bien, mamá.

—No tienes que mentirme. Dime qué te han hecho. Haremos que se pudran en la cárcel.

—De hecho, la chica que han detenido ahí afuera no es una secuestradora. Es una amiga que se quedaba a dormir.

Una amiga que se quedaba a dormir. Como si eso fuese un campamento.

Ahora, Carrasco se había apostado en el marco de la puerta. El otro policía se había marchado, sintiéndose inconsistente en su uniforme de antidisturbios con esa habitación llena de ilusión adolescente.

Me acerqué a un armario empotrado en la pared. Abrí un cajón. Estaba lleno de ropa interior rosada. Algunos de los calzones tenían lacitos. Abrí otro cajón: camisetas playeras con leyendas como «Las chicas buenas van al cielo. Las chicas malas van a Nueva York». Y otro cajón más: medias de colores.

—Qué raro —comenté en voz alta, porque seguía sin admitir lo obvio, porque seguía viendo cosas raras donde no había más que evidencias—. Es como una habitación normal. Pero no te habrán golpeado, ¿verdad?

Ella miró hacia afuera, por la ventana. Entendí

que evitaba mis palabras. Evitaba incluso el contacto visual.

Y entonces, sobre la mesa de noche, encontré lo que menos habría esperado en el largo y angustioso cautiverio de mi hija: un teléfono móvil.

—¿Tenías un teléfono? —pregunté, porque aún esperaba que me dijese que no, que eso era de juguete, que nunca en todo este tiempo había podido llamarme, ni había dejado de pensar en mí.

—Es de Iván —dijo ella, como si eso cambiara en algo la situación.

—Tenías un teléfono —repetí, en espera de que todo fuese un error—. Y no me has llamado. De hecho, podías marcharte de aquí, ¿verdad? No estabas encadenada. Ni siquiera estabas encerrada.

—Mamá, es largo de explicar…

Carrasco debió ver lo que me proponía. Estaba a punto de saltar sobre mi hija y arrancarle la lengua. O los ojos. Pero tardaba porque me negaba a creerlo. Mi cuerpo se negaba a creerlo y a reaccionar como mi cabeza le ordenaba. Y entonces, el policía se adelantó:

—Tenemos que ir a comisaría. Ahí le tomaremos declaración.

Ahí le tomarían declaración. Ahí, aún podría decir que se encontraba en esa casa contra su voluntad. Que había sufrido un traumático rapto. Que necesitaba un médico, un hospital, un psicólogo. Eso podría decir. Aunque solo fuera para seguir siendo la víctima y no la cómplice. Aunque lo hicie-

se para hacerme sentir una salvadora, una madre
coraje y no una vulgar estafada, una víctima de su
propia hija.

Ojalá lo dijese.

En las películas, las comisarías tienen habitaciones
de interrogatorios: una mesa con dos sillas y un
largo espejo en la pared. Un espejo falso, detrás del
cual se colocan los policías para espiar al sospechoso mientras él se derrumba ante la presión de un
interrogador hábil.

En la comisaría donde nos llevaron, había
mesa y sillas, pero no espejo. En vez de eso, un pe-
netrante olor a desinfectante barato me lastimaba
la nariz.

Se abrió la única puerta de la sala y entró el teniente Carrasco. Cerró a sus espaldas.

Soltó un hondo suspiro y se sentó frente a mí:

—Lo que me está pidiendo es completamente
irregular —dijo—. Me puede meter en problemas.

—Yo también lo puedo meter en problemas
—avisé—. Puedo ir donde Percy Cuadrado a
contarle que usted me hizo sobornar a su amigo.
O contárselo a la prensa. Estas historias les en-
cantan a los periodistas.

Lo dije sin emoción. Sin sentimiento. Mi interior se había convertido en un desierto con el cielo
nublado.

Él se rio:

—¿De verdad? ¿Iba usted a ir donde Percy Cuadrado a contarle que usted misma lo engañó? Sabe
que no saldría de ahí viva.

—Eso ya no me importa, en realidad, ¿sabe usted? Queda poco que matar aquí dentro.

El teniente se revolvió en su asiento. En algún
momento de toda esta historia, me había parecido
guapo. Una de esas personas que en otra vida habría podido ser mi amante, incluso mi novio. Llevaba mucho tiempo sin ánimo para fantasías. Pero
la idea había atravesado mi mente.

—Usted comprende que no puedo dejar ir a su
hija, ¿verdad? —preguntó.

—No quiero que se vaya. Solo quiero que me
diga a la cara por qué me ha hecho esto.

—Los adolescentes son…

—¡Pagué su maldito rescate y ni siquiera me
mandó decir si estaba viva! La imaginé tantas veces
violada, descuartizada, tirada en una cuneta…

El teniente me examinó. Su experiencia de interrogador le permitía calcular con mucho acierto sobre la sinceridad de las personas. Y yo estaba siendo
ahora, por primera vez con él, más transparente
que una ventana sin cortinas. Finalmente, resolvió:

—Digamos que se lo ha ganado. Por su colaboración. Abandonó la sala.

No miré hacia ella. Solo escuché los pasos
arrastrados de unos pies pequeños. El rechinar
de unas patas de silla rasgando el suelo. El sonido de
un bulto cayendo de golpe contra el asiento.

Cuando alcé la vista, Patricia se encontraba frente a mí, sentada en la silla que antes había ocupado el teniente, con la mirada en el suelo y todo el pelo echado sobre la cara, como una máscara de carnaval, o el pasamontañas de un ladrón de bancos. O como una muralla entre ella y yo.

Dije:

—Cuando eras niña, apenas de tres años, me gustaba llevarte a la playa. Íbamos siempre que podíamos. Tú caminabas hasta la orilla y mirabas al mar. Te parecía impresionante. Toda esa agua, como un cielo al revés. Pero cuando una ola se acercaba a la orilla, corrías hacia atrás. Apenas era una espumita blanca e inofensiva. Aun así, te daba mucho miedo. Llorabas de terror. Volvías a mi toalla, me tomabas de la mano y regresabas conmigo al borde del mar. Y ahí, agarrada a mí, dejabas que las olas te mojaran los pies. Yo te hacía sentir segura. Protegida. Eso me hacía sentir importante, ¿sabes?

Mi hija apenas se movió. Por un momento creí que no estaba respirando. Al final, alzó la cabeza, y bajo su mata de pelo apareció una mirada fría, inexpresiva. Ahora, de hecho, producía aún más la impresión de llevar puesta una máscara.

Hasta que habló:

—¿Por qué has venido aquí?

Podría haber dicho «hola». «Lo siento». «Me engañaron». «No quiero ir a la cárcel». Pero dijo eso. Respondí:

—Pensé que me necesitabas. Ahora se te viene una ola muy grande.

Ella se sacó de la blusa una cajetilla de Marlboro y un encendedor. Prendió un cigarrillo y arrojó el encendedor a la mesa. Sentí que me arrojaba una piedra a mí. Luego, expulsó el humo en una columna larga y concisa. Sentí que me apuntaba con un lanzallamas. Por fin, dijo:

—No me acuerdo de eso de la playa. Mis recuerdos son otros. Vestirme para una fiesta y que me mandes a cambiar de ropa, no porque me haya puesto demasiado provocativa, sino porque parezco pobre. O «sin clase». Querer estudiar Arte y no poder hacerlo porque «te vas a morir de hambre». Tener amigos «inapropiados». Tener una vida «inapropiada».

—Yo solo quiero que seas feliz.

—¡Tú solo quieres que sea tú! ¿Y dónde estás tú ahora? No te quieren en tu trabajo. No tienes amigas. Ni siquiera te quiere tu esposo. Ahora que has perdido tu dinero, ¿qué queda de ti? Nada.

Una cascada de lágrimas empujó mis ojos hacia fuera. Traté de mantener la voz firme, sin temblores ni quebrantos.

—No me hables así…

—¿De qué otro modo podía liberarme de ti? Me ibas a buscar donde fuera. Me ibas a imponer tu vida. Y a convertirme en ti misma. Solo salí de ahí de la única forma posible. Porque quería vivir mi vida.

—Siempre he valorado tu opinión…

—¿Ah, sí? Eso significa que no la valoras ahora. ¿Te das cuenta? No escuchas.

Cada una de sus palabras se me clavaba como un cuchillo en la garganta. De repente, recordé que yo tenía mi propia arma.

Acaricié mi bolso y sentí el bulto de la pistola de Rodolfo, que había guardado antes de salir de casa. Nadie me había revisado en la comisaría. A fin de cuentas, ese día yo era una agente más, ¿verdad? La policía no va por ahí desconfiando de los suyos.

—¿Qué puedo hacer por ti? —pregunté—. ¿Cómo podría hacerte ver que te quiero?

Ella dio una larga calada, tiró el cigarro al suelo y lo pisó como si fuese una cucaracha mientras arrojaba el humo por toda la habitación. Fumaba como una adicta al *crack,* aspirando cada bocanada como si fuese la última. Ante mi pregunta, soltó una risa burlona y ácida.

—Bueno… ¿Puedes sacarme de aquí?

Metí la mano en el bolso. Sentí el metal frío del arma, la rugosidad de la empuñadura, la precisión de su diseño.

—Sí —respondí—. Sí puedo.

Y por primera vez, en la mirada de desprecio de mi hija asomó, casi imperceptible, un destello de interés.

—¡Todos atrás! ¡No hagan nada y no les pasará nada!

Al principio, los policías de la comisaría pensaron que yo había salido a pedir agua. O a preguntar por el baño. Después, creyeron que llevaba en la mano un teléfono. Solo cuando ya iba a medio camino hacia la puerta, repararon en la pistola. Y en la detenida que iba conmigo, medio seria, medio alucinada, sin saber si reír o llorar.

—No quiero hacerles daño. ¡Por favor, déjenme pasar!

—Señora, ¿qué está haciendo? —me dijo un agente. Ni siquiera sonó como una amenaza. Solo como una exclamación sorprendida. Como si me preguntara por un vestido demasiado corto.

—Estoy llevándome a mi hija. Aléjese.

A nuestro alrededor se produjo un movimiento humano confuso. Algunos guardias se llevaron la mano al arma reglamentaria, pero no se atrevieron a sacarla todavía. Cinco o seis bloquearon el camino hacia la puerta. Uno fue a llamar al teniente Carrasco, que emergió de su despacho en el fondo y se nos acercó.

—Maritza, ¿se ha vuelto loca?

—No me queda más remedio.

—¿Que no…? Por favor, Maritza, deje de hacer locuras. Vamos a sentarnos y calmarnos…

La bala me salió hacia cualquier sitio. Terminó alojada en el techo. Un puñado de cemento pulverizado nevó sobre la cabeza del teniente. En la comisaría, el aire se detuvo. El tiempo se congeló. Pero él no perdió la calma.

—Usted es consciente de que así no llegaría ni a la esquina, ¿verdad?

—¿Quiere probarme?

—¡Mamá!

Me volví hacia Patricia. En sus ojos, brillaba algo que yo nunca había visto antes.

Parecía admiración.

—¡Estás loca! —me gritó Patricia.

Pero no sonó como un reproche. Más bien, como un descubrimiento interesante.

Respondí:

—Esto es lo único cuerdo que he hecho en mi vida.

—¿Y ahora a dónde vamos? —preguntó ella.

Un Toyota estuvo a punto de estrellarse contra nosotras. Estábamos pasando todos los semáforos en rojo. Ignorando todas las señales. Atravesando calles sin mirar. Eso debía ser la libertad.

—A terminar el trabajo.

En algún momento, oímos sirenas detrás de nosotras. Pero se quedaron en algún semáforo. Nos arriesgábamos a estrellarnos contra un autobús. Pero íbamos rápido. Lo suficiente para perder de vista a nuestros perseguidores.

—Mamá, tenemos que volver. Esto no puede salir bien.

—Hasta ahora, nada ha salido bien. Tú tienes

razón. Lo he perdido todo. Lo bueno es que no me queda nada que perder.

—¡Mamá, vas a matarnos!

—¿Y qué crees que iba a hacer el jefe de tu amigo Iván? ¿Para qué crees que te tenían ahí?

—¿Quieres hablar de eso ahora?

—No. Ahora no. Baja del carro.

—¿A dónde vamos?

Había estacionado a la vuelta de nuestro destino, porque no pensaba mantener el mismo vehículo. Ahora, me sorprende lo rápido que estaba pensando. Aunque supongo que en realidad no estaba pensando. Solo me dejaba llevar por la rabia. Y por el aprendizaje de meses tratando con delincuentes.

—Ya casi llegamos —contesté.

—Tienes que decirme a dónde vamos. ¡Nunca me dices nada! ¡No confías en mí!

Avanzamos entre casas enormes, apenas visibles tras sus altos muros y sus cercos eléctricos. Caminábamos rápido. Yo ya ni siquiera escondía el arma en el bolso. La llevaba en la mano, bien visible.

—Oh, no, mamá.

Patricia solo reconoció nuestro destino cuando ya estábamos en la puerta. Era normal. Nunca había visitado mucho a su abuela.

—Mamá, creo que no deberíamos hacer esto —dijo ella.

Me enfadé:

—Si hubieras estado con tu familia en vez de estar de vacaciones con tu amante, sabrías lo necesario que es esto.

—Ya sé que no soy un ejemplo de buen comportamiento. Pero esto...

Como un acto reflejo, le apunté con la pistola. Ella cerró la boca dócilmente. Señalé con el cañón hacia el timbre de la casa. Patricia apretó el botón. De repente, ya no había reproches ni discusiones. Es increíble el poder que te da un arma en la mano. Y ni siquiera es tan grande, si lo piensas.

Del otro lado, sonó la voz de mi suegra. Por supuesto, ella tenía una cámara en la puerta. Tenía miles de cámaras por toda la casa, casi un puesto de guardia por cada habitación. Así que no necesitó preguntar quién llamaba. Solo oímos su voz, al borde del infarto:

—¡Oh, Dios mío!

Y la puerta se abrió.

Patricia volvió a remolonear.

—Aún estamos a tiempo de...

—Muévete —la corté.

Conforme atravesábamos el inmenso jardín, entre esos podados con formas de animales, la casa de la abuela crecía ante nuestros ojos. Ante los míos, era la versión más chic de una cárcel para niños. Pero esa función estaba a punto de quedar clausurada.

Mi suegra y Rodolfo salieron a recibirnos. Rodolfo llegó corriendo, con lágrimas en los ojos:

—¡Patricia! ¡Amor!

Se echó a sus brazos. Hundió la cabeza en el pelo de mi hija. Cerró los ojos.

Al abrirlos, se encontró con su propia pistola apuntándole a la cara.

—Maritza…, ¿qué está pasando?

—Dame tu teléfono.

—Pero q…

—¿Estás sordo? Dame tu teléfono. Y el de la vieja también. Patricia, por una vez, tuvo la respuesta apropiada:

—Papá, mejor dale el teléfono y no discutas.

La abuela se acercó. Aún no había visto mi nuevo juguete, y desplegaba toda su hipocresía como un aspersor de jardín.

—¡Patricia! ¡Hemos estado tan preocupados!

—No le hagas caso —intervine—, a ella le daba igual todo.

—Maritza, ¿qué dices? —preguntó ella con su voz de alcurnia—. ¿Y qué tienes en la mano?

—Abuela —explicó Patricia—, no preguntes mucho y dale tu teléfono.

—Gracias, hija. Nunca te habías portado tan bien.

Mientras los iba arreando hacia el interior de la casa, mi suegra no cesó de protestar.

—No sé qué crees que estás haciendo, y te agradezco que traigas a mi nieta, pero no te puedes presentar en mi casa con un arma de fuego. Esto no es una fiesta de tus amigos delincuentes. Sí, he dicho delincuentes. Porque no creas que no sé por qué te echaron del estudio…

Miré a Rodolfo. Se encogió de hombros, como disculpándose, no sé si por irse de la lengua o por ser incapaz de contener la lengua de su madre.

—Siempre pensé que Rodolfo debía haber escogido a alguien de su clase social. Si los problemas surgen cuando las leonas se equivocan de pareja, porque han sido educados de un modo diferente. Cada persona tiene un lugar en la vida y lo mejor es respetarlo para evitar malentendidos…

Imaginé lo que debía haber sido para mi suegro convivir toda la vida con ese reclamo aristocrático imparable. Con razón estaba muerto.

—Y eso que soy una persona abierta. Pero admitámoslo, ni siquiera sabíamos de dónde habías salido. Padres desconocidos, sin hermanos. No puedes hacerte una idea de cómo es una persona sin conocer a su familia, porque…

Descubrí el teléfono de la pared. Y me ocupé de silenciar esa posibilidad de comunicarse con el exterior.

Pero lo mejor fue silenciar a mi suegra.

—Patricia, trae a tu hermana. Y el teléfono de quien esté con ella.

Patricia puso los ojos en blanco. Alzó los brazos. Ya iba a comenzar a quejarse.

—Recuerda que tú también eres una prófuga, niña. Y ella se marchó.

Yo me quedé mirando a mis dos rehenes. De repente, me resultaba increíble que hubiesen sido mi familia.

Rodolfo preguntó:

—¿Vas a retenernos?

Y yo me sentí muy orgullosa de responder:

—A ti no te retendría ni a cambio de un rescate.

Poco después, bajaron mis dos niñas.

—¡Mamá! —saludó Liliana. Ni siquiera preguntó qué estaba pasando.

Y yo abracé a las dos chicas con mucha fuerza, sin dejar de apuntar a la cabeza a mi esposo y a mi suegra. Al fin, mi familia estaba completa.

Algo bueno resultó de padecer a una suegra aristócrata e insoportable.

Tenía un buen carro.

Un Mercedes Clase A gris platino: amplio, confortable, con asistencia a la conducción y un motor de primera.

Perfecto para una huida rápida y segura.

Mi suegra, mi marido y las dos personas de servicio que encontramos en la casa tardarían un rato en denunciar la pérdida del vehículo. Los habíamos dejado a todos amarrados a la balaustrada de la escalera. Mis hijas habían hecho el trabajo con cinta adhesiva industrial, que luego les habían puesto en la boca. Rodolfo había llegado a decir, antes de ser amordazado:

—Maritza, solo estás complicando más tu situación.

—No te preocupes por eso —había respondido yo—. Ya no somos pareja, ¿verdad?

La pequeña Liliana había seguido creyendo todo el tiempo que se trataba de un juego.

—¿Y luego nos van a perseguir ellos a nosotros? —había preguntado.

—Ellos y mucha gente más, cariño —le dije yo.

Ya en la calle, mientras yo pisaba a fondo el acelerador, Patricia preguntó:

—¿Ahora a dónde vamos?

—Me encantaría saberlo.

Por instinto, comencé saliendo de la ciudad. Tomé la calzada más cercana a la casa de mi suegra, la que llevaba a las montañas. Calculé que podríamos estar en una carretera antes de que la policía nos siguiese los pasos. Lo que no conseguiríamos era llegar a una frontera.

Con la experiencia de miles de películas sobre chicas fugitivas, decidí buscar un pueblo pequeño, mientras más abandonado, mejor.

Antes de dejar la ciudad, supuse que me bloquearían las tarjetas de crédito. Me detuve en un cajero automático y saqué todo el efectivo posible. Mi límite de crédito eran cinco mil dólares. Me alegró suponer, de vuelta en el carro, que Rodolfo acabaría pagando la comisión. Al encender el coche, exclamé:

—Chicas, vamos a cantar una canción: «Cuando me amenace la locura, cuando en mi moneda salga cruz, cuando el diablo pase la factura, o si alguna vez me faltas tú»… ¡No están cantando! Patricia, tú te sabes la letra. —Y a regañadientes, mi hija mayor me acompañó cantando—: «Resistiré, erguido frente a todo, me volveré de hierro para endurecer la piel, y aunque los vientos de la vida soplen fuerte, soy como el junco que se dobla, pero siempre sigue en pie»…

Nos duró poco la tonadita. A la salida de la ciudad, vislumbramos una jauría de sirenas policiales. También había conos naranjas desviando a los vehículos hacia un retén. Intenté doblar hacia alguna ruta alterna, pero ya estábamos en una carretera sin cruces. Pensé simplemente en acelerar y atravesar el retén a lo loco. Pero divisé suficientes patrulleros para calcular que esta vez no tendría escapatoria. Todos los caminos llevaban hacia la policía. Liliana aún no tenía muy claro si jugábamos o íbamos en serio. Preguntó:

—Mamá, ¿van a arrestarnos?

Pensé: «No, querida, los mataré primero».

Dije:

—No, querida. No hemos hecho nada malo.

—¿Amarrar a la abuela no es malo? Patricia terció:

—¡Cállate!

Y no la contradije.

La velocidad se había vuelto terriblemente lenta. El tiempo se arrastraba bajo el coche como un caracol. Yo me comía las uñas.

Percibí que los guardias no detenían a todos los vehículos. Parecían estar escogiendo al azar. O quizá buscaban un Mercedes gris platino con mi matrícula. Puse mi mejor cara de señora rica, de las que asisten a misa los domingos y nunca han cometido un delito. Mi cara de no mirarlos siquiera, porque tenía claro que no era conmigo. Mi cara de que nunca era conmigo.

No sirvió de nada. Cuando llegué a los conos naranjas, un policía me ordenó con señas tomar el carril derecho. El de los retenidos.

—¡Mamá —dijo Liliana—, nos van a meter en la cárcel!

—¡Cállate, carajo! —la interrumpió Patricia. Y una vez más, no la corregí.

—¡Mamá, Patricia me ha dicho «carajo»!

—¡Porque Liliana no para de fastidiar!

—¡Cállense las dos! Ahora, sobre todo, necesitamos tranquilidad.

Cambié el registro de mi expresión, a señora inocente interrumpida en su camino por las fuerzas de seguridad corruptas. Pero esa cara, lamentablemente, hace mucho que no funciona.

Mediante señas, un policía me empujó hacia

el borde mismo del asfalto, donde ya no podría escapar en caso de ser detenida. Pensé que estaba ante mi última oportunidad de pisar el pedal a fondo. Una vez más, me acobardé.

—Buenos días, señora.

Palpé con la mano derecha el arma que descansaba en mi bolso, dura, fría, segura. Me sentí más tranquila.

—Buenas tardes, agente.

—No soy un agente, soy un suboficial.

Si mi vida hubiese dependido de ello, como al parecer dependía, tampoco habría sabido la diferencia entre ambos conceptos.

—Usted disculpe.

Él le dio una vuelta al vehículo. Examinó faros, parachoques, parabrisas. Supuse que también el modelo de coche y la matrícula. Me di por perdida. Finalmente, el agente —el suboficial— regresó a la puerta del conductor.

—Apague el motor, por favor.

«Última oportunidad», me dije. «Última oportunidad. Si apagas el motor, nunca volverás a encenderlo».

Pero lo apagué.

Él miró hacia el interior. Patricia fingió perderse en los audífonos de su teléfono.

Liliana le sonrió.

—Su permiso de conducir, por favor.

Metí la mano en mi bolso. Revolví el contenido a ciegas hasta sentir el borde plástico de mi billetera. La extraje y le enseñé el carné. Él paseó la vista entre mi foto y mi rostro, una y otra vez. Traté de mostrarme relajada.

—Era más joven, entonces.

Él no dijo nada. Sin devolverme el carné, exigió:

—Documentación del vehículo.

Abrí la guantera y la exploré con la mano derecha, hasta encontrar los papeles del auto. Solo entonces, reparé en que íbamos a tener un problema, y lo advertí en voz alta mientras le entregaba los papeles:

—El auto es de mi suegra. Me lo ha prestado para pasear a las niñas porque el mío está en el taller.

Él continuó mirando en silencio los documentos.

—Un segundo, por favor.

Se apartó de nosotras. Buscó a un superior. Supuse que ese sí era un «oficial».

Liliana dijo:

—¿Nos va a llevar a la cárcel? —Patricia dijo:

—Liliana, cierra la boca. —Yo añadí:

—Ciérrenla las dos.

Los dos policías analizaron mis papeles con cuidado, discutiendo algún detalle, y regresaron a mi lado juntos.

—Señora —saludó el oficial. Apenas se fijó en mí. Miraba sobre todo los papeles—, ¿de quién es el vehículo?

—De mi suegra —respondí.

—¿Puede darme el nombre de esa señora?

Se lo di. Llevaba una radio en el cinturón. De ella salieron algunos eructos, metálicos y eléctricos, que a veces formaban palabras. Imaginé que agarraría la radio y pediría refuerzos para rodearnos.

—¿Y el nombre de usted? —siguió preguntando—. ¿Y su fecha de nacimiento?

Respondí lentamente, a punto de rendirme. Lista para entregarme con las manos en alto, con tal de ahorrarme esa tensión. Me veía rodeada de guardias de operaciones especiales, y entrando esposada en una cárcel de alta seguridad.

—Gracias —concluyó el oficial devolviéndome los documentos.

Luego, los policías se apartaron de mi camino, y siempre mediante señas, me indicaron que siguiese adelante.

Me alegré, pero también pensé: «Qué inútiles son las fuerzas del orden. Cómo no vamos a tener un problema de inseguridad».

«Bienvenidos a San Vicente».

El cartel —viejo, herrumbroso, cansado— se elevaba a un lado de la carretera, apenas visible en medio de la noche, pero haciendo un esfuerzo desesperado por llamar la atención. Llevábamos nueve horas en la carretera, y debíamos estar lo suficientemente lejos de cualquier núcleo urbano relevante. San Vicente daba la impresión de un lugar abandonado de la mano de Dios, castigado en un rincón de un camino que no lleva a ninguna parte.

El lugar perfecto para nosotras.

Liliana dormía. Patricia escuchaba música, ajena al mundo, y sobre todo, ajena a mí.

Doblé en esa salida. Recorrí seis kilómetros de asfalto lleno de baches y roturas. Los amortiguadores del Mercedes respondieron bastante bien. Esperé que los de los patrulleros se rompiesen al pasar.

Pronto empezaron a brotar a los lados casitas campesinas. O eso parecía. El casi inexistente alumbrado público apenas dejaba ver estructuras borrosas y algunas pocas ventanas iluminadas. Avanzamos hasta el centro del pueblo. Frente a la plaza, una vieja fachada se engalanaba con un cartel de madera descascarada.

«Hotel».

Patricia me habló por primera vez en cuatro horas:

—¿Podemos dormir ahí? —Yo desconfiaba:

—Demasiado céntrico.

—¿Esa es tu idea de céntrico?

—Tengo otra idea.

—Mamá, por favor…

Aceleré. Ella puso cara de resignación.

Hay poblados de campesinos. Poblados turísticos. Poblados mineros. O dormitorios de cascos industriales cercanos. Pero en todos ellos, solo hay una cosa que nunca falta, y que siempre resulta muy fácil de encontrar: burdeles.

En las cercanías de los pueblos pequeños, con iluminaciones de colorinches y nombres como «Pleasure Palace». O «Shangri-La». El de San Vicente era relativamente discreto, quizá por ser un lunes. Carecía de luces y se alojaba en un edificio desvencijado. Pero su nombre lo delataba: «Love Place».

—Queremos una habitación, por favor. Con tres camas.

Las seis prostitutas que remoloneaban en el vestíbulo, turnándose para alegrar a un par de clientes encorbatados que parecían viajantes comerciales, se nos quedaron mirando. Hasta el reguetón trasnochado del local pareció bajar de volumen. La madama-recepcionista se paralizó ante nuestra presencia, como si hubiese visto al diablo. Y eso que debía estar acostumbrada a verlo.

—¿En este hotel solo hay chicas? —preguntó Liliana.

—Sí, hija. Es como un convento de monjas, ¿verdad?

La madama se rio. Sus chicas la acompañaron. La mayoría de ellas parecían tan viejas como su jefa.

—Normalmente alquilamos por horas. Pero si pagan por adelantado, les hago un precio por noche.

Pagué en efectivo y recibí una llave de la mano regordeta de la dueña. En el llavero ponía: «*Suite* lujuria».

—¿Le sorprende que vengamos aquí? —le pregunté.

—Cariño —me respondió ella, contando los billetes—, aquí nadie hace preguntas.

La habitación quedaba en el tercer piso. Como era de prever, olía a humedad y sudor. Dos chicas con más aspecto de mucamas que de trabajadoras sexuales metieron en ella un par de incómodas camas plegables y volvieron al vestíbulo. Yo eché un poco de mi perfume en el aire, con la esperanza de paliar algo la peste, pero por supuesto, no tuve éxito.

Liliana cayó rendida con los zapatos puestos. Siguió inconsciente mientras yo la arropaba y desnudaba. Solo entonces reparé en que no tenía ropa de recambio. Tendría que resolver eso al día siguiente. Quizá nuestras nuevas amigas tuviesen algo que venderme, e incluso hijas de la edad de las mías para vestirnos a todas.

Cuando finalmente me tumbé en la cama y apagué la luz, escuché la voz de Patricia.

—¿Hasta cuándo vamos a estar así?

—Hasta que sepas que te quiero. Que las quiero a las dos.

—Claro, mamá. Cómo no se me ocurrió.

Creo que ese día, lo que más me dolió, después de los escapes y las persecuciones, y el alojamiento y la policía y el olor, fue el sarcasmo de mi hija, indestructible.

Pero no tuve mucho tiempo de lamentarme.

De repente, se me vino encima el agotamiento y me dormí, queriendo creer que mañana sería otro día.

Durante los dos días que pasamos en el Love Place, sospeché de todo el mundo. Por la mañana, las niñas y yo hacíamos una excursión al pueblo para estirar las piernas y comprar comida. Por la noche, nos encerrábamos en nuestra habitación y nos dormíamos con el sonido de la música y los clientes del vestíbulo. Al menos, no teníamos que escuchar lo que hacían en las habitaciones.

Todo el tiempo, yo prestaba atención alrededor. Miraba a los compradores de las tiendas. Buscaba policías de paisano entre los transeúntes. Me alejaba de todo tipo de uniforme. Incluso me despertaba de madrugada para asomarme al estacionamiento del hotel y verificar que no hubiese llegado un patrullero.

A veces, Liliana me preguntaba:

—Mamá, ¿cuándo vamos a ver a papá?

Y yo respondía:

—Pronto, cariño. Ten paciencia.

Y ella comentaba:

—Estas vacaciones son muy raras.

La última mañana, presa de la claustrofobia, Patricia salió sola de la habitación y se encontró en el salón con un cliente, un residuo de la noche anterior que la confundió con una prostituta. El hombre la agarró de la mano, la atrajo hacia su regazo, y ella le dio una bofetada y regresó a la habitación corriendo.

—¡Quiero irme de aquí!

—¿Sí? —respondí—. ¿E ir presa?

—¡Estoy presa aquí! ¡Lo estamos todas! ¡Esto es una mierda!

—Estoy pensando una solución. Menos quejas y más ayuda vendrían bien.

—¿Ayudarte? ¿A qué? Iván nunca me secuestró. Pero tú sí.

Entonces, Liliana se echó a llorar. Y alguien golpeó la pared de al lado.

—¡Quiero dormir! —dijo una voz de mujer.

Yo abracé a mis hijas. Contuve las lágrimas. Me llené de rabia, frustración y desconcierto. Y dije simplemente:

—Nos vamos.

—¿A dónde? —preguntó Liliana, comiéndose los mocos.

—Tu hermana tiene razón. Esto no tiene sentido. No vamos a ninguna parte. Y Patricia:

—¿Qué estás diciendo?

—Me entregaré a la policía. Cuando vean que tu madre es una loca furiosa, te reducirán la pena por fingimiento de secuestro. Y Liliana volverá donde su abuela.

—¿Y tú?

—Soy abogada. Me las arreglaré.

Patricia me miró sorprendida. Por primera

vez, en sus ojos apareció algo similar a la preocupación por mí.

—No quiero que te pase nada —dijo.

Nunca me había dicho algo así. Y solo por eso, ya había valido la pena toda esa locura, el retén policial, el burdel y las noches en vela.

—Estaré bien —respondí, tratando de fingir una calma inexistente.

Volvimos a abrazarnos. Las apreté mucho. Aquí, cuando me siento sola por las noches, me abrazo a mis rodillas y trato de recuperar ese momento. Imagino que tengo a mis dos niñas conmigo, que me quieren, que se preocupan por lo que pueda pasarme. A menudo, me quedo dormida ahí mismo, y la sensación se cuela en mis sueños. Es lo más cercano que tengo a su presencia.

Lo vi venir.

Llámalo sexto sentido. O intuición. Pero lo sospeché desde antes de que ocurriese. Un segundo antes.

De todos modos, demasiado tarde para impedirlo.

Esa mañana, las niñas y yo nos despedimos de nuestras compañeras del hotel. Tampoco sacamos equipaje, porque no teníamos. Simplemente salimos de la habitación y nos dirigimos al carro, con la actitud apagada —y aliviada— de quien ha terminado un trabajo pesado. Adiós, aventura absurda. Adiós, locura de fin de semana.

—Mamá, ¿puedo ir al baño?

No quise que Liliana sufriese algún encuentro desagradable, como el de su hermana por la mañana. Le pedí a Patricia que la acompañara.

—¿Tengo que hacerlo?

—Sí, tienes que hacerlo.

Ellas se quedaron atrás. Yo me adelanté hacia el carro para verificar que todo estuviese bien. Como si algo pudiese estar bien.

No pensé especialmente en las personas a mi alrededor. Había un adolescente paseando en bicicleta. Un repartidor descargando botellas de cerveza ante el hotel. Un viejo Volkswagen escarabajo avanzando lentamente por la calzada. No se levantaban inmuebles a menos de dos kilómetros, de modo que tampoco circulaba mucha gente por ahí. No en horas de la mañana.

Y, sin embargo, llegué a sentir un instante de alarma. Una atmósfera de inminencia. El aviso silencioso de que algo estaba a punto de romperse.

Y luego, el disparo.

No me dio a mí. Atravesó el cristal del Mercedes. La explosión se sobrepuso con el ruido de cristales rotos, haciéndome saltar hacia atrás.

Venía del Volkswagen.

Justo en ese momento, mis hijas salían del hotel.

—¡Chicas, métanse de nuevo!

—¿Qué?

—¡Métanse!

El Volkswagen se había detenido precisamente frente a la puerta. De él habían descendido dos hombres. Los reconocí como los que se habían plantado frente a mi puerta días antes: el enano de pelo largo y el del bigotito ridículo. Los sicarios de Jáuregui.

Habría preferido a la policía.

El enano apuntó hacia las chicas. En vez de escapar, corrí hacia él en el intento de distraerlo.

—¡Déjalas!

Él disparó sin siquiera mirarme. Por suerte, Patricia reaccionó a tiempo y empujó al suelo a su hermana. El del bigotito volvió a fijarse en mí entonces. Y sonrió. Juro que sonrió.

—¡Adentro, niñas!

Desvié la ruta para encontrarme con mis hijas y entrar en el hotel. Un nuevo disparo atravesó la puerta a nuestras espaldas.

—¡Corran!

La madama, medio dormida, deambulaba por el vestíbulo.

—¡No son horas para ponerse a hacer ruido! —nos regañó.

No la escuchábamos. Corrimos hacia el interior. A nuestras espaldas, oímos la puerta abrirse de golpe. Los pasos de hombres ingresando en el local. La voz de nuestra anfitriona:

—Pero ¿ustedes qué carajo…?

Y un nuevo disparo, amplificado por los

ecos del interior. Después de eso, ninguna nueva voz.

Subimos las escaleras sin mirar atrás. Solo oíamos el avance del fuego y la pólvora incrustando proyectiles en las paredes. Algunas chicas salieron de sus cuartos, gritaron y volvieron a encerrarse. Nosotras llegamos hasta nuestro cuarto, cerramos la puerta y empujamos un armario para bloquearla.

—¿Qué hacemos? —preguntó Patricia.

Liliana solo lloraba, presa de una crisis nerviosa.

Me asomé a la ventana. Varios metros más abajo se encontraba el camión del repartidor de cervezas. Su conductor debía haber corrido a esconderse en algún lugar.

Golpearon la puerta.

—¿Por qué nos has traído acá? —gritó Patricia.

—Déjame pensar —respondí.

—Secuestrada estaba más segura —refunfuñó mi hija.

—¿Te puedes callar?

—No se peleen —lloró Liliana.

—Llama a la policía.

—No puedo llamar a la policía. Y no llegarían a tiempo.

—¿Vamos a morir?

—No. No vamos a morir. Al menos, no en manos de esos matones.

—¿Y qué vamos a hacer?

Solo teníamos una opción. Era lo malo, pero también lo bueno. No hacía falta pensar demasiado.

—Liliana, dame la mano.

Agarré a mi hija menor y la ayudé —más bien la empujé— a salir por la ventana. Imaginé que el techo del camión de reparto amortiguaría el golpe. No soy fisioterapeuta. Pero en todo caso, una pierna rota es mejor que una bala en el pulmón.

—¡Mamá, no!

—Sal por la ventana, Liliana. No tenemos tiempo para discutirlo.

—¡Mamá, no!

Patricia me ayudó agarrando a su hermana de un brazo. Con su colaboración, Liliana se mostró un poco menos nerviosa. La bajamos todo lo que pudimos. La niña había dejado de llorar y ahora solo parecía obedecer en estado de pasmo. Cuando ya no podíamos agacharnos más, dije:

—Uno, dos…, ¡tres!

El tiempo se detuvo. Liliana cayó muy lentamente, como si flotase en el aire. Sus piernas hundieron el techo de lata del camión. Puso cara de un dolor profundo. Rodó por la superficie metálica. Pensé que caería por un borde. Sin embargo, se detuvo justo antes de llegar.

—¿Y ahora qué hago?

Su pregunta nos calmó a las dos. Para preguntar eso, tenía que estar razonablemente bien.

—¡Baja al suelo y espéranos!

—¡Apúrense!

—Ahora tú, Patricia.

—No, tú primero, mamá.

—No hay tiempo de discutir…

—Si atrapan a una de las dos, mejor para Liliana que sea yo.

—¡Baja! ¡Ahora!

Incluso en la tensión del momento, capté la implicación de sus palabras. Patricia se preocupaba por mí. Y por su familia. De no haber estado gritándole mientras dos sicarios tumbaban la puerta, la habría besado ahí mismo.

La ayudé a pasar por la ventana. Le sostuve un antebrazo mientras se aferraba al marco con la otra mano, tratando de adoptar la mejor posición para el salto. Liliana había conseguido bajar rodando sobre la tapa del motor, y nos gritaba desde el suelo:

—¡Tengan cuidado!

Solté a Patricia. Su cuerpo hizo sonar más fuerte la superficie metálica, como un porrazo sobre un techo de calamina. Se levantó rápidamente y fue a dar el alcance a su hermana. Las dos se abrazaron. Yo también quería abrazarlas.

Era mi turno.

Ahí atrás, habían conseguido reventar la cerradura. Ahora, era cuestión de segundos que apartasen el armario de la puerta. Salí por la ventana con las piernas por delante. Me aterró que mis pies no tocasen el suelo. Me aferré con los brazos al alféizar e intenté llegar al techo del camión, aunque fuese rozarlo con las suelas. No lo conseguí. Ahora, miraba de frente hacia el interior de la habitación, y conseguí ver el armario impulsarse brutalmente hacia la cama. La hoja de la puerta se abrió hacia mi lado.

Antes de ver aparecer a los asesinos, y sin saber qué me esperaba ahí abajo, me solté.

Carreteras llenas de agujeros. Poblados casi fantasmas. Paisajes desérticos.

Le habíamos robado la camioneta a un granjero que llevaba mermeladas. Mientras yo lo amenazaba con la pistola, él no parecía asustado. Solo sorprendido por la señora bien con dos hijas que lo asaltaba para robarle un vehículo destartalado:

—¿De verdad? —preguntó mientras me daba las llaves—. ¿Esto no es una cámara oculta?

Patricia incluso se rio. Y Liliana se rio con ella, sin saber bien por qué.

Dormíamos en esa camioneta con olor a azúcar y fresa. Patricia y yo inclinábamos los asientos de delante. Liliana podía acostarse en la zona de carga, que estaba cubierta. Ahora, eso era nuestra casa.

Es la última casa donde vivimos las tres.

Una vez, entramos en un pueblo de pastores de ovejas y compramos mantas. Pero por lo demás, evitábamos los núcleos urbanos. Solo nos deteníamos en cafeterías de camioneros para comer y asearnos. Y por supuesto, Patricia aprovechaba para cargar su teléfono.

En una de esas cafeterías, mientras desayunábamos unos grasientos huevos fritos, encontramos un periódico sensacionalista, de esos llenos de mujeres desnudas y casos policiales. Empezamos hojeándolo con curiosidad divertida. Hasta que llegamos a una foto de nosotras mismas.

Aparecíamos todas juntas en una foto familiar tomada en el club de golf. Nos hacíamos las graciosas: yo con un palo de golf, Patricia con una raqueta de tenis, Liliana con una de ping-pong. Si tardamos en reconocernos no fue por el aspecto sano de nuestros rostros, ni la belleza del paisaje. Fue por otra cosa de la foto. Quizá la felicidad.

El titular decía:

MADRE PERTURBADA CONDENA A SUS HIJAS
A ORGÍA DE VIOLENCIA

El texto interior era espeluznante:

Maritza Fontana fue una abogada y madre ejemplar, hasta que se relacionó con el crimen organizado. Aparentemente, comenzó como amante del mafioso Percy Cuadrado, después de representarlo en un proceso penal. A partir de entonces, sus ansias de poder y dinero la llevaron a participar en sobornos judiciales, acciones violentas y venganzas entre bandas. Perdió su trabajo, a su esposo, su hija

fingió un secuestro para alejarse de ella. Finalmen-
te, enloquecida por la desesperación, raptó a sus
propias hijas y las llevó a un local de prostitución,
con el aparente fin de lucrar con sus cuerpos. Pero
su pasado la persiguió hasta ahí. Su banda criminal
organizó una masacre en el local. Ahora, las tres se
encuentran en búsqueda y captura. Se desconoce su
paradero.

—Mamá, ¿qué es «orgía»?

—Es… una fiesta…, supongo.

—¿Vamos a ir a una fiesta?

—Ahora mismo, no. Patricia, ¿me prestas tu teléfono?

—Mamá, es mejor que no…

—Por favor, hija. Préstamelo. Busqué mi nombre en Google.

Meses antes, habría aparecido en las páginas de las revistas de sociedad. En la sección empresarial de algunos periódicos. Quizá en la página web del estudio, como consultora en temas de empresa. Ahora, mi vida anterior había quedado borrada del ciberespacio. Solo aparecía en sórdidas noticias policiales, entre violadores, asesinos y narcos. Las fotos del álbum familiar, sin duda cedidas por el idiota de Rodolfo, añadían morbo a nuestra historia: esta es la millonaria convertida en bandolera. Esta es la loca. La asesina. La puta. Todo esto había estado ocurriendo mientras las niñas y yo vivíamos como animales del desierto.

—Mamá…

—¿Mmmhh?…

—Ese señor nos está mirando.

Efectivamente, un viejo gordo nos observaba desde la barra. Me levanté. Las niñas me siguieron sin preguntar. Dejé el dinero de la cuenta y un montón extra sobre el mostrador. Cuando pasé junto al viejo, noté su cuerpo estremeciéndose de miedo.

Al salir de la cafetería, le arrebaté el teléfono a Patricia y lo arrojé al suelo.

—¿Qué haces?

—Los teléfonos son detectables. Nos seguirán con la señal.

—¿Y recién te das cuenta ahora?

—No había caído en la cuenta de que somos fugitivas. No tengo práctica.

—Mamá… Mamá…

Yo estaba soñando con una familia feliz. Con nosotras tres en una playa y el mar mojando nuestros pies. Con cócteles de langostas y atardeceres rosados.

—¿Qué pasa, Liliana?

—Hay luces allá afuera.

No eran faroles. Eran linternas. Y sirenas de

vehículos policiales. Hombres armados rodeaban nuestro auto.

—Mierda.

Llevé las manos al bolso donde guardaba la pistola. Patricia me detuvo:

—Mamá, no. No servirá para nada.

Agucé la vista. Habíamos parado en un camino de tierra que salía de una carretera secundaria. Cuando nos dormimos, no había nada a nuestro alrededor. Ahora, todo ese vacío estaba lleno de gente. Empecé a escuchar algunos ruidos.

Radios transmitiendo instrucciones.

Motores encendiéndose y apagándose.

Armas rastrillando.

Al fin, una voz:

—Maritza Fontana, abra las puertas y abandone el vehículo lentamente. Hágalo con las manos donde podamos verlas.

Agarré mi arma. Agaché la cabeza. Me coloqué el cañón en la sien.

—¿Qué haces, mamá?

—No lo sé. Hace mucho que no lo sé.

Afuera, volvimos a oír la voz. Recién entonces la reconocí. Era el teniente Carrasco. Sonaba menos amigable que antes. Aunque nunca había sonado especialmente amigable.

—Maritza Fontana, no la vemos. Si no sabemos qué hace, nos veremos obligados a intervenir.

Apreté la punta del arma contra el costado de mi cabeza, tanto que dolía.

—Mamá, por favor…

Frente a mis ojos se atravesó una lluvia de recuerdos. La inauguración del hotel. Patricia en el hospital. La silla de ruedas de Reinaldo Jáuregui. La casa de Percy Cuadrado. Rodolfo tratando de hacer el amor. Liliana portándose mal. Viva o muerta, nada de eso seguiría conmigo. Nunca más.

—Maritza Fontana, preferimos hacer esto pacíficamente. Voy a contar hasta tres antes de iniciar la intervención. Por favor, antes de que llegue al final, abandone el vehículo con los brazos en alto. Deje a las niñas atrás, nosotros nos ocuparemos de ellas… Por favor.

Es muy difícil apretar el gatillo. Parece solo un movimiento del dedo. Pero hace falta valor. Y hace falta que todo tu cuerpo y tu alma se hayan rendido ya.

—Uno…

—Mamá, no lo hagas.

—Mamá, sal y luego les explicamos todo. Ellos lo entenderán.

—Mamá… ¿Mamá?

—Dos…

Y entonces, escuché el único ruido que podía llamar mi atención. El único que podía hacer que todo hubiese valido la pena.

Un llanto.

Dos llantos.

Mis hijas. Estaban llorando. Y lo estaban haciendo por mí. Porque querían verme viva.

—¡Tres!

Alcé la cabeza. Solté el arma. Me llevé las manos a la nuca. Y me escuché a mí misma decir:

—Ustedes ganan. Me rindo.

El proceso penal en mi contra tardó muchos meses, pero luego no fue tan largo.

Había suficiente evidencia en mi contra. Mis socios del bufete dieron fe de mi conducta errática, mis malas amistades y mi soborno judicial. Incluso guardaban el video. Fuentes del entorno de Jáuregui y Percy Cuadrado atestiguaron mis reuniones con los dos líderes de esa guerra entre mafiosos. Todos creían que sus jefes se acostaban conmigo. La prensa se ocupó de convertirme en una doble agente, y luego en una doble amante. Me llamaron Mata Hari.

Ante las pruebas masivas de mi inestabilidad mental, el autosecuestro de Patricia se convirtió en una huida razonable lejos de una influencia enferma. Esa fue la parte buena. La mala: también Iván salió bien librado. Por suerte, él tenía otras causas pendientes, y acabó encerrado lejos de mi hija. Espero que se quede ahí suficiente tiempo para que ella rehaga su vida. Y quizá debo decir eso respecto de mí misma.

Ah. Y Rodolfo consiguió un divorcio de lo más

ventajoso. Es lo bueno de casarte con una mafiosa. No creo que ni él, ni mi suegra, ni la prensa, ni el mundo entero les hablen muy bien de mí a mis hijas.

Tomará tiempo que las pequeñas puedan entender lo que hice. Quizá más adelante sientan curiosidad y vengan a visitarme de vez en cuando. Y de mejor humor. Seguro que un día pelearán con su padre, sobre todo Liliana, y me valorarán más. Pero falta mucho para ese día.

Mientras tanto, te tengo a ti.

La vida aquí dentro es un paréntesis. Sé que cuando salgamos, ya no seremos las mismas. Quizá ni siquiera querremos encontrarnos. Aunque en mi caso, allá afuera ya no me espera nadie. Quizá termines siendo lo único que me quede.

Pero no pienso en eso.

Ya no me hago preguntas sobre el futuro. Ni siquiera sobre el pasado.

Vivo cada segundo tratando de recuperar las nociones que había perdido: para qué estamos aquí, qué debemos hacer antes de irnos.

Aún no tengo respuestas. Pero a veces, siento tu respiración en el colchón de al lado. Y el calor de tu cuerpo junto al mío. Y me alegro. Aunque no me puedas ver, sonrío.

Creo que empiezo a entender.

ÍNDICE